MARLENE BACH

Endstation Heidelberg

DER BADISCHE KRIMI

emons:

Bibliografische Information der Deutschen Nationalbibliothek
Die Deutsche Nationalbibliothek verzeichnet diese Publikation
in der Deutschen Nationalbibliografie; detaillierte bibliografische
Daten sind im Internet über http://dnb.d-nb.de abrufbar.

MIX
Papier aus verantwortungsvollen Quellen
FSC® C083411

Umschlagmotiv: shutterstock.com/Elena Dijour
Umschlaggestaltung: Tobias Doetsch
Gestaltung Innenteil: César Satz & Grafik GmbH, Köln
Lektorat: Dr. Marion Heister
Druck und Bindung: CPI – Clausen & Bosse, Leck
Printed in Germany 2016
ISBN 978-3-95451-968-2
Der Badische Krimi
Originalausgabe

Endstation Heidelberg

Marlene Bach wurde 1961 in Rheydt geboren und wuchs nahe der holländischen Grenze auf. Sie ist promovierte Psychologin und lebt seit 1997 in Heidelberg. Im Emons Verlag erschienen bereits ihre Romane »Elenas Schweigen«, »Kurpfälzer Intrige«, »Ab in die Hölle«, »Kurpfalzblues« und »Kurpfalzgift«.

Ein Wolf ist der Mensch dem Menschen …

Titus Maccius Plautus (ca. 254–184 v. Chr.)

1

Die Schrift auf dem Grabstein war kaum noch zu erkennen. Die Sonne hatte die Farbe ausbleichen lassen und der Regen die Buchstaben ausgewaschen, als wäre es an der Zeit, dass dieser Name endlich von der Erde verschwände. Von der Seite näherte sich eine kleine Gruppe von Menschen, allen voran ein Mann im hellen Trenchcoat, der einen blauen Regenschirm in die Höhe hielt.

»Wenn Sie mir nun bitte hierher folgen würden.«

Er wartete, bis auch die Letzten sich am Grab versammelt hatten und endlich still waren. Ich stellte mich auf die Zehenspitzen, um besser hören zu können, was er sagte.

»... ein besonders tragischer Fall ... Sie wurde in den Jahren bis zu ihrem Tod durchgängig ausgezeichnet als die weltbeste ...«

Mehr konnte ich nicht verstehen. Ein Arm reckte sich in die Höhe.

»Und weshalb ist sie so jung gestorben?«, fragte ein Mädchen.

Die Antwort ging in einem ungläubigen Raunen unter.

»Wir gehen jetzt hier weiter. Hier entlang, bitte!«

Sobald sie wieder verschwunden waren, trat ich an den Rand des Grabes. Dort also lag jemand, der etwas besser konnte als jeder andere auf dieser Welt. Eine Berühmtheit. Ich beugte mich nach vorn, um lesen zu können, was auf dem glänzenden schwarzen Marmor stand. Dabei berührte mein Fuß den Rand des Grabes, ganz kurz nur, doch schon gab die Erde unter meinen Füßen nach. Sie sackte einfach weg. Ich wollte zurücktreten, aber es war zu spät. Ich rutschte in das riesige Loch, das sich vor mir auftat, versuchte verzweifelt, mich am Rand festzuklammern, aber die weiche Erde zerkrümelte unter meinen Händen und riss mich mit hinab in die Tiefe. Im Fallen konnte ich die Inschrift auf dem Grabstein sehen: »Hier ruht Mila Böckle, die weltbeste Versagerin«. Ich schrie, rutschte immer tiefer und tiefer in das dunkle Loch hinein, schrie lauter und lauter.

Als ich aufwachte, presste ein eisernes Band meine Brust zusammen. Ich setzte mich auf die Bettkante und versuchte, tief durchzuatmen. Zum Glück fühlte sich der Holzboden unter meinen Füßen kühl und fest an.

Seit Wochen war es der gleiche Traum, der mich quälte, und nur mein Schrei, von dem ich jedes Mal wach wurde, bewahrte mich davor, Nacht für Nacht am Boden irgendeines Abgrundes zu zerschellen. Ich stürzte nicht immer in mein Grab, manchmal war es auch ein Kerker ohne Boden im Heidelberger Schloss, in den mich ein Zwerg mit roter Säufernase lockte. Oder ich stand auf einem halb verfallenen Turm, und die Mauer brach unter mir weg. Ich war zur Absturzspezialistin geworden, zumindest nachts. Und seitdem klar war, dass ich nach Heidelberg gehen sollte, fiel ich besonders gern in Kurpfälzer Abgründe.

Durch das geöffnete Fenster zog die frische Morgenluft herein. So weit ich schauen konnte, hingen grauschwarze Wolken über dem flachen Land. Und in Ülske kann man verdammt weit schauen, da gibt es keine Berge, nicht einmal einen Hügel. Der Sommer war drückend und schwül gewesen und hatte sich anscheinend so verausgabt, dass kein Sonnenstrahl mehr übrig war. Seit Tagen hingen die grauen Wolken am Himmel. Ein Grau, das in meinen Kopf gekrochen war und sich über all meine Gedanken gelegt hatte – und über meine Seele gleich mit dazu.

Das sah nicht nach einem Tag aus, für den es sich lohnte aufzustehen. Besser, ich ging wieder ins Bett und hoffte, dass der Traum nicht wiederkam. Eine Stunde schlafen bedeutete immerhin auch, eine Stunde nicht zu grübeln. Ein guter Deal. Selbst auf die Gefahr hin, noch einmal in einen Abgrund zu stürzen. Aber ich hatte mich kaum hingelegt, da stand der Alptraum persönlich auf dem Bettvorleger.

»Mila. Zeit, aufzustehen! Der Zug wartet nicht!«

Der Wecker zeigte kurz vor acht. Normalerweise saß Tante Flo um diese Zeit schon vor dem Fernseher, versunken in irgendeinen Thriller oder Schmachtfetzen. Erstaunlich, dass sie es geschafft hatte, bis in den ersten Stock zu kommen.

»Heute geht es endlich los!« Tante Flo strahlte über das ganze runzlige Gesicht. »Auf ins Abenteuer! Raus aus den Federn!«

Eigentlich hieß sie nicht Flo, sondern Florentine, aber in Ülske nannten sie alle Flo, weil sie so klein und dünn war, dass ein langer Name einfach nicht passen wollte. Die Haare standen wirr von ihrem Kopf ab. Sie sah aus wie ein zerrupftes Huhn, auch wenn der knallgelbe Bademantel, den sie trug, eher an einen Kanarienvogel erinnerte.

Ich zog die Bettdecke höher, sodass Tom, der kleine getigerte Kater, der an meinen Füßen geschlafen hatte, aufschreckte und vom Bett sprang.

»Gleich«, murmelte ich.

Wenn er nun heute kam, ausgerechnet heute? Und wir waren gerade ins Auto gestiegen, um zum Bahnhof zu fahren? Jens würde vor verschlossener Tür stehen und das vielleicht als Wink des Schicksals deuten.

Es war bestimmt ein Fehler, früher abzureisen. Aber Tante Flo hatte in den letzten Tagen alles darangesetzt, mich davon zu überzeugen, dass es viel besser wäre, bereits heute nach Heidelberg zu fahren. Dann könnte ich mich am Wochenende schon einmal in aller Ruhe in der Stadt umsehen.

Ich wusste, worum es eigentlich ging. Sie wollte mich endlich los sein. Und ich konnte es ihr nicht einmal verübeln. Mit zweiundsiebzig hatte man nicht unbedingt Lust, sich jeden Tag das verweinte Gesicht seiner Nichte anzuschauen. Eine, die mit Anfang dreißig wieder Single und arbeitslos war und bei ihrer einzigen noch lebenden Verwandten unterkriechen musste, weil sie sich keine eigene Wohnung mehr leisten konnte. Was hatte man von so einer Nichte noch zu erwarten? Außer, dass sie irgendwann auf dem heimischen Sofa verenden würde?

»Ich habe es mir überlegt«, sagte ich und drehte mich zur Wand. »Ich fahre erst morgen. Ich habe noch etwas Wichtiges zu erledigen.«

Ein Ruck, und meine Bettdecke war weg.

»Die Kanalratte kommt nicht mehr. Hörst du! Weder heute noch morgen noch übermorgen. Du wartest jetzt seit drei Monaten. Es reicht.«

Manchmal war sie mir unheimlich. Vielleicht konnte sie doch in meinen Kopf sehen.

»Es wird dir in Heidelberg gefallen. Da gibt es zauberhafte

kleine Lokale. Und um diese Jahreszeit soll es dort besonders schön sein. In der Heidel kann man sogar baden.«

»Du musst es ja wissen. So oft, wie du schon in Heidelberg warst.«

Tante Flo war noch nie in Heidelberg gewesen. Alles, was sie über diese Stadt wusste, hatte sie von ihrer Freundin Rosel.

»Du hast zugesagt, dich um die Pension zu kümmern, also wirst du es auch tun! Es gibt jetzt kein Zurück mehr.«

»Wir sollten mal warten, was die im Krankenhaus sagen. Vielleicht braucht Rosel gar kein neues Hüftgelenk.«

»Da gibt es nichts abzuwarten. Rosel bekommt eine neue Hüfte, und hinterher geht sie in Kur. Du hast versprochen, dass du ihre Pension solange übernimmst, also wirst du dich an dein Wort halten.«

»Aber Rosel hat doch gesagt, im Moment wären gar keine Gäste da!«

»Das ändert nichts. Zusage ist Zusage.«

Eine Pension zu leiten, davon verstand ich ungefähr so viel wie vom Orgelbau oder vom Sockenstricken. Ich sollte dafür von Rosel sechshundert Euro im Monat bekommen, was in meiner Situation ein verdammt gutes Angebot war. Aber eigentlich hatte ich mich nur aus einem Grund darauf eingelassen: Tante Flo sollte endlich aufhören, deshalb unablässig auf mich einzureden.

»Die Ausflugsschiffe fahren noch, hat Rosel gesagt. Und auf dem Schloss gibt es Theateraufführungen. Da sitzt man im Schlosshof und trinkt Sekt. Rosel hat erzählt, sie hätte dabei einmal einen sehr netten jungen Mann kennengelernt, der sei extra aus Amerika angereist …«

Ich hörte nicht mehr hin. Den Rest kannte ich schon. Tante Flos Loblied auf Heidelberg: Romantik, wo man nur hinschaut, und so viele ledige, gut aussehende Männer, dass man an jeder Straßenecke über sie stolpert.

»Am besten machst du gleich eine Stadtführung mit. Es wird sich bestimmt ein netter junger Mann finden, der dir mal ein bisschen was zeigt.« Sie hängte das Federbett über die Stuhllehne. »Du weißt doch, was Lilo Pulver …«

»Ja, ja.« Ich zog die geblümte Überdecke hoch, die am Fußende lag.

»Die hat auch eine Stadtführung gemacht«, fuhr Tante Flo unbeirrt fort. »Und der Stadtführer war sogar ein Doktor. Da haben sie viele Doktoren in der Stadt. Lilo Pulver hatte damals auch Kummer …«

»Ja, ich weiß.«

Ich kannte die Geschichte des Films inzwischen auswendig: Eine junge Amerikanerin reist nach Heidelberg, um ihren abtrünnigen Verlobten zur Raison zu bringen, trifft auf einen charmanten Stadtführer, der natürlich gar keiner ist, und am Ende fallen sich alle verliebt in die Arme. »Heidelberger Romanze«, ein Herzschmerz-Streifen aus den fünfziger Jahren mit Lilo Pulver.

Tante Flo hatte ihn in der letzten Woche mindestens viermal angeschaut und mir außerdem bei jedem Frühstück, Mittag- und Abendessen davon erzählt, wenn sie mir nicht gerade von Sascha Hehn, dem neuen Traumschiffkapitän, vorschwärmte.

»Die Pulver hat da auch einen Mann gefunden, dann wirst du in Heidelberg ganz bestimmt auch jemand Nettes kennenlernen.«

»Das war nur im Film so. Gespielt, verstehst du! Lilo Pulver hat da nicht den Mann fürs Leben gefunden. Vielleicht solltest du mal noch etwas anderes tun, als dir jeden Tag von morgens bis abends irgendwelche Schnulzen anzusehen.«

Wobei das nicht stimmte. Tante Flo sah sich nicht nur Schnulzen an, sondern alles querbeet. Sophia Loren auf dem Hausboot, schweigende Lämmer, Kommissar Rex bei der Arbeit. Seit dem Tod ihrer Zwillingsschwester Alma, mit der sie ihr ganzes Leben verbracht hatte, war Tante Flo abgetaucht, bei Warner Brothers, Walt Disney, MGM oder wo auch immer. Verschwunden in schönen Illusionen oder Horrorszenarien, je nachdem. Hauptsache, weit weg von der Realität. So weit weg, dass sie manchmal nicht mehr zurückfand. Es konnte durchaus passieren, dass sie behauptete, bei Tiffany gewesen zu sein, wenn sie am Kiosk um die Ecke einen Kaffee trinken war, den schwulen Ralf von der Tankstelle nannte sie neuerdings »Mister Hudson«, und den Tisch deckte sie auch schon mal für drei, nur für den Fall, dass Commissario Brunetti überraschend zum Abendessen vorbeikam.

»Ich habe eben noch einmal mit Rosel telefoniert«, zwitscherte der Kanarienvogel. »Sie hat gesagt, wenn du mal einen Ausflug in den Odenwald machen willst, kannst du gern ihr Auto nehmen. Und du sollst die Palme nicht vergessen, sie steht auf der Terrasse. Rosel hat dir alles aufgeschrieben. Sie hat sie noch einmal gewässert, bevor sie gegangen ist.«

»Na prima. Dann eilt es ja nicht. Ich fahre morgen. Oder übermorgen. Wenn du mich jetzt bitte schlafen lässt.«

»Milena!« Tante Flo stemmte die Hände in die mageren Hüften. »Du stehst jetzt auf, ziehst dich an, und dann fahren wir zum Bahnhof. Genau so, wie wir es besprochen haben!«

Ich konnte nicht fahren. Jens würde garantiert heute kommen. Ich spürte es mit jeder Faser meines Körpers.

»Am Sonntag. Ich fahre am Sonntag.« Ich wickelte mich demonstrativ in die geblümte Tagesdecke und drehte mich wieder zur Wand. »Mach bitte die Tür zu, wenn du rausgehst.«

»Du hast es nicht anders gewollt!«

Tante Flo stürmte aus dem Zimmer. Kurz darauf hörte ich das Gartentor quietschen. Es war das Tor zum Hof der Reschkes, unseren Nachbarn. Eigentlich ging Tante Flo nicht zu den Reschkes rüber. Nicht, nachdem ihre Schwester Alma dort beim Eierholen mit einem Herzinfarkt und einem letzten entschiedenen Seufzer rücklings ins Gemüsebeet gefallen war.

Keine fünf Minuten später stand Tante Flo wieder vor meinem Bett. In der Hand hielt sie das Gewehr, mit dem der alte Reschke die Kaninchen jagte. Sie legte es an und zielte auf mich.

»Raus aus dem Bett!«

Das Gewehr war nicht geladen. Das konnte gar nicht anders sein. Alle im Dorf kannten Flo. Der hätte niemals jemand ein geladenes Gewehr gegeben.

»Nun beruhige dich mal.«

Das war ein klarer Fall von John-Wayne-Rausch. Flo hatte garantiert die halbe Nacht Western geguckt.

»Ich fahr ja. Aber eben am Sonntag. Jetzt hör auf, hier so einen Terz zu veranstalten, und bring das Gewehr wieder zurück!«

Als der Schuss die Tapete über meinem Kopf zerfetzte, hörte mein Herz für einen Moment auf zu schlagen. Feiner weißer Putz rieselte mir auf die Haare. Tante Flo ließ das Gewehr sinken. Sie war kreidebleich geworden.

»Du fährst!«

»Ist ja gut.« Mit zitternden Knien stieg ich aus dem Bett. »Überredet. Ich fahre.«

»Heidelberg wird dir gefallen! Du wirst schon sehen!«

Bestimmt. Vor allem, weil dort niemand versuchen würde, mich schon vor dem Frühstück umzubringen. Das dachte ich damals zumindest. Aber man irrt sich ja in vielem.

2

Eine Entschuldigung wäre das Mindeste gewesen. Eine mit Tränen, viel Verzweiflung und ehrlicher Reue. Eine ohne Tränen und mit geheuchelter Reue hätte es auch getan. Aber Tante Flo sagte nichts, und ich beschloss, nie wieder ein Wort mit ihr zu reden. Also fuhren wir schweigend zum Bahnhof.

Dort musste ich dann doch etwas sagen, weil ich noch einen Moment in der Halle warten wollte und Angst hatte, sie schießt wieder auf mich oder zieht vielleicht eine Axt aus der Tasche, weil sie denkt, ich will nicht abreisen.

Jens hatte ich eine SMS geschrieben, obwohl ich mir geschworen hatte, ihm nie mehr eine Nachricht zu schicken. Aber das hier war ein Notfall. »Verlasse heute Ülske. Sozialer Einsatz im Ausland. Komme vielleicht nie mehr zurück.« Eine zweite SMS mit meiner Abfahrtszeit hatte ich gleich noch hinterhergeschickt.

So ganz verkehrt war das mit dem Ausland nicht. Wenn man aus dem Norden kommt, ist eine Stadt, die so weit im Süden liegt, schon so gut wie Ausland. Daran änderte auch die Tatsache nichts, dass »Böckle«, mein Familienname, angeblich von irgendeinem Urururvorfahren aus dem Süddeutschen stammte. Natürlich hatte ich im Internet einiges über Heidelberg gelesen, und danach war völlig klar: Ich ging in die Fremde. Statt Wiesen und Äcker bis zum Horizont gab es Berge, und angeblich wuchsen dort Feigen und Kiwis statt Kartoffeln und Rüben.

Wir waren fünfzehn Minuten zu früh am Bahnhof. In der Halle war niemand. Ich meine wirklich niemand. Nur der Fahrkartenautomat. Also wartete ich und starrte zum Eingang. Nach langer Zeit hatte ich mich mal wieder zurechtgemacht, einen meiner kürzesten Röcke angezogen und meine störrischen Haare so lange geglättet, bis auch die letzte Locke aufgegeben hatte. Draußen fing es an zu regnen. Ich schaute auf die Uhr. Noch sieben Minuten. Noch sechs. Noch fünf.

Tante Flo zog an meinem Ärmel.

»Nun lass gehen. Der kommt nicht mehr. Du wirst in Heidelberg schon einen anderen kennenlernen.«

Ich schleppte Koffer und Rucksack die Treppe hinunter und konnte kaum die Stufen erkennen, weil ich kurz davor war, loszuheulen. Fünf Jahre, und der Scheißkerl kam nicht mal, um sich zu verabschieden.

Sobald wir auf dem Gleis waren, fuhr auch schon der Zug ein. Ich stieg hinein und wollte das Fenster aufmachen, aber dieses verdammte Ding ließ sich nicht öffnen. Tante Flo stand draußen auf dem Bahnsteig und sah ziemlich zufrieden aus. Zwei Meter daneben umarmte sich ein Pärchen, das sich gar nicht trennen wollte. Von Jens weit und breit keine Spur.

Zwanzig Minuten nachdem der Zug Ülske verlassen hatte, waren meine Augen vom Weinen zugeschwollen und alle meine Taschentücher aufgebraucht. Eine ältere Dame schenkte mir gleich ein ganzes Päckchen und ein kleiner Junge ein paar klebrige Gummibärchen, die aussahen, als hätte er sie seit Stunden in seiner verschwitzten Faust gehalten.

Wäre ich doch an diesem verfluchten Tag nicht zu früh nach Hause gekommen! Aber ich hatte gar keine Wahl gehabt. Mein Chef hatte mich rausgeschmissen und mir den Schlüssel zum Laden abgenommen, mit der freundlichen Aufforderung, sofort zu verschwinden und mich dort nie wieder blicken zu lassen. Er wollte meine Version der Geschichte, warum die zweihundert Euro in der Kasse fehlten, nicht glauben. Obwohl es die Wahrheit war und nichts als die Wahrheit, zumindest was meinen Teil dabei anging. Also war ich drei Stunden zu früh zu Hause aufgetaucht und hatte Jens mit Sarah im Bett erwischt.

Zwei Einschläge, die mich aus meinem Leben katapultiert hatten, wie ein Planet, der von einem riesigen Kometen getroffen wird und aus der Bahn gerät. Nun trudelte ich ziellos durch das Weltall.

Die Fahrt war lang genug, dass ich mir überlegen konnte, wie es in meinem Leben weitergehen sollte. Oder ob überhaupt, denn an besonders grauen Tagen schlich sich manchmal auch die Idee von einer Abkürzung ins Jenseits in meine Gedanken.

Tante Flo war der festen Überzeugung, durch Heidelberg fließe die Heidel. Ich hatte gelesen, dass es der Neckar ist. Auf jeden Fall gab es dort einen Fluss. Ich konnte also ins Wasser gehen. Aber mir war klar, dass ich sofort anfangen würde, mit den Armen zu rudern, sobald ich keinen Boden mehr unter den Füßen spürte. Vielleicht war es einfacher, sich in Rosels Bett zu legen, sich die Decke über den Kopf zu ziehen und nie mehr aufzustehen.

Nach ungefähr zweihundertfünfzig Kilometern war mein Kopf dumpf, und meine Augen waren so geschwollen, dass ich mir vorkam wie eine Kröte. Auf dem Platz neben mir lag das Bahnjournal mit schönen Bildern und leckeren Rezepten. Heile Welt in Hochglanz. Es beruhigte mich, darin herumzublättern. Ein Bericht über Neuseeland, Fotos von saftigen grünen Weiden und tiefen Fjorden. Daneben ein Interview mit einem gut aussehenden Mann, der lauter kleine Lachfalten um die Augen hatte.

Er war früher Manager in einer Firma gewesen, mit Chauffeur und mehreren Sekretärinnen. Aber dann hatte er alles hingeschmissen, und jetzt war er endlich mit sich selbst im Reinen. Und mit der Natur. Überhaupt mit allem. Er hatte eine Schaffarm, kannte jedes seiner Tiere mit Namen, und alles, was er tat, war ökologisch ausgesprochen sinnvoll. Einer von den Guten eben. Am Ende des Artikels stand sein Leitsatz, die Essenz eines bewegten Lebens, wie die Journalistin schrieb. Und die lautete: »Nur wer loslässt, kann gewinnen.«

Der gut aussehende Mann lächelte mich in Hochglanz an, und mit einem Mal war mir klar, warum ich immer im Fluss mit den Armen rudern würde: Eigentlich wollte ich nicht sterben. Ich wollte nur loslassen! Mein altes Leben. Das, in dem ich am Ende immer als die Verliererin dastand.

Das Beste aber war: Mein altes Leben loszulassen würde nicht einmal besonders schwer werden, denn es hatte mich schon losgelassen. Jens lag mit meiner ehemals besten Freundin Sarah im Bett, mein Chef hatte mich gefeuert und meine Tante auf mich geschossen, damit ich ihr nicht mehr reinquatschte, wenn Doris Day den Liebesschwüren von Rock Hudson lauschte.

Ich brauchte einen Neuanfang, dort, wo mich niemand kannte und alle eine Chance hatten. Wo es diese sympathischen Männer mit den wettergegerbten Gesichtern gab. In Neuseeland eben. Es musste ja nicht unbedingt eine Schaffarm sein, aber vielleicht ein kleines Café mit Apfelkuchen und Kirschtorte. Hauptsache, es war am anderen Ende der Welt. Neuseeland. Berge, Meer, grüne Weiden. Männer, die es ehrlich meinen. Dieser Schafzüchter aus dem Journal ging bestimmt nicht fremd. Pech nur, dass ich nie und nimmer das Geld haben würde, mir ein Flugticket ans Ende der Welt zu kaufen.

Wir hielten an. Die Menschen auf dem Bahnsteig verschwanden im Zug wie Krümel in einem Staubsauger. Noch ein Halt – und wieder einer. Dazwischen rauschte die Landschaft vorbei.

In Essen musste ich umsteigen. Menschenmassen drängten sich in den Gängen, und ich war froh, als ich endlich das Gleis gefunden hatte, auf dem mein Anschlusszug abfahren sollte.

Reisende standen neben ihrem Gepäck, sprachen in ihr Handy, liefen vorbei, saßen auf Bänken und warteten. Auf dem Display über dem Bahngleis wurde nichts angezeigt, was mich wunderte, denn nach meinem Plan sollte es hier in drei Minuten weitergehen.

Ich ging zu einer der Informationstafeln, an der das Plakat mit den Abfahrtszeiten hing. Eine Frau mit langen roten Haaren stand davor, die Arme verschränkt. Sie starrte in die andere Richtung und versperrte mir die Sicht.

»Entschuldigung«, sagte ich, aber sie schien mich nicht zu hören.

Ich tippte ihr auf die Schulter. Sie drehte sich um und wich sofort einen Schritt zurück.

»Was wollen Sie?«, stieß sie erschrocken hervor.

Sah ich noch so verheult aus? Mila Böckle, das Phantom des Essener Bahnhofs? Ich zeigte auf die Tafel hinter ihr.

»Auf den Plan schauen.«

Die Frau strich sich eine Haarsträhne aus dem bleichen Gesicht, klemmte ihre Handtasche unter den Arm und rückte zur Seite. Doch noch bevor ich meine Verbindung auf dem Aushang gefunden hatte, verkündete eine Stimme die nahende Ankunft des Zuges. Zum Glück hielt er so, dass sich die Türen genau vor mir öffneten. Erleichtert hievte ich meinen Koffer die Stufen hoch ins nächste Großraumabteil.

Meine Mitreisende mit den roten Haaren hatte schon am Gang Platz genommen und ihren Mantel auf den Sitz neben sich gelegt, ein nicht zu übersehendes Signal, dass sie keinen Wert auf eine nette Zugbekanntschaft legte. Ich schob Koffer und Rucksack ins Gepäckfach und suchte mir einen freien Vierer. Geschafft, dachte ich erleichtert, da schlug mir von hinten etwas gegen den Kopf.

»Oh, das tut mir leid. Wie ungeschickt.«

Ich schaute hoch und sah in das Gesicht aus dem Bahnjournal. Der Neuseeländer lächelte mich bedauernd an, während er versuchte, seine Reisetasche in der Ablage über unseren Köpfen zu verstauen.

»Ist der Platz neben Ihnen noch frei?«, fragte er.

Natürlich war es nicht der Neuseeländer aus dem Journal, nicht genau der. Allerdings sah er ihm verblüffend ähnlich. Kleine Fältchen im markanten Gesicht, dichtes schwarzes Haar, und Augen von einem so intensiven Blau wie das Trikot von Ülskes Fußballverein. Er ließ seine Tasche über mir im Gepäckfach verschwinden, dann beugte er sich zu mir.

»Alles in Ordnung?«

Immerhin schaffte ich es zu nicken.

»Darf ich?«

Ich nickte noch einmal.

Auf der anderen Seite des Tisches waren noch zwei Plätze frei. Aber er ließ sich auf den Sitz neben mir fallen! Ich konnte Tante Flo förmlich hören: *Jetzt mach den Mund auf. Rede was, Mila! Du wirst doch wohl nicht neben einem neuseeländischen Traummann sitzen und die Zähne nicht auseinanderkriegen, während die Kanalratte mit Sarah im Bett liegt!*

Aber was sollte ich sagen? Ganz schön voll heute? Viel zu einfältig. Außerdem war es nicht sehr voll. Witzig musste es sein, und intelligent.

Der Neuseeländer hatte sich zur Seite gebeugt und schaute den Gang hinunter.

»Wo geht es denn hin?« Ich hätte mir wegen meiner dämlichen Frage am liebsten sofort in den Hintern getreten.

Der Neuseeländer schaute kurz zu mir. »Was?«

»Bis wohin fahren Sie?«

»Ich …« Schon wieder beugte er sich über die Lehne. »… bis Heidelberg.«

Wir hatten also eine Gemeinsamkeit. Ein guter Anknüpfungspunkt.

»Ich auch. Ich werde dort eine Pension übernehmen. Ich heiße übrigens Milena. Milena Böckle. Aber alle nennen mich Mila.«

Den Neuseeländer schien das nicht besonders zu interessieren. Er schaute immer noch nach vorn, in den Gang hinein. Ich lehnte mich ein wenig zur Seite, um zu sehen, was es dort so Interessantes gab. Meine schreckhafte Mitreisende mit den roten Haaren, die ein paar Plätze weiter saß? Der ältere Herr mit den grau melierten Haaren und der spitzen Nase, der mit grimmigem Gesicht nahe der Tür stand?

»Kennen Sie Heidelberg schon?«, versuchte ich es noch einmal. »Ich war noch nie da. Das Heidelberger Schloss ist angeblich gar kein richtiges Schloss mehr, sondern nur noch eine Ruine. Ich werde es mir trotzdem mal ansehen.«

Wieder bekam ich keine Antwort. Die Wärme kroch meinen Hals hoch bis über mein Gesicht. Wahrscheinlich war ich schon puterrot. Noch einer, der mich abblitzen ließ.

Der Neuseeländer schaute weiter den Gang entlang, aus den Augenwinkeln, den Kopf hinten an den Sitz gelehnt, wie jemand, der etwas sehen will und so tut, als würde es ihn nicht interessieren. Das Einzige, was man so von seinem Platz aus gut sehen konnte, war die rothaarige Frau. Hatte er deshalb neben mir sitzen wollen? Ihre Haare sahen wirklich phantastisch aus. Kupferrot und gelockt. Aber sie musste viel älter sein als er. Mindestens fünfzig. Und er war höchstens Mitte dreißig.

Ich verstehe schon, wenn jemand nicht mit mir reden will. Also hielt ich den Mund und verbrachte die folgenden drei Stunden damit, weiter über mein verkorkstes Leben nachzudenken, bis endlich angekündigt wurde, dass der nächste Halt Heidelberg war.

Von mir aus hätte ich kein Wort mehr mit meinem Sitznachbarn geredet, aber als er seine Reisetasche aus dem Gepäckfach zog, fiel ihm wohl wieder ein, dass er mich damit fast erschlagen hatte.

»Ich hoffe, es tut nicht mehr weh«, sagte er und schenkte mir noch einmal ein Lächeln. »Schöne Zeit noch.«

»Ihnen auch. Wenn Sie eine Unterkunft suchen, kommen Sie doch vorbei. Die Pension liegt …«

Doch schon hatte er sich in die Menschenschlange eingereiht. Ich schulterte meinen Rucksack und zog meinen Koffer hinter mir her, raus aus dem Zug, die Stufen hoch, bis in die Bahnhofshalle. Immerhin gab es hier einige Geschäfte. Ich überlegte, ob ich mir in der Buchhandlung einen Reiseführer über Heidelberg kaufen sollte. Den würde ich auswendig lernen und Tante Flo erzählen, ich hätte die Infos von einem ultrahässlichen Stadtführer, der verheiratet war und zehn Kinder hatte. Aber in meinem Portemonnaie waren nur noch ein paar Euro, und mein Konto war bis zum Limit überzogen. Also gab es keinen Reiseführer.

Draußen nieselte ein feiner Regen vom Himmel herab. Es war einer von diesen Bahnhofsvorplätzen, wie man sie überall findet. Die Filiale einer Schnellimbiss-Kette, ein Hotel, ein Taxistand und ungefähr tausend Fahrräder. Von Romantik war hier weit und breit nichts zu sehen. Kein Schloss, keine Brücke, kein Fluss.

Dafür schaute auf der gegenüberliegenden Straßenecke ein riesiges Metallpferd mit einem blauen Auge auf die Fußgänger hinab. Es war bestimmt über zehn Meter groß und sah aus, als versuchte es verzweifelt wegzurennen, ohne vom Fleck zu kommen. Kein Wunder, das arme Tier hatte nur drei Beine. Mir war klar, dass manche Menschen in der Stadt dachten, Kühe wären lila. Aber dass Pferde vier Beine haben, das musste man doch wissen? War denen das Geld ausgegangen? Man sparte sich einfach das vierte Bein und erklärte den verwirrten Bürgern, das wäre Kunst?

Meine Spekulationen über die Heidelberger Kulturszene wurden von wütendem Geschrei unterbrochen, das von der anderen Seite des Platzes kam. Ich war nicht die Einzige, die hinüberging, um zu sehen, was dort los war. Auf dieser Seite des Bahnhofsplatzes führte eine Straße um eine Gruppe hoher Bäume herum. Einige Taxis standen in einer Schlange und warteten auf Kundschaft. Auf dem Gehsteig davor drängte sich ein Pulk von Leuten. Alle schauten zu einem älteren Mann in dunkler Lederjacke, der mit hocherhobenen Fäusten unter den Bäumen daherlief.

»Ihr Drecksviecher!«, schrie er. »Ich sehe euch genau. Glaubt bloß nicht, ihr könntet euch da oben verstecken!«

Die Bewohner der Bäume schien das wenig zu interessieren. Aus den Baumwipfeln war ein munteres Tschilpen zu hören. Ab und zu sah man einen Vogel davon- oder heranflattern, klein und grün. Ich traute meinen Augen nicht: Das waren Papageien. In Ülske gab es Krähen und Spatzen und ab und zu einen Fasan, was eben in die Landschaft passte. Aber Papageien? War das ein Werbegag? Heidelberg, die exotische Stadt im Süden? Warum noch nach Brasilien reisen, wenn es Papageien in der Kurpfalz gibt? Nach dem Lärm, den sie veranstalteten, musste dort oben eine ganze Kolonie hausen.

»Ich knall euch ab!«, schrie der Mann. »Ich mach euch fertig!«

Er blieb stehen und zog tatsächlich eine Pistole aus der Innentasche seiner Jacke. Jemand aus der Menschenmenge schrie erschrocken auf. Eine Frau mit einem kleinen Kind an der Hand lief fort.

»Ihr scheißt mir nicht mehr auf mein Auto. Ich mach euch alle!«

Ein ohrenbetäubender Knall zerriss die Luft. Mit einem Mal war der Himmel voller grüner Vögel. Nach allen Seiten stoben sie aus den Baumkronen und flatterten hektisch umher.

Noch einmal zielte der Mann in die Bäume. Ein Tumult brach aus. Menschen schrien durcheinander. Unmittelbar vor mir, am Rand des Gehsteigs, stürzte jemand nach vorn auf die Straße. Eine Gestalt im grünen Anorak, die Kapuze über den Kopf gezogen. Im Fallen riss sie die Arme nach hinten, sodass die Tasche, die sie in der Hand gehalten hatte, durch die Luft geschleudert wurde und in der Menge landete. Sie fiel direkt vor mir auf den Boden. So nah, dass ich nur meinen Arm ausstrecken musste, um an sie heranzukommen. Eine weiße Handtasche. Es war wie ein Reflex: bücken, aufheben.

Es griff noch eine andere Hand nach der Tasche, behaart, mit kurzen Fingern, aber ich war schneller. Als ich mich wieder aufrichtete, sah ich in das Gesicht eines Mannes, der so nah vor mir stand, dass ich jeden der grauen Stoppeln auf seinen unrasierten Wangen erkennen konnte. Seine bernsteinfarbenen Augen waren schmal und voller Hass. Er packte mein Handgelenk, so fest, dass es wehtat.

»Gib her!«, zischte er und riss mit der anderen Hand an der Tasche.

Ich aber hatte meine Finger in das weiche Leder geschlagen wie das Raubtier seine Krallen in die Beute. Ich lasse mir nicht gern etwas wegnehmen, keinen Mann und auch keine Handtasche.

Der Fremde drehte meinen Arm nach hinten weg, sodass ich vor Schmerz fast aufgeschrien hätte.

»Gib sie her!«

Plötzlich heulten die Sirenen eines Polizeiwagens auf, so laut, als wäre er schon ganz in der Nähe. Wie ein Tier, das den Feind wittert, reckte der Fremde den Kopf in die Höhe. Dann ließ er mich los und verschwand so schnell in der Menge, wie er aufgetaucht war.

Mit klopfendem Herzen presste ich die Handtasche an mich und suchte nach meinem Koffer. Ich musste die Tasche zurückgeben. Sehen, was geschehen war. Doch ich kam nicht mehr durch die Menge. Nur auf Zehenspitzen konnte ich noch über die Köpfe hinwegschauen. Zwei Männer knieten neben der Gestalt auf der Straße, ein dritter stand mit betretenem Gesichtsausdruck daneben.

Es war eine Frau, die da auf dem Boden lag. Man hatte sie auf die Seite gedreht und ihr die Kapuze abgestreift. Ihr Gesicht war leichenblass. Ihre Locken schimmerten kupferfarben auf dem dunklen Asphalt.

Es war die Rothaarige aus dem Zug.

3

Wie aus dem Nichts tauchten zwei Polizisten auf und versuchten, die aufgeregten Menschen zurückzudrängen. Als ich es endlich geschafft hatte, bis zu einem von ihnen durchzukommen, fuhr der mich an, noch bevor ich auch nur den Mund aufmachen konnte.

»Treten Sie zurück!«

»Aber ich ...«

»Jetzt treten Sie zurück!«

»Ich wollte doch nur ...«

»Zurücktreten!«

Eine ältere Frau, an der ich mich vorbeigeschoben hatte, keifte mich von hinten an: »Haben Sie nicht gehört? Sie sollen Leine ziehen! Sie behindern die Rettungskräfte!«

Neben ihr stand ein kleiner kahlköpfiger Mann. Er zog mich an meiner Jacke zurück.

»Am besten die Nase direkt ins Blut stecken, was?«, fuhr er mich an.

»Aber ich ...«

»Hier gibt es nichts zu sehen.« Der Polizist drängte mich mit einer Handbewegung zurück, als wollte er eine lästige Fliege verscheuchen. »Jetzt machen Sie schon Platz!«

Hinter ihm hielt ein Krankenwagen. Zwei Sanitäter sprangen heraus. Erst war alles ganz eilig. Bis sie sich zu der rothaarigen Frau hinabgebeugt hatten. Dann war die Eile vorbei. Keine Wiederbelebungsversuche, kein hektisches Herauszerren der Trage. Nichts.

Einige Meter entfernt sah ich den Neuseeländer stehen. Er hielt das Handy noch in der Hand, als hätte er gerade telefoniert, und war mindestens so bleich wie die Frau, die auf der Straße lag. Den Ausdruck auf seinem Gesicht hatte ich bisher nur einmal in meinem Leben gesehen: als der alte Reschke wie von Höllenhunden gejagt durchs Dorf gerannt kam, weil ihm angeblich auf dem Friedhof der leibhaftige Teufel begegnet war.

»Sie ist tot«, giftete die Frau von hinten, als wäre ich persönlich dafür verantwortlich. »Haben Sie jetzt genug gesehen?«

Ich nahm meinen Koffer und ging. Wenn die glaubten, ich sei eine Gafferin, dann würde ich die Tasche eben nicht abgeben. Zumindest nicht hier. Der Nieselregen hatte meine Jacke durchweicht, und mir war kalt. Ich würde in die Pension fahren, mir etwas Trockenes anziehen und danach zur Polizei gehen und dort die Tasche einem netten, freundlichen Beamten übergeben, der mein Engagement zu schätzen wusste.

Vor allem aber wollte ich weg von diesem Platz. Von den gehässigen Menschen. Dem unfreundlichen Polizisten. Den Handtaschendieben. Den Verrückten, die in der Gegend rumballerten.

In Essen hatte ich noch mit dieser Frau gesprochen, und jetzt lag sie leichenblass auf dem Asphalt. Einfach auf die Straße gekippt. Wieso schoss hier auch jemand in der Gegend herum? Sich zu Tode erschrecken, so sagte es die Redewendung. Ich hatte mir nie Gedanken gemacht, ob das wirklich passieren konnte. Aber wenn man ein schwaches Herz hatte, sowieso kurz vor dem Infarkt stand?

Wie es aussah, war ich vom Regen in der Traufe gelandet. In Heidelberg machte man Jagd auf Papageien, in Ülske auf harmlose Langschläfer. Am besten war wahrscheinlich, mich wirklich ins Bett zu legen und nie wieder aufzustehen.

Nur musste ich dazu erst einmal die Pension finden. Rosel hatte mir den Weg erklärt. Das Haus lag in der Altstadt, und die war ein gutes Stück vom Bahnhof entfernt. Den Bus sollte ich nehmen oder mit der Straßenbahn fahren und dann die Fußgängerzone langgehen. Doch ich entschied mich, zu Fuß zu gehen, nach der ganzen Sitzerei im Zug konnte Bewegung nicht schaden.

Ein netter Mensch erklärte mir den Weg. Die Handtasche der Rothaarigen hatte ich unter meinen Arm geklemmt. An einen großen Platz müsse ich kommen, den Bismarckplatz, da gehe es dann in die Fußgängerzone. Als ich endlich dort war, war der Arm, mit dem ich den Koffer hinter mir herschleifte, schon mindestens zehn Zentimeter länger als der andere. Wenigstens hatte der Nieselregen aufgehört. Gleich zu Beginn der Fußgängerzone, die sinnigerweise auch »Hauptstraße« hieß, saß eine lebensgroße bronzene Figur auf einer Bank, scheinbar in eine Zeitung vertieft. Eine Pause konnte nicht schaden. Ich nahm neben dem erstarrten Zeitungsleser Platz, die fremde Tasche auf dem Schoß.

Vielleicht hätte ich sie doch nicht mitnehmen sollen. Möglicherweise war man bei der Polizei davon nicht begeistert. Andererseits hatte ich die Tasche vor diesem Mann gerettet, und der hatte nicht den Eindruck gemacht, als wollte er sie wieder abgeben. Sein seltsam kantiges Gesicht konnte ich noch jetzt vor mir sehen, seine auffallenden Augen. Bernsteinfarben. Wie die eines Wolfes.

Der Reißverschluss an der Tasche war zur Hälfte offen. Besser, ich machte ihn zu, damit nichts herausfiel. Aber er ließ sich nicht zuziehen. Etwas hatte sich von innen dazwischengesetzt. Ich fuhr mit der Hand in die Tasche und zog aus den gefräßigen Metallzähnen ein Papier hervor, das nun am Rand zerrissen war.

Es sah aus wie die Kopie eines Zeitungsartikels. Auf einem Schwarz-Weiß-Foto lachte eine alte Frau, die Haare streng zurückgekämmt. Sie hatte eine Art Kittelschürze und grobe Schuhe an, wie jemand, der gerade aus dem Garten kommt. Ihre Hand ruhte auf der Schulter eines kleinen Jungen, der aussah wie der Jüngste der Reschke-Brüder, als er noch klein und niedlich war und außer Frösche aufzublasen nicht viel angestellt hatte. Die beiden auf dem Foto strahlten um die Wette.

Darunter stand etwas in einer Schrift, die ich nicht lesen konnte. Nicht nur, weil ich die Sprache nicht beherrschte, ich kannte schon die Buchstaben nicht. Was war das? Auf jeden Fall nichts Asiatisches. Jemand hatte am Rand handschriftlich eine Notiz auf Deutsch hinzugefügt: »Hier die Geschichte, wie alles begann. Aus einer Ausgabe der Tretjakowskaja Prawda. Ich dachte, du freust dich darüber! Gruß, Erik«.

Tretjakowskaja Prawda, das hörte sich sehr russisch an. Dann war die Schrift im Artikel wohl Kyrillisch. Ich faltete den Ausschnitt wieder zusammen und steckte ihn zurück in die Tasche.

Ich sollte weitergehen, sonst würde ich heute nicht mehr ankommen. Nachdem ich mich von meinem stummen Nachbarn verabschiedet hatte, zog ich mit Tasche und Koffer weiter. Das also war Heidelbergs Einkaufsmeile. Ein Geschäft reihte sich ans nächste. Buchhandlungen, Eisdielen, Cafés, Läden, in denen es Kleidung, Seife oder Dessous gab, und eine einladende Bank vor einem Schaufenster mit einem Schild darauf: »Reserved for Forrest

Gump«. Die Fußgängerzone schien nicht enden zu wollen. Aber egal, was ich sah, immer wieder schwirrte das Bild der toten Frau in meinem Kopf herum und wollte sich einfach nicht vertreiben lassen. Ihre roten Haare auf dem Asphalt. Ob einer der Schüsse sie getroffen hatte? Aber das konnte nicht sein. Der Mann hatte doch nur in die Baumkronen gezielt.

Nach gefühlten zwanzig Kilometern kam ich endlich an eine große Kirche aus rötlichen Steinen. In ihre Außenmauern waren kleine Nischen eingelassen, in denen Verkaufsstände nicht etwa Bibeln und Rosenkränze, sondern Kuckucksuhren und Crêpes anboten.

Hier sah Heidelberg schon eher so aus, wie ich es mir nach Tante Flos Schwärmereien vorgestellt hatte. Ein hohes, altes Haus, das eine goldene Schrift als »Hotel zum Ritter« auswies, war bis zum Giebel hin verziert mit steinernen Schnörkeln und Büsten. Auf dem Platz hinter der Kirche prangte auf einem Brunnen eine männliche Figur mit einem Waschbrettbauch, der manchen Bodybuilder vor Neid hätte erblassen lassen. Holzbänke luden erschöpfte Menschen zum Ausruhen ein, groß genug, dass schon auf einer von ihnen locker alle Pfadfinder von Ülske Platz gefunden hätten.

Leider setzte der Regen wieder ein, nicht als feiner Sprühnebel, sondern in dicken Tropfen. Ich bückte mich, um meinen Schirm aus der Seitentasche des Koffers herauszuholen, und stieß beim Aufrichten fast gegen einen Mann in Lodenjacke, der mir seinen Bauch entgegenstreckte.

»Rücken Sie mal auf, junge Frau. Hier hinten versteht man nichts.«

Sein Interesse galt einer Dame im knallroten Regencape, die auf den Stufen des Brunnens von Herkules erzählte. Der schaute dort oben schon seit über dreihundert Jahren mit stolzem Blick in die Ferne und sollte angeblich früher einmal der kriegsgeplagten Bevölkerung beim Wiederaufbau der Stadt Mut machen. Da war sie also, meine erste Stadtführung. Aber das musste jetzt nicht sein. Ein andermal gern, wenn es nicht regnete.

Als ich mich an den Menschen vorbeidrängte, sah ich abseits der Gruppe einen Mann, die Hände tief in den Taschen vergraben.

Suchend ließ er den Blick über die Menge schweifen. War das nicht der vom Bahnhof? Der Mann mit dem eckigen Kinn und den Wolfsaugen, der versucht hatte, mir die Tasche wegzureißen?

Besser, ich begegnete dem nicht noch einmal. Schnell spannte ich meinen Schirm auf. Der Trupp um mich herum setzte sich in Bewegung. Ich ging einfach mit, verborgen unter dem bunten Dach der aufgespannten Regenschirme. Wir umrundeten die Kirche, bis die Dame im roten Cape abrupt stehen blieb und mit dem Finger gen Himmel zeigte, als hätte sie eine Erscheinung.

»Oh, sehen Sie nur! Ein Wanderfalke. Da lernen Sie gleich einen der Bewohner unseres Kirchturms kennen!«

Fünfundzwanzig Schirme klappten nach hinten, fünfundzwanzig Köpfe schauten in die Luft. Ich nutzte meine Chance, reckte mich und schaute über sie hinweg. Ich konnte den Mann vom Bahnhof nirgends entdecken. Oder? War das der Typ, der in einiger Entfernung, nach allen Seiten Ausschau haltend, über den Platz schlenderte?

Der Gruppe setzte sich wieder in Bewegung. Ich drängte mich mehr in die Mitte. Vor dem Portal an der Westseite blieb die Dame im Regencape erneut stehen.

»Hier in der Heiliggeistkirche war einst auf den Emporen einer der größten Schätze der Renaissance untergebracht. Hat jemand eine Ahnung, worum es sich dabei handelte?«

»Diamanten?«, kam es aus der Menge.

»So etwas Ähnliches«, sagte die Dame. »Bücher. Hier stand einmal die weltberühmte ›Bibliotheca Palatina‹. Alles Weitere erkläre ich drinnen. Wenn Sie mir nun bitte folgen würden.«

Wie auf Kommando schlossen sich die Schirme um mich herum, und alles strömte in die Kirche hinein. Ich blieb vor der Tür zurück. Allein. Kein Mann mit Wolfsaugen weit und breit. Nur zwei Chinesen, die mit ihren Handys Fotos machten.

War das ein Zufall? Ein Taschendieb, der durch die Stadt zog, zu den Plätzen, an denen sich die Touristen drängten?

Vielleicht hatte ich mich auch einfach getäuscht. Seit ich wieder bei Tante Flo wohnte, war ich etwas ängstlich geworden. Wenn Flo Krimis anschaute, dann am liebsten solche, bei denen das Blut unten aus dem Fernseher tropfte und irgendwelche Serienkiller über wehrlose Frauen herfielen. Das tat nicht gut, wenn es einem sowieso schon saudreckig ging und man viel Phantasie hatte, so wie ich.

Zur Vorsicht hielt ich mir den Schirm so tief wie möglich vor das Gesicht. Ab und zu drehte ich mich um, aber der Mann mit den Wolfsaugen war verschwunden.

Rosels Pension sollte in einer der Gassen in der Nähe der Kirche liegen. Nach einigem Suchen fand ich das richtige Haus. Rosels Name stand in winzigen Buchstaben auf dem Klingelschild, aber nirgends stand etwas von einer Pension. Schon seltsam.

Wenn man gewohnt war, dass ein ordentliches Haus mindestens hundertfünfzig Quadratmeter hat und einen Stellplatz für einen Trecker, wirkte das hier ziemlich beengt: keine vier Meter breit, eine niedrige Tür mit einem dicken Holzbalken quer darüber. Der Schlüssel, den Rosel mir geschickt hatte, hakte ein wenig, doch schließlich sprang die Tür auf. In dem schmalen Flur, der vor mir lag, suchte ich vergeblich nach dem Lichtschalter.

Ich stellte mein Gepäck bei der Garderobe ab und tastete mich im Halbdunkel vorwärts. Neben der Holzstiege, die am Ende des Flurs ins obere Stockwerk führte, hielt eine mit Blumen bemalte Milchkanne eine Auswahl von Gehstöcken bereit. Gegenüber dem Treppenaufgang befand sich eine Tür, durch die man bei eins neunzig Körpergröße wahrscheinlich nur mit eingezogenem Kopf unbeschadet hindurchkam. Dahinter lag die Küche, mit einem großen Holztisch in der Mitte und einer der üblichen, langweiligen Küchenzeilen. Die Spüle glänzte, als wäre sie stundenlang gewienert worden, nirgends sah man eine benutzte Tasse oder einen schmutzigen Teller. Rosel schien sehr ordentlich zu sein. Der Messerblock auf der Ablage war der beste Beweis dafür. Ein schickes Teil, an dem die Messer mit der Schneide magnetisch zu haften schienen. Sie waren exakt der Größe nach geordnet, vom kleinen Schälmesser bis zum Riesenmesser, perfekt, um das Hausschwein zu schlachten, und so groß und schwer, dass es schon halb vom Messerblock runtergerutscht war.

Von der Küche aus führten gleich zwei Türen weiter. Eine, auf der ein großer gusseiserner Schlüssel steckte, als wäre es der Eingang zu einem Verlies oder zu einem Geheimgang, der zum

Heidelberger Schloss führte. Beides stimmte nicht. Als ich die Tür öffnete, schaute ich in einen kleinen Innenhof, in dem die Mülltonnen standen. Hinter der anderen Tür lag offensichtlich die Waschküche, sofern ich es bei der spärlichen Deckenbeleuchtung erkennen konnte. Ich ging einen Schritt in den kahlen Raum und spürte, wie hinter mir kühle Luft hereinzog. Es war nur ein Hauch, kaum wahrnehmbar, als hätte jemand irgendwo im Haus eine Tür geöffnet. Rosel hatte doch gesagt, es wäre niemand da.

Ein Räuspern. Kam das aus dem Flur? Ein Einbrecher? Hatte jemand mitbekommen, dass Rosel verreist war? Oder war es der Mann vom Bahnhof? Vielleicht hatte ich mir nichts eingebildet, vielleicht war er mir wirklich gefolgt.

Es knarrte. Dann war einen Moment Ruhe. Dann knarrte es wieder.

Ich drückte mich neben die Waschmaschine, auf der ein ganzes Bataillon von Plastikflaschen mit Waschmitteln stand. Ein fataler Fehler. Mit meinem Ellbogen stieß ich gegen die Flaschen, die wie Dominosteine zur Seite kippten. Polternd fiel eine von ihnen zu Boden.

Wenn das ein Einbrecher da draußen war, irgendeiner, der nicht mich meinte, dann würde er jetzt weglaufen. Der würde nicht so dumm sein und nachschauen, wer in der Waschküche herumpolterte.

Aber es lief niemand weg. Im Gegenteil. Ich hörte Schritte. Sohlen, die für einen Moment auf dem Küchenboden zu haften schienen. Dann ein seltsames metallenes Geräusch. Der Messerblock!

Was tun? Ich hatte mich doch nicht die letzten drei Monate durch mein Leben gequält, um dann in der Stadt der Romantik gleich am ersten Tag umgebracht zu werden. Ich presste mich an die Wand und griff nach der Fünf-Liter-Flasche Persil neben mir auf der Waschmaschine.

Im gleichen Moment flog die Tür auf. Ein Mann stand auf der Schwelle. Das helle Licht der Küche fiel von hinten auf ihn. Ich konnte nur seine Silhouette erkennen. Und dass er etwas in der Hand hielt.

4

Mit voller Wucht schleuderte ich ihm die Waschmittelflasche entgegen. Der Mann im Türrahmen stöhnte auf und taumelte nach vorn, in die Waschküche hinein, direkt auf mich zu. So fest ich konnte, stieß ich ihn zur Seite und stürmte an ihm vorbei, zog die Tür hinter mir zu und schloss ab. Einmal. Zweimal. Mehr ging nicht.

Mein Handy. Wo war mein Handy? Ich musste die Polizei rufen. Es war in meiner Jacke. Ganz bestimmt. Aber wo? Da war es. Es rutschte mir aus der angstverschwitzten Hand, schlitterte über den Boden und landete unter dem Küchenschrank. Mit ausgestrecktem Arm tastete ich danach.

Von der anderen Seite der Waschküchentür klopfte es.

»Die Polizei ist unterwegs«, schrie ich. »Ich habe schon angerufen.«

»Sehr gut. Dann kann ich Sie gleich wegen gefährlicher Körperverletzung anzeigen.«

»Sie ...«, vor lauter Aufregung bekam ich kaum Luft, »... Sie sind mit dem Messer auf mich los. Dafür werden Sie jahrelang sitzen!«

»Mit einem Messer? Was für ein Messer? Was haben Sie überhaupt hier zu suchen?«

»Das geht Sie nichts an.«

Endlich. Mein Handy. Jetzt hatte ich es.

»Das geht mich nichts an?«, rief es aus der Waschküche. »Das sehe ich aber anders. Die Pension gehört meiner Tante. Rosel Niesmer.«

Der hatte bestimmt vorher alles ausgespäht und Rosels Namen an der Tür gelesen.

»Sind Sie Mila? Ich dachte, Sie kommen erst morgen. Ich bin Hugo. Hugo Benske. Ich wohne in der Vier.«

»Sie lügen! Hier wohnt niemand. Rosel hat gesagt, es sind keine Gäste da.«

»Ich bin auch kein Gast. Ich wohne hier. Ich meine, ich wohne immer hier. Ich gehöre sozusagen zum Inventar. Jetzt machen

Sie schon die Tür auf. Sonst zeige ich Sie auch noch wegen Freiheitsberaubung an.«

»Sicher wohnen Sie hier. Und ich bin die Königin von Saba.«

»Dann sehen Sie doch nach, wenn Sie mir nicht glauben. Hugo Benske. In meinem Zimmer liegt meine Brieftasche. Da ist mein Ausweis drin.«

Mein Blick fiel auf den Messerblock. Es hingen noch alle Messer dort, nur hingen jetzt alle gerade. Auch das Riesenmesser. Und die Silhouette, die ich eben im Türrahmen gesehen hatte, war ziemlich schmal gewesen. Nicht so wie der Mann vom Bahnhof. Außerdem kannte der Mensch in der Waschküche offensichtlich meinen Namen. Wenn ich nun die Polizei rief und er wohnte tatsächlich hier?

Die Türen im ersten Stock waren jeweils mit einer Zahl versehen. Die Vier hatte ich schnell gefunden. Ein kleiner Raum mit einem akkurat gemachten Bett und einem winzigen Schreibtisch, auf dem ein Computer stand. In der Brieftasche, die auf dem Nachttisch lag, war ein Ausweis, ausgestellt auf einen Mann namens Hugo Benske. 1984 geboren, eins dreiundsiebzig groß.

Unten klopfte es immer noch. Ich schlich zurück in die Küche.

»Sind Sie wieder da? Hallo?«

»Also gut«, rief ich ihm durch die Tür zu. »Ich sehe von einer Anzeige gegen Sie ab. Und das mit der Flasche war Notwehr. Da sind wir uns doch einig, oder?«

»Notwehr. Klar«, kam es von der anderen Seite. »Jetzt machen Sie endlich auf.«

Ich nahm das riesige Messer und hielt es hinter meinem Rücken versteckt. Für den Fall, dass dieser Kerl doch ein superraffinierter Lügner war. Dann drehte ich den Schlüssel um.

Er sah nicht aus wie ein Mann, vor dem man sich fürchten musste. Hugo Benske hätte sich hinter dem Herkules auf dem Brunnen dreimal verstecken können, so schmal war er. Mit den glatten Haaren, die ihm ins Gesicht fielen, und den Sommersprossen auf der hellen Haut erinnerte er mich an Harry Potter. Auf seiner Stirn befand sich allerdings keine Narbe, sondern eine Beule, die schon anfing, rot-blau anzulaufen.

Hugo Benske ging als Erstes zum Kühlschrank und holte einen

Beutel Tiefkühlgemüse aus dem Gefrierfach. Dann ließ er sich auf einen der Stühle fallen und presste sich den Beutel auf die Stirn.

»Haben Sie schon mal davon gehört, dass man klingeln kann? Man muss nicht einfach heimlich ins Haus schleichen!«

»Ich habe mich nicht ins Haus geschlichen. Wenn Sie schlecht hören, kann ich nichts dafür.«

»Ich höre ausgezeichnet.« Er ließ den Beutel sinken und betastete vorsichtig seine Stirn. Dabei sog er die Luft zwischen den Zähnen ein. »Sie könnten sich wenigstens entschuldigen.«

»Wofür? Dafür, dass ich vor Angst fast gestorben bin?«

»Sie tun mir wirklich leid«, erwiderte er und drückte sich das Gemüse wieder an den Kopf. »Ist das so eine Art Begrüßungsritual, da wo Sie herkommen? Man zieht sich gegenseitig etwas über den Kopf?«

»Jetzt werden Sie mal nicht ausfallend, schließlich haben Sie mich bedroht.«

»Ach ja. Stimmt. Mit einem Messer!«

Er verschwand in der Waschküche, um gleich darauf mit dem länglichen Gegenstand zurückzukommen, den er in der Hand gehalten hatte.

»Das nennt man Baguette. Schon mal gehört?«

Das sah nicht aus wie ein Baguette. Zumindest nicht auf den ersten Blick. Und schon gar nicht, wenn man vor lauter Angst nicht mehr klar denken konnte. Es war viel kürzer und schmaler.

»Das sieht nicht aus wie ein Baguette«, sagte ich denn auch zaghaft.

»Es ist aber eins. Ein Dinkel-Nuss-Baguette. Wollen Sie probieren?«

Er fuchtelte mir mit dem Brot vor der Nase herum.

»Sie müssen das verstehen«, lenkte ich ein. »Ich wurde verfolgt, zumindest dachte ich, ich würde verfolgt, von so einem seltsamen Mann. Und heute Morgen wurde auf mich geschossen, als ich noch im Bett lag. Und hier am Bahnhof wurde auch geschossen. Ich habe einfach Angst bekommen, als ich …«

Weiter kam ich mit meiner Erklärung nicht.

»Schon als Sie im Bett lagen, wurde auf Sie geschossen. Wow.« Hugo Benske ließ sich wieder auf den Stuhl fallen, um seine Stirn weiter mit Brokkoli und Blumenkohl zu kühlen. »Womit hat man denn auf Sie geschossen? Lassen Sie mich mal raten! Mit einem Croissant?«

Ich legte das Messer so unauffällig wie möglich auf der Spüle ab. Gefährlich wirkte der nicht mehr. Nur ziemlich sauer, was bei der Beule am Kopf auch nicht sehr erstaunlich war.

»Das Messer gehört da nicht hin«, fuhr er mich an, obwohl er gar nicht hingeschaut hatte. »Das kommt auf den Messerblock. Außen rechts.« Er betastete noch einmal seine Stirn. »Haben Sie einen Schlag drauf! Rosel hat schon erzählt, dass Sie Probleme haben. Aber nicht, dass Sie auch zuschlagen.«

»Wieso habe ich Probleme?«

»Na, sind Sie nicht aus Ihrem Job geflogen? Was haben Sie denn angestellt? Fühlten Sie sich von der Frühstücksbrezel Ihres Kollegen bedroht?«

»Ich wurde entlassen, weil ich jemandem helfen wollte.«

»Natürlich. Das ist so ein ganz üblicher Kündigungsgrund.«

So ein Arsch. Dem würde ich bestimmt nichts erklären. Was gingen den überhaupt meine Probleme an? Dass ich entlassen worden war, konnte er nur von Rosel haben. Und Rosel musste es von Flo haben. Der alten Tratschtante.

»Ihr Zimmer ist unterm Dach. Sie müssen in den ersten Stock und dann noch einmal die Treppe hoch.« Nun drehte er sich doch zu mir. »Im Bad ist die linke Hälfte der Ablage meine. Und bitte benutzen Sie nicht mein Handtuch. Aber das sehen Sie dann schon.«

Ich verließ wortlos den Raum.

»Was ist denn mit der Polizei?«, rief er mir hinterher. »Ich dachte, die käme gleich?«

Am besten gar nicht antworten. Der sollte einfach seine Klappe halten.

Ich schleifte mein Gepäck die Treppe hoch. Zweimal rutschte ich fast von den ausgetretenen Holzstufen ab, die da, wo eine Kante hätte sein sollen, von hunderttausenden Fußtritten abgerundet waren. Nachdem ich auch die zweite Treppe bewältigt hatte, stand mir der Schweiß auf der Stirn.

In dem kleinen Flur lehnte unten am Boden eine Leiter längs

der Wand. Wahrscheinlich für die Luke, die sich ungefähr auf Kopfhöhe in der gestreiften Tapete befand wie eine Tür ins Nichts. Da ging es dann wohl auf den Speicher. Ansonsten gab es hier nur noch eine weitere Tür. Ich musste mich bücken, um hindurchzukommen.

Dahinter lag das Elend. Ein kleines Zimmer, ziemlich dunkel, weil durch das winzige Dachfenster kaum Licht fiel. Von der Decke hing eine Lampe mit orange-braunem Schirm. Der Strauß Trockenblumen auf dem ansonsten leeren Regalbrett sah aus, als stünde er seit mindestens zwanzig Jahren dort, und das Sitzkissen des Sessels war fast durchgewetzt. Nicht einmal ein Teppich lag auf den Holzdielen. Der Raum hätte gut in ein Museum gepasst: eine Dachkammer im Deutschland der siebziger Jahre, für Personal und unerwünschte Besucher.

Auf dem Nachttisch lehnte ein Brief an einem kleinen Lämpchen. Er war von Rosel. Ich holte einen Apfel aus meinem Rucksack und ließ mich auf das Bett fallen, das erstaunlicherweise nicht unter mir zusammenbrach. Dann riss ich den Umschlag auf.

Liebe Mila, ich hoffe, du hast eine schöne Zeit in Heidelberg. Im Moment haben wir leider nicht viele Gäste. Genieße es einfach, solange niemand da ist.
P.S.: Mein Neffe Hugo wohnt übrigens auch hier. Das hatte ich am Telefon vergessen, dir zu sagen. Er ist manchmal ein wenig eigen, aber ansonsten ein ganz reizender junger Mann. Er macht seinen Doktor an der Universität und hat viel zu tun, deshalb wollte ich ihn nicht zusätzlich mit der Pension belasten. Ihr werdet euch sicher gut verstehen. Und denk bitte daran, die Palme zu gießen! Sie steht auf der Terrasse.

Sie hatte diesen Hugo vergessen? Konnte man seinen Neffen einfach mal so vergessen? Ob Tante Flo von Hugo gewusst hatte? Zuzutrauen war es ihr. Ich warf den abgeknabberten Apfelrest in den Bastkorb, der neben dem Sessel an der Wand stand. Das Letzte, was ich zu essen mitgehabt hatte, und mein Hunger war nicht ansatzweise besänftigt.

Inzwischen war es schon nach sechs. Ich musste noch zur

Polizei gehen und die Handtasche abgeben. Was die wohl sagen würden, wenn ich erst jetzt damit ankam?

Ich hatte wieder einmal gehandelt, ohne über die Folgen nachzudenken. Man konnte es Spontaneität nennen, Tante Flo nannte es Dummheit, und ihrer Meinung nach war es einer der Hauptgründe, weshalb in meinem Leben so vieles schiefIief. Vielleicht hatte sie nicht ganz unrecht. Ich handelte oft aus dem Bauch heraus, und der Kopf lief hinterher. Aber wie sollte ich auch ahnen, dass die Heidelberger eine Fußgängerzone hatten, die zwanzig Kilometer lang war, und ich erst so spät hier ankommen würde?

Es konnte nicht schaden, einen Blick in die Tasche zu werfen. Falls etwas sehr Wichtiges drin war, würde ich einfach schon mal bei der Polizei anrufen.

Ich kippte den Inhalt der Tasche aufs Bett. Ein kleines Fläschchen rollte auf den Boden, gelb, mit einem Drachen darauf. Ein Pfefferspray, mit dem man sich unangenehme Zeitgenossen vom Hals halten konnte. Vielleicht sollte ich es behalten, für Hugo Benske.

In der länglichen Geldbörse war so gut wie nichts drin. Dafür gab es eine goldene Visa-Card und eine EC-Karte. Hinten in der Börse steckte der Personalausweis, auf dem die Besitzerin der Tasche ganz nett aussah, nicht so erschrocken wie auf dem Bahngleis. Er war auf den Namen »Dr. Carolina Kölln« ausgestellt.

In einem schwarzen Adressbuch lagen lose einige Papiere. Eine gut lesbare Handschrift hatte allerlei Einträge gemacht. Unter »E« stand in der obersten Zeile allerdings kein Name, sondern nur eine Zahl: »2764«. Ich hätte darauf gewettet, dass es die PIN-Nummer für die EC-Karte war. Das hatte ich auch schon mal so gemacht, weil ich mir solche Nummern so schlecht merken konnte. Sogar meine Telefonnummer klebte, auf ein kleines Etikett geschrieben, hinten auf meinem Handy, weil ich sie ständig vergaß oder die Zahlen verdrehte, wenn mich jemand danach fragte.

Dann lag da noch ein kleines rotes Auto auf der Bettdecke. Fast wäre es unter das Kopfkissen gerutscht. Niedlich. Es war noch kleiner als ein Spielzeugauto und sah aus wie ein Fiat 500. So einen hatte ich immer haben wollen, aber dank des Hungerlohns, den mein Chef mir gezahlt hatte, war es ein unerfüllter Traum geblieben. Jens hatte mir mal ein noch kleineres Exemplar geschenkt, als Schlüsselanhänger, kurz nachdem wir uns kennenlernten. Zu meinem großen Bedauern hatte ich es nach drei Tagen verloren. Vielleicht war es schon ein böses Omen gewesen, dass in dieser Beziehung nichts von Dauer sein würde.

Ich stellte das winzige Auto auf das Regalbrett über dem Bett. Mein erster Einrichtungsgegenstand. Eine kurzfristige Leihgabe. Ich würde es wieder in die Tasche zurücktun, bevor ich sie abgab.

Das andere war der übliche Kram, den man eben so in einer Handtasche mit sich herumtrug: Lippenstift, Schlüsselbund, Kuli, ein silbernes Döschen mit Süßstofftabletten, Visitenkarten, dann noch der Zeitungsartikel aus der Tretjakowskaja Prawda und ein brauner DIN-A5-Briefumschlag mit einem dünnen Heft darin. Es war ein Kongressprogramm. Von Freitag bis Sonntag wollte man in Heidelberg zum Thema »Innovationen der Erforschung neurodegenerativer Erkrankungen« tagen. In dem schmalen Heft wurden allerlei Vorträge und Workshops angekündigt. Von der Hälfte verstand ich nicht einmal den Titel. Heute ging es los, um neunzehn Uhr, mit einem Begrüßungsabend in der Stadthalle.

Die Kongressorganisation freute sich, die Gäste mit einem Kurpfälzer-Spezialitäten-Büfett und erlesenen Weinen aus Heidelberg und Umgebung verköstigen zu dürfen. Auf der Rückseite des Programmheftes dankte man einigen Pharmafirmen für die großzügige Unterstützung. Die Eintrittskarte lag auch in dem Umschlag. Es stand kein Name darauf. »Die Organisatoren freuen sich, Sie begrüßen zu dürfen«, hatte man unten extra noch einmal daraufgedruckt.

Ich räumte die Tasche wieder ein. Als ich sie zuziehen wollte, klemmte der Reißverschluss. Da hing wohl noch ein Fetzen Papier von dem Zeitungsausschnitt zwischen den Metallzähnen. Ich brauchte fünf Minuten und meine ganze Feinmotorik, bis die Tasche endlich wieder zu war.

Es war kein Organspendeausweis in der Tasche gewesen und auch keines dieser Kärtchen, auf denen stand, wen man bei einem Unfall informieren sollte. Was jetzt? Zur Polizei gehen oder nicht? Wie konnte ich erklären, dass ich die Tasche nicht gleich abgegeben hatte? Ärger über einen unfreundlichen Polizisten? Das kam bei den Kollegen bestimmt nicht gut an. Stand das eigentlich unter Strafe, was ich da getan hatte?

Am besten, ich ließ mir erst einmal etwas einfallen, warum ich die Tasche mitgenommen hatte. Etwas, das so nachvollziehbar war, dass die Beamten nichts sagen konnten. Aber was? Mein Magen krampfte sich zusammen vor Hunger. Wenn ich Hunger hatte, konnte ich nicht mehr klar denken. Erst musste ich etwas essen, dann würde ich weiter überlegen. Unten in der Küche gab es bestimmt etwas Essbares. Aber möglicherweise saß der Idiot noch da, und ich hatte keine Lust, dem heute noch einmal zu begegnen.

Ich stellte die Tasche auf das Regalbrett. Erst da sah ich den Zettel, der vor dem Bett lag. Er musste aus dem Adressbuch gefallen sein. Wegen so eines kleinen Zettels würde ich mich jetzt nicht noch einmal mit diesem klemmenden Reißverschluss abmühen. Kurzerhand knüllte ich den Zettel zusammen und warf ihn in den Papierkorb. Er landete einen halben Meter daneben. Ich versuchte mein Glück noch einmal. Die kleine Kugel flog in hohem Bogen am Korb vorbei. Entweder dieser Zettel wollte nicht in den Papierkorb, oder ich brauchte eine Brille.

Als hätte der Teufel seine Finger im Spiel gehabt, lag da noch etwas. Nicht auf dem Boden, sondern auf der Bettdecke. Es war die Karte für den Begrüßungsabend.

Ob das Essen, das bei so einer Veranstaltung übrig blieb, einfach weggeworfen wurde? Man hatte diese Frau Dr. Kölln eingeplant, aber nun war sie tot. Die Karte würde verfallen. Ungenutzt. Was für eine Verschwendung von Ressourcen, schon allein unter ökologischen Gesichtspunkten. Ich hatte einmal einen Bericht darüber gelesen, wie viel Kohlendioxid entsteht, bis eine Scheibe Braten auf dem Teller liegt. Das waren Unmengen. Man musste sich nur einmal vorstellen, was eine einzige Kuh in ihrem Leben an Methangas in die Gegend pupst.

»Die Organisatoren freuen sich, Sie begrüßen zu dürfen.« So stand es auf der Karte. Der erste freundliche Satz, der mir in Heidelberg begegnete. Bestimmt waren eine Menge Leute dort. Aus aller Welt. Fiel da ein fremdes Gesicht mehr überhaupt auf?

5

Natürlich meldete sich mein Gewissen. War es nicht pietätlos, was ich tat? Die Eintrittskarte einer Toten zu nutzen, um mich satt zu essen? Hundertprozentig wohl war mir dabei nicht. Andererseits konnte ich auch nichts wirklich Schlimmes daran entdecken. Ich fügte schließlich niemandem Schaden zu.

Eigentlich fing alles auch ganz gut an. Ich hatte mein kleines Schwarzes im Koffer und fand sogar das Bad, ohne meinen unfreundlichen Mitbewohner fragen zu müssen. Das Licht über dem Spiegel reichte gerade aus, um zu sehen, dass mir ein bisschen Farbe nicht schaden konnte. Nach zehn Minuten hatte ich die Spuren von drei Monaten Weinen einigermaßen verdeckt.

Eines wurde mir beim Wimperntuschen klar: Ich hatte vielleicht Probleme, aber Hugo Benske hatte eine ausgewachsene Macke. Über einem der Handtücher auf der rechten Seite klebte ein kleines Namensschild. »H. Benske« stand darauf. Das gleiche Schildchen fand sich auf einem Zahnputzbecher. Und in einem Waschlappen, der neben dem Becken hing, war ein Etikett eingenäht, auf dem ebenfalls »H. Benske« stand. Der dachte anscheinend, er lebte in einer Jugendherberge. Aber so wie der aussah, gehörte er auch dahin.

Ich schlich mich aus dem Haus, fragte dreimal nach, wie ich zur Stadthalle kam, und balancierte in meinen Schuhen über das Kopfsteinpflaster. Die Erde unter meinen Füßen gab nicht nach. Keine Risse, nicht ein winziges Steinchen, das in die Tiefe gefallen wäre und mich gewarnt hätte. Ich merkte nichts davon, dass ich auf den Abgrund zusteuerte, nur dass es mir schwerfiel, mit meinen hochhackigen Schuhen nicht ins Stolpern zu geraten.

Bald stand ich an der Straße, die am Neckar entlangführte, vor einem Gebäude mit dem steinernen Schriftzug »Stadthalle«, das sehr alt und ehrwürdig aussah. Das Glasvordach über dem Eingang ruhte auf einem kunstvoll geschwungenen Metallgestänge. Darüber zeigte eine große Uhr, an den Seiten gestützt von zwei Figuren mit Harfe und Trompete, dass es an der Zeit war, sich zu beeilen. Jede Menge Leute strömten hinein. Ich folgte ihnen in die Eingangshalle, ein paar Stufen hinunter zur Garderobe, dann wieder eine breite Treppe hinauf, bis ich zu einer der Frauen im dezent dunkelblauen Hosenanzug kam, die vor den Türen zu einem Saal standen und die Eintrittskarten kontrollierten. Hätte ich bemerkt, dass sie eine Liste in der Hand hielt, wäre ich bestimmt umgekehrt. Aber ich sah es erst, als ich direkt vor ihr stand.

»Guten Abend und herzlich willkommen«, begrüßte sie mich mit professionell freundlichem Lächeln. »Darf ich fragen, wie Ihr Name ist?«

»Mein Name ist Mila … Ülske.«

Ich log, ohne nachzudenken. Auch so etwas, was mir immer wieder passierte. Jemand fragte mich etwas, und schon war die Antwort draußen, die zwar oft gut passte, aber nicht unbedingt der Wahrheit entsprach. In der Grundschule hatte ich eine Zeit lang erzählt, mein Vater würde auf Hawaii leben und am Waikiki-Beach eine Surfschule leiten. Außerdem rufe er jeden Sonntag an und weine immer ganz furchtbar, weil er mich so sehr vermissen würde. Wer wollte schon hören, dass er mich nach dem Tod meiner Mutter bei deren Schwestern abgesetzt hatte, angeblich nur für ein Wochenende, um sich dann auf Nimmerwiedersehen aus dem Staub zu machen? Ich nicht. Lügen waren manchmal einfach die bessere Wahrheit. Leider flog die Geschichte auf, als die mitfühlende Mutter eines Klassenkameraden irgendwann eine Sammlung startete, um dann überraschend bei meinen Tanten vor der Tür zu stehen und ihnen einen Umschlag mit Geld zu überreichen, damit mein Vater an Weihnachten nach Hause kommen konnte.

Aber »Mila Ülske« war schließlich nicht ganz falsch. Früher leiteten sich die Nachnamen oft von dem Ort ab, aus dem man kam. Außerdem hatte ich eine Eintrittskarte, die mir nicht gehörte. Dazu passte ein Name, der mir auch nicht gehörte, irgendwie besser.

Die Frau mit dem blonden Pagenkopf schaute auf ihre Liste.

»Es tut mir leid, aber ich finde Sie hier nicht.«

An ihr vorbei konnte ich in den Saal sehen. Kellner waren

dabei, große Servierplatten heranzuschleppen. Auf der Stirn der Frau tauchten immer mehr Falten auf. Das sah nicht gut für mich aus. Die riesige Platte mit Käse, die hinter ihr vorbeigetragen wurde, dagegen schon. Wenn ich jetzt den Mund nicht aufbekam, würde die Chance meines Lebens auf ein richtig gutes Abendessen für immer verloren sein.

»Also, die Anmeldung …«, begann ich, »… die lief über Frau Dr. Kölln.«

»Frau Dr. Kölln.« Der Pagenkopf fuhr mit dem Finger über die Liste. »Ja, die habe ich hier. Allerdings nur mit einer Person.« Sie warf noch einmal einen Blick auf meine Karte. »Eigentlich müssten Sie hier aufgeführt sein. Oder Ihre Anmeldung kam so spät, dass –«

»Das wird es sein«, fiel ich ihr ins Wort. »Meine Anmeldung kam erst in allerletzter Minute.«

»Tja … Für Frau Kölln ist ein Platz am Tisch der Referenten reserviert. Da ist nichts mehr frei. Aber wenn Sie gern zusammensitzen möchten, dann kann ich versuchen …«

»Nein, nein«, wiegelte ich schnell ab. »Ich setze mich einfach hin, wo noch etwas frei ist.«

Sie ließ mich vorbei. Geschafft! Ich war durchs Nadelöhr geschlüpft! Und das hatte sich ganz offensichtlich gelohnt. Ich stand in einem großen, hohen Saal, um den auf der ersten Etage eine Art Balkon oder Wandelgang herumführte. Üppige Blumengestecke und hohe Kerzenleuchter schmückten runde, weiß eingedeckte Tische, auf denen Gläser und Besteck um die Wette glänzten. Das war schon was anderes als die Mehrzweckhalle in Ülske.

Ich suchte mir etwas abseits einen Platz, dort, wo noch niemand saß. Ein Kellner mit einer Fliege um den Hals kam gleich auf mich zu und erkundigte sich, was ich trinken wollte.

Allmählich füllte sich der Saal, und auch die Runde am Tisch wurde komplett. Das Büfett war am Rand aufgebaut und sah absolut phantastisch aus. Das waren sicher zwanzig Meter Köstlichkeiten. Aber leider ging niemand hin, also blieb auch ich erst einmal sitzen.

Nach ungefähr zehn Minuten hungrigen Wartens trat ein Herr an das Rednerpult, begrüßte alle Anwesenden und dankte so vielen Menschen, dass ich den Überblick verlor. Dann freute er sich ganz besonders, Frau Professor Weiselsruh anzukündigen, die nun den Vortrag »Neurodegenerative Erkrankungen und ihre ökonomischen Herausforderungen« halten würde, den sicher alle schon mit Spannung erwarteten.

Mir blieb nichts anderes übrig, als zuzuhören. Gott sei Dank kümmerte sich der nette Kellner um mich. Da ich nicht wusste, was ich von dem, was auf der Karte stand, trinken sollte, empfahl er mir eine Kostprobe von allem. Auf seine Empfehlung hin fing ich mit einem SchrieSecco an. Und da ich ziemlichen Durst hatte, trank ich gleich ein zweites Glas hinterher.

Die Frau am Rednerpult schien sehr besorgt zu sein. Kein Wunder. Die Zukunft sah verdammt düster aus. Vor allem die der Frauen. Entweder man starb früh, was ich eigentlich nicht vorhatte, oder wurde alt, dann allerdings auch mit besten Chancen, dement zu werden.

Für mich als Frau war das immerhin mindestens doppelt so wahrscheinlich wie für einen Mann. Und wer denken würde, das sei nur ein Problem für Europa, Asien oder die USA, der hatte sich getäuscht. Bis 2050 hatte Afrika die höchsten Steigerungsquoten zu erwarten. Am meisten aber sprach die Frau am Rednerpult darüber, was das alles kosten würde. Pflege, Medikamente. Auch wenn man von der Sache sonst keine Ahnung hatte, war es nicht zu überhören: Es ging um Geld. Verdammt viel Geld. Die finanzielle Katastrophe stand sozusagen schon vor der Haustür und wartete nur darauf, über uns hereinzubrechen.

Da brauchte ich ein Glas Weißburgunder – exzellente Lage, wie der Kellner mir vertraulich ins Ohr flüsterte – zur Stärkung meiner Nerven und, weil der Vortrag ziemlich lange dauerte und die Perspektive immer düsterer wurde, noch eine Riesling Spätlese hinterher. Der Inhalt des Brotkörbchens war meine Rettung, sonst wäre das Knurren meines Magens wahrscheinlich so laut gewesen, dass man von der nahenden Katastrophe nichts mehr mitbekommen hätte.

Applaus. Das Horrorszenario am Rednerpult hatte ein Ende gefunden. Endlich strömte alles zum Büfett. Ich fing mit der Ecke »Schmackhaftes aus der Kurpfalz« an. Freundliche Herren mit weißen Kochmützen standen hinter großen Behältern, in denen all das vor sich hinköchelte, was einen hungrigen Menschen glücklich macht. Leider war ich so vom Angebot fasziniert, dass einer der Herren mir eine Scheibe von irgendwas auf den Teller gelegt hatte, noch bevor ich Einspruch erheben konnte. »Saumagen« verriet er mit genießerischem Lächeln. Das hörte sich nicht so an, als wäre es was für mich. Frustriert kehrte ich zum Tisch zurück und aß erst einmal die Spätzle, die auch auf meinem Teller gelandet waren.

»Wohl noch nie probiert, was?«, fragte meine Tischnachbarin und wies mit der Gabel auf das, was da auf meinen Teller lag und aussah wie eine große gebratene Scheibe Fleischwurst mit irgendwelchen kleinen Bröckchen drin.

»Ich mag eigentlich keine Innereien.«

»Der Schweinemagen ist nur die Hülle. Der wird mit Fleischbrät gefüllt. Und Kartoffeln. Probieren Sie mal. Schmeckt gut.«

Der Saumagen schmeckte tatsächlich eindeutig besser, als der Name vermuten ließ. Nur die kleinen Stückchen irritierten mich. Es gab darin nämlich nicht nur Kartoffeln, sondern auch noch andere. Härtere. Ich fing an, die Dinger herauszuschneiden. Experimente beim Essen waren nicht meins. Meiner Tischnachbarin war meine Sezierarbeit nicht entgangen.

»Das sind Keschde.« Sie lächelte so nachsichtig, als käme ich aus der allerletzten Provinz. »Völlig ungefährlich.«

Wäre ich nicht so mit den Besonderheiten auf meinem Teller beschäftigt gewesen, vielleicht hätte ich sie dann früher gesehen. Aber so bemerkte ich sie erst, als sie am Nebentisch stand. Die Frau vom Einlass. Sie schien etwas zu fragen. Erst schenkte ich dem keine Beachtung, bis ich die Wörter »Dr. Kölln« und »Mitarbeiterin« aufschnappte. Ich drehte mich so weit es ging zu der Saumagenspezialistin an meiner Seite.

»Und was sind ›Keschde‹?«, fragte ich.

Zu spät. Der Pagenkopf kam zielstrebig auf mich zu.

»Da sind Sie ja! Ich suche schon die ganze Zeit nach Ihnen. Wissen Sie, wo Frau Dr. Kölln bleibt?«

»Keine Ahnung.« Ich schaute nur kurz von meinem Teller hoch, scheinbar sehr beschäftigt mit meinem Essen.

»Es haben schon etliche Leute nach ihr gefragt. Vielleicht können Sie weiterhelfen. Ich muss wieder nach vorn.« Sie winkte zwei Männern zu, die am anderen Ende des Saals standen und offensichtlich nur auf ein Zeichen von ihr gewartet hatten. »Die Herren sind von einem der Hauptsponsoren«, flüsterte sie mir zu. »Wenn Sie etwas für sie tun könnten …«

Schon eilten die beiden herbei. Im dunklen Anzug, mit kleinen Schildern am Revers und einem breiten Lächeln auf den Gesichtern. Der ältere von beiden deutete eine Verbeugung an und stellte sich und seinen Begleiter vor. Er wisperte so leise, dass ich ihre Namen und den der Firma, die er nannte, kaum verstehen konnte.

»Wir hatten gehofft, hier mit Frau Dr. Kölln sprechen zu können«, begann er in vorwurfsvollem Ton. »Wie es aussieht, kommt sie wohl nicht.«

»Kann sein.« Ich schob mir eins der Keschde-Stückchen in den Mund. Immerhin, es ließ sich zerbeißen. Und ich musste nicht reden.

»Man hat uns gesagt, Sie sind eine Mitarbeiterin von Frau Dr. Kölln. Vielleicht könnten wir uns ein wenig unterhalten. Und Sie könnten Frau Kölln das eine oder andere von uns übermitteln.«

»Also … ich bin nicht so direkt ihre Mitarbeiterin«, entgegnete ich. »Eher indirekt.«

Mitarbeiterin! Davon hatte ich nie etwas gesagt. Das musste der Pagenkopf sich dazugedacht haben.

»Vielleicht könnten Sie für uns einen Kontakt zu Frau Dr. Kölln herstellen. Leider hat sie bislang auf unsere Anfragen nicht reagiert.« Er beugte sich zu mir herab. »Es wäre uns wirklich sehr wichtig, möglichst bald mit ihr sprechen zu können.«

»Tut mir leid. Da kann ich Ihnen nicht helfen.« Vor Aufregung stürzte ich das Glas Dornfelder runter, das der Kellner mir eingeschenkt hatte.

»Nun, wir wissen alle, dass Frau Dr. Kölln … ein wenig scheu ist. Dafür haben wir natürlich Verständnis, vor allem nach dem, was alles passiert ist. Aber sie sollte wissen, dass wir keine Mühen und Kosten scheuen, sie zu unterstützen. Es wäre sicher auch im Sinne von Frau Dr. Kölln, wenn wir einmal in Ruhe miteinander reden könnten.« Er beugte sich noch näher zu mir, so nah, dass ich seinen warmen Atem an meinem Ohr spüren konnte. »Wenn Sie uns behilflich wären, würden wir Sie für Ihren Aufwand natürlich entschädigen. Das versteht sich von selbst.«

Unwillkürlich rückte ich ein wenig zur Seite. Am Tisch wurde man langsam aufmerksam. Meine Nachbarin versuchte ganz unverhohlen zu lauschen. Ich sollte zusehen, dass ich wegkam, und zwar am besten gleich. Das lief hier irgendwie aus dem Ruder.

»Wenn Sie mich entschuldigen würden«, sagte ich und legte meine Serviette auf den Tisch. »Ich müsste mal kurz verschwinden.«

»Aber natürlich.« Das Lächeln des Mannes wurde noch etwas breiter. »Wir warten.«

Als ich aufstand, schwankte der Saal ein klein wenig. Wahrscheinlich ein Gläschen Regionales zu viel. Ich bemühte mich, auf möglichst gerader Linie zu der Tür auf der anderen Seite zu kommen, die, bei der ich nicht an dem Pagenkopf vorbeimusste. Zum Glück gab es ein Geländer, das mir half, die Stufen bis zur Garderobe mit Würde zu bewältigen. Der junge Mann hinter der Theke kehrte nach kurzem Suchen mit meiner Jacke zurück. Jetzt nichts wie weg. Doch als ich die Treppe hochkam, stand dort ein stämmiger älterer Mann mit Halbglatze.

»Sie sind also eine Mitarbeiterin von Frau Dr. Kölln!« Auch er lächelte, nicht ganz so breit wie die beiden drinnen im Saal. »Wollen Sie schon gehen?«

»Ja, ich muss.«

»Ich bin Professor Ranietzky.« Er sagte das in einem Tonfall, als wäre es eine allumfassende Information. So ähnlich wie: Ich bin der Papst. Oder: Ich bin James Bond.

»Freut mich«, murmelte ich und versuchte, an dem Professor vorbeizukommen, um mich gleich darauf hinter ihn zu ducken. In der Halle stand einer der beiden Männer, die eben an meinem Tisch gewesen waren. Er ging auf der anderen Seite auf und ab, vor der Tür zur Damentoilette.

Herr Ranietzky hatte sich umgedreht und meinen Blick verfolgt.

»Ich wollte auch gerade aufbrechen. Darf ich Sie ein Stück mitnehmen? Ich fahre mit dem Taxi, Sie brauchen also keine Angst zu haben, mit einem alten Lustmolch allein im Auto sitzen zu müssen.«

Dass sein Spruch nicht so gut ankam, war mir wohl anzusehen.

»Das war ein kleiner Scherz. Keine Sorge, ich bin völlig ungefährlich. Ein alter, schwacher Mann, jenseits von Gut und Böse.«

»Ich weiß nicht. Ich …«

»Kommen Sie. Lassen Sie uns gehen.«

Herr Ranietzky war größer als ich. Und ungefähr doppelt so breit. Vielleicht meine Chance, ungesehen hier rauszukommen. Wenn ich rechts von ihm durch die Halle ging, ganz nah neben ihm, würde er mich verdecken, und dieser Mensch, der da hinten vor der Toilettentür lauerte, konnte mich nicht sehen.

»Ja, danke. Es ist auch nicht weit.« Was sollte mir schon passieren? Ein paar Minuten, länger konnte die Fahrt zur Pension kaum dauern.

Ich machte mich an Ranietzkys Seite so klein es ging. Leider nicht klein genug. Wir waren kaum am Ausgang, als eine Stimme hinter mir rief: »Hallo! Warten Sie! Wir wollten doch noch miteinander sprechen!«

Professor Ranietzky schob mich zur Tür raus. Der Mann aus der Halle kam uns mit langen Schritten hinterher.

»Nun warten Sie doch!«

Wir eilten über den kleinen Vorplatz zur Straße. Schon fuhr das Taxi heran, als hätte es nur darauf gewartet, dass wir herauskamen.

»Kommen Sie!« Der Professor riss die Tür auf.

Wir rutschten auf den Rücksitz. Durch das Heckfenster sah ich unseren Verfolger dem Wagen hinterherschauen. Was für eine Klette.

»Wo darf ich Sie absetzen?«, fragte mein Retter.

Ich nannte ihm die Adresse der Pension.

»Wir fahren erst die Dame nach Hause«, wies Ranietzky den Taxifahrer an. »Dann sage ich Ihnen, wie es weitergeht.«

Er musterte mich mit unverhohlenem Interesse, als wäre ich das letzte Exemplar einer aussterbenden Spezies.

»Ich wusste gar nicht, dass Frau Dr. Kölln noch eine Mitarbeiterin hat.«

Was sollte ich darauf antworten? Ich auch nicht? Ich kramte ein Taschentuch aus meiner Jacke hervor und putzte mir erst einmal die Nase.

»Wie heißen Sie?«

»Mila Böckle.«

Vor lauter Wein und Prosecco hatte ich glatt mein Pseudonym vergessen.

»Frau Böckle. Wie der Bock, ja? Seit wann arbeiten Sie für Frau Dr. Kölln?«

Selbst wenn ich wirklich für Frau Kölln arbeiten würde, was ging ihn das an? Außerdem war mir nach den fünf Gläsern Regionalem auf fast nüchternen Magen nicht gut.

»Mir ist nicht gut«, sagte ich wahrheitsgemäß, statt auf seine Frage zu antworten. »Ich glaube, ich habe einen Schwips.«

Was man mir meistens nicht anmerkt. Eigentlich ein großer Vorteil. Ich bin völlig klar im Kopf oder wirke zumindest so. Bis ich irgendwann ohne Vorwarnung umfalle. Aber so weit war es noch nicht, dazu fehlten noch ein Glas oder zwei.

»Ja, der Wein war wirklich exzellent«, erwiderte der Professor verständnisvoll.

Wir fuhren am Neckarufer entlang, an dessen gegenüberliegender Seite die erleuchteten Fenster in den Häusern glänzten wie goldene Tupfen. Wie schön wäre es, wenn Jens jetzt neben mir sitzen würde. Heidelberg hatte so wenig von einer Großstadt, das würde ihm gefallen. Jens liebte das Überschaubare, und da Ülske sehr überschaubar war, waren wir so gut wie nie verreist. Vielleicht hatte er versucht, mich zu erreichen, und ich hatte das Handy nicht gehört? Ich holte es aus meiner Jackentasche. Keine SMS, keine E-Mail. Nichts. Wie üblich.

Herr Ranietzky schaute mit unverhohlener Neugier auf das Display. Rasch machte ich das Handy wieder aus.

»Sind Sie heute erst angekommen?«, fragte er, so harmlos, als hätte er nicht gerade versucht, seine Nase in mein Privatleben zu stecken.

»Ja, heute.«

»Wann denn?«

»Am Nachmittag.« Ich sollte ihn auch etwas fragen, dann war er mal dran mit dem Antworten. »Waren Sie schon öfters in Heidelberg?«

»Ja, ich komme immer wieder hierher.«

»Beruflich?« Das machte sich immer gut. Die meisten Männer reden gern über ihren Beruf.

»Allerdings. Heidelberg ist für mich in dieser Hinsicht außerordentlich interessant. Eine Hochburg medizinischer Forschung. Viele kluge Köpfe. Und Sie? Sind Sie nur wegen der Konferenz hier?«

»Ach, nicht nur. Ich habe auch noch anderes zu tun.«

»Geschäftliches?«

»Kann man so sagen.«

»Was denn für Geschäfte?«

Dieser Kerl fragte mich aus. Das war selbst für jemanden mit meinem Alkoholpegel zu bemerken.

»Mir ist wirklich nicht gut.« Ich ließ das Fenster einen Spaltbreit runter. Zum Glück hielt das Taxi in diesem Moment vor der Pension. Herr Ranietzky beugte sich zur Seite, um das Haus zu betrachten.

»Hier wohnen Sie also?«

»Ja.« Ich tastete nach dem Türgriff. »Vielen Dank fürs Mitnehmen.«

»Gibt es denn etwas Neues in der Angelegenheit Lüschke?«

Lüschke? Wer oder was war Lüschke? Ich tat einfach so, als hätte ich seine Frage nicht gehört.

»Das ist das Haus einer Bekannten. Aber die ist nicht da«, sagte ich stattdessen. »Alles ein bisschen klein, aber sehr hübsch.« Mit einem Ruck gab die Wagentür endlich nach. »Schönen Abend noch.«

Doch Ranietzkys Hand auf meiner Schulter hielt mich zurück.

»Sie kennen doch die Geschichte mit Herrn Lüschke, oder? Unschön, nicht wahr?«

»Ich muss jetzt wirklich gehen. Ich bin todmüde. Auf Wiedersehen.«

Rasch stieg ich aus. Während ich vor der Haustür in meinen

Taschen nach Rosels Schlüssel suchte, stand das Taxi mit laufendem Motor immer noch da. Ich hatte den Schlüssel doch mitgenommen, da war ich mir sicher. Ich suchte in den zig Taschen meiner Jacke, die zwar sehr schick waren, aber nichts für jemanden, der schnell den Überblick verlor. Hinter mir schlug eine Autotür zu. Das Taxi fuhr davon.

»Suchen Sie das hier?« Die Stimme des Professors ließ mich zusammenfahren. Er stand direkt hinter mir, mit meinem Smartphone in der Hand.

»Oh, danke. Das muss mir aus der Tasche gerutscht sein.«

Hoffentlich lag der Schlüssel nicht auch im Taxi.

Herr Ranietzky blieb neben mir stehen und sah nicht aus, als hätte er vor, sich zu verabschieden.

»Sie sind keine Mitarbeiterin von Frau Dr. Kölln. Frau Kölln hat keine Mitarbeiter mehr«, sagte er. »Für einen Moment haben Sie mich wirklich verunsichert. Aber offensichtlich wissen Sie nicht mal über die Angelegenheit Lüschke Bescheid.«

Verdammt, jetzt hatte man mich erwischt.

»Ich habe auch nie behauptet, Frau Köllns Mitarbeiterin zu sein«, murmelte ich. »Das war ein Versehen.«

»Soso. Ein Versehen.«

»Ja. Ein Versehen. Die Frau am Einlass hat das in die Welt gesetzt.«

Hatte ich diesen blöden Schlüssel etwa doch nicht mitgenommen?

»Und wie kommt sie dazu?«

»Nun, ich … also, Frau Kölln konnte heute Abend nicht kommen. Sie ist verhindert, und da hat sie mir netterweise ihre Karte überlassen.«

»Dann sind Sie in Vertretung für Frau Kölln dort gewesen?«

»Sozusagen. Aber vor allem war ich da, weil mein Geld nicht mehr reicht, um mir etwas zu essen zu kaufen, und ich Hunger hatte«, erwiderte ich. »Ich habe nämlich meinen Job verloren. Und in Ülske, da wo ich herkomme, da kriegt man nicht so schnell was Neues.« Das würde hoffentlich das Herz des Professors so erweichen, dass er mich in Ruhe ließ.

»Ich verstehe.« Herr Ranietzky nickte bedächtig. »Es geht also doch ums Geschäftliche. Sie brauchen Geld. Wie viel soll es denn sein?«

Was sollte das denn? Dachte der Typ etwa, ich würde mit ihm ins Bett gehen, wenn er mir was zusteckte? Das wurde ja immer besser.

»Eine Million«, antwortete ich. Das würde wohl reichen, damit er kapierte, dass er bei mir nicht landen konnte.

Wo nur war dieser verdammte Schlüssel?

»Eine Million?«

»Ja, die brauche ich für mein Café in Neuseeland. Da gibt es Käsekuchen und Kirschtorte. Die Zutaten sind in Neuseeland verdammt teuer.«

Und damit er es auch ganz sicher kapierte, erhöhte ich den Preis noch einmal.

»Und ein Auto. Einen Fiat 500.« Den, den ich immer nur in der Mini-Variante bekam. »In Rot.«

»Eine Million und ein rotes Auto. Das sind die Bedingungen?«

»Ja, so billig kriegen Sie es nie wieder.«

»Hat man Ihnen denn heute Abend etwas geboten, das Ihren Vorstellungen entspricht?«

Der war verrückt, oder? Eindeutig.

»Nein, leider nicht. Ich habe mich mit meiner Tischnachbarin über Rezepte unterhalten, das war alles.«

»Aha. Ich verstehe. Rezepte.«

»Für Saumagen.«

»Saumagen?«

»Ja, über Saumagen-Rezepte. Da gibt es einige ziemlich seltsame Zutaten.«

Kaschde. Keste. War auch egal. Kein Schlüssel weit und breit. Sollte ich besser klingeln?

»Ich verstehe. Seltsame Zutaten. Wir sind in der Kurpfalz, also reden wir von Saumagen. Die Kurpfälzer Adaptation. Sie haben Humor, Frau Böckle. Das gefällt mir.«

Aber er gefiel mir nicht. Nicht für eine Million und alle roten Fiats auf dieser Welt. Zum Glück war es noch früh am Abend, und einige junge Leute kamen die Gasse herunter. Ansonsten hätte mir dieser sonderbare alte Mann vielleicht Angst gemacht.

Da war der Schlüssel. Gott sei Dank. Er hatte sich in einer der Taschen unten im Futter verhakt.

»Wenn Sie keine Million haben, dann wird das leider nichts mit uns beiden«, sagte ich bedauernd. »Und jetzt würde ich gern reingehen!«

»Wie Sie meinen. Ich habe mir erlaubt, Ihre Telefonnummer zu notieren. Ich rufe Sie an.«

»Meine Telefonnummer?«

»Ja, Sie haben sie ja freundlicherweise auf ein Schildchen geschrieben und auf das Gerät geklebt.«

Für einen Moment war ich sprachlos. Deshalb war der noch im Taxi sitzen geblieben.

»Auf Wiedersehen, Frau Böckle«, sagte Herr Ranietzky. »Und wenn ich Ihnen einen Rat geben darf«, er fixierte mich mit seinen kleinen Augen wie eine Python das Kaninchen, »überlegen Sie sich gut, mit wem Sie über Saumagen-Rezepte reden.«

6

Ich schloss die Tür auf, erleichtert, diesem seltsamen Menschen entkommen zu sein. Der Abend war nun wirklich nicht so verlaufen, wie ich es mir erhofft hatte. Ein paar Spätzle, Saumagen mit dubiosen »Keschde« und jede Menge blöder Fragen. Hätte ich gewusst, dass Frau Kölln auf dem Kongress bekannt war wie ein bunter Hund, hätte ich nie im Leben ihren Namen fallen lassen.

Ich war nicht mal dazu gekommen, auch nur die Hälfte von diesem Saumagen zu essen. Hungrig war ich weggegangen, und hungrig kehrte ich zurück. Vielleicht sollte ich mich noch einmal in Rosels Küche umschauen. So wie Hugo Benske aussah, ging der um acht ins Bett. Es war kurz nach neun, gute Chancen, die Küche für mich zu haben.

Im Kühlschrank fand ich ein Stück Käse. Es lag in dem Fach, an dem ein Schildchen angebracht war: »H. Benske«. Es gab auch noch ein Fach mit einem Schildchen »Rosel« dran. Beide in so kleiner Schrift, dass man sie eigentlich nicht lesen konnte. Nur mit Adleraugen, aber wer hat die schon. Rosels Fach war leer. Dafür fand ich die Hälfte von Hugos Körnerbaguette noch auf der Ablage, fein säuberlich in ein Papier eingerollt, und auf dem Regal darüber eine Flasche mit einem Schmetterling auf dem Etikett. »Absinth« stand darunter.

Ich stellte das Radio an, nahm eines der Weingläser aus Rosels Geschirrschrank und schenkte mir einen Absinth ein. Schmeckte interessant, ähnlich wie der Kräuterlikör, den Tante Alma früher selbst gemacht hatte. Im Radio erklang eine ernste Frauenstimme: »... heute am Willy-Brandt-Platz. Die Polizei bittet die Bevölkerung um Mithilfe. Es handelt sich um ...« Mir war jetzt eher nach Musik. Nach einigem Herumdrehen an diversen Knöpfen fand ich einen Sender, auf dem Roberta Flack »Killing me softly« sang. Einer meiner Lieblingssongs. Vielleicht nahm dieser Abend doch noch ein gutes Ende.

Mit dem Riesenmesser schnitt ich den Käse in Stücke und setzte mich an den Küchentisch. Lecker, dieser »H. Benske«-Käse.

Und das Brot auch. Trotz der Körner. Da wusste man wenigstens, was man aß. Körner. Keine Keschde. Ich spülte das Ganze mit dem Absinth runter. Und weil er so gesund schmeckte und es davon so schön warm in meinem Bauch wurde, trank ich gleich noch einen.

Inzwischen schwankte der Küchenboden sanft hin und her, als wären wir auf einem Kreuzfahrtschiff. Ich zog meine Schuhe aus. Auf einem Schiff braucht man keine Schuhe. Beide Fersen waren ziemlich rot, an einer hatte ich sogar eine Blase. Ich stellte die Schuhe auf den Küchentisch, damit ich sie nicht vergessen würde, wenn ich hochging, und der arme Hugo morgen früh nicht darüberstolperte.

Mein abendliches Glück dauerte leider nicht allzu lange. Die Tür ging auf, das Heidelberger Schreckgespenst kam herein, Hugo Benske persönlich. Er hatte einen Teller in der Hand und peilte die Spüle an.

»Tach, Herr Benske«, grüßte ich freundlich, bemüht, etwas netter zu ihm zu sein, schließlich würden wir hier eine Weile zusammen wohnen. »Von mir aus können wir uns übrigens auch gern duzen. Ich heiße Mila, aber das weißt du ja schon.«

Hugo schaute kurz zu mir rüber. »Können wir machen.« Er hörte sich nicht sehr begeistert an. »Was ist das? Ist das etwa mein …« Weiter kam er nicht. Seine Augen wurden groß wie Untertassen. »Sofort die Schuhe vom Tisch! Sofort!«

»Die stehen nur wegen dir da. Damit du nicht drüberfällst.«

Er kam näher. Schnell schob ich mir das letzte Stück Käse in den Mund. Als ich ihn ansah, driftete Hugo ein wenig zur Seite. Ich versuchte, seine Nasenspitze zu fixieren. Schon rutschte sie nach rechts weg. Dieser Kräuterlikör hatte es in sich.

»So etwas wie Benehmen hast du wohl nicht gelernt? Stellen die bei euch zu Hause alle ihre Drecksschuhe auf den Tisch?«

Hugo schnappte meine Schuhe, ging zum Mülleimer und trat auf das Pedal. Der Deckel klappte hoch. Weg waren sie. Ich habe Größe 38. Mülleimerpassform.

»Nur beim Mittagessen«, erwiderte ich. »Aber vielen Dank. Die Schuhe waren mindestens eine halbe Nummer zu klein. Das hast du sofort gesehen, oder? Hast du mal im Schuhgeschäft gearbeitet?«

Hugo ging auf meine freundliche Plauderei nicht ein. Er war damit beschäftigt, seine Nase in den Kühlschrank zu stecken.

»Das war mein Käse!«

Die Empörung in seiner Stimme tat mir irgendwie gut.

»Was glauben Sie wohl, weshalb da ein Namensschild angebracht ist?«

»Du. Wir waren beim Du.«

»Was glaubst du«, presste er hervor, »weshalb da ein Namensschild angebracht ist?«

»Keine Ahnung.« Ich zuckte mit den Schultern. »Weil du …«, ich überlegte kurz, »… deinen Namen immer vergisst? Deshalb hast du ihn überall angeklebt. Ich war eben bei einem Vortrag, da ging es um …«

Hugo baute sich vor mir auf, die Arme vor dem Körper verschränkt. »Bei einem Vortrag. Lass mich raten: Ein Vortrag über Diebstahl!«

»Nein. Aber ich sag dir was: Es sieht ganz schlecht aus. Vor allem für die Afrikaner und für mich. Für mich sogar noch schlechter als für dich. Weil ich nämlich älter werde als du. Dafür wirst du auch nicht so viel kosten.«

»Kosten! Gutes Thema! Weißt du, was dieser Käse gekostet hat? Den wirst du mir ersetzen!«

»Klar.« Ich schob die Brotkrümel zusammen und fegte sie über die Tischkante. »So sieht es doch schon wieder viel besser aus. Und jetzt gehe ich schlafen. Bis morgen, du Erlöser von schlechtem Schuhwerk!«

Aufstehen ging noch. Aber dann wurde es schwierig. Das musste wohl auch Hugo mitbekommen haben.

»Du schwankst ja! Stiehlt meine Lebensmittel und besäuft sich gleich am ersten Abend!« Nun hatte er auch noch die Flasche mit dem Schmetterling gesehen, die auf dem Tisch stand. »Weißt du eigentlich, wie viel Alkohol da drin ist?«

»Tut mir leid. Brauchte ich. Dein Käse liegt so schwer im Magen.«

»Rosel wird sehr erfreut sein, wenn sie hört, was für eine Chaotin sie sich ins Haus geholt hat. Und das alles nur, weil sie ihrer Freundin einen Gefallen tun wollte.«

»Einen Gefallen? Ich arbeite hier, verstanden? Außerdem kann ich auch wieder fahren.« Hugo stand direkt vor mir. Ich tippte ihm mit dem Zeigefinger auf die Brust, vor allem, damit ich das Gleichgewicht behielt und nicht nach vorn kippte. »Aber jetzt gehe ich erst einmal schlafen. Wenn die Männer kommen, machst du nicht auf. Hörst du! Zwei Männer … die haben mich verfolgt. Bis zum Klo. Aber ich war nicht auf dem Klo. Ich bin mit dem Professor geflohen. Aber der spinnt auch.«

»Du bist also verfolgt worden? Gleich von zwei Männern! Wahrscheinlich hast du wieder zugeschlagen, was?«

Er sagte noch etwas, das ich nicht verstand. Dann drehte er sich um und knallte die Tür hinter sich zu.

So eine Treppe kann verdammt viele Stufen haben. Es brauchte seine Zeit, bis ich in meinem Zimmer unter dem Dach angekommen war. So gut es ging zog ich mich aus und ließ mich aufs Bett fallen. Armer Hugo. Wenn ich mein erstes Geld von Rosel bekam, würde ich ihm ein riesiges Stück Käse kaufen und seinen Namen reinritzen.

Auf dem Boden vor dem Bett lag eine kleine Papierkugel. Wenn das mal nicht dieser widerspenstige Zettel aus Frau Köllns Handtasche war. Ich reckte meinen Arm so weit ich konnte, hob ihn auf, peilte und traf den Papierkorb direkt beim ersten Mal. Na bitte, ging doch. Und das, obwohl sich das Zimmer drehte. Egal, was ich anschaute, es drehte sich immer weiter, so lange, bis mir endlich die Augen zufielen.

Diesmal träumte ich nicht vom Abgrund. Zumindest nicht sofort. Ich stand im Schweinestall vom alten Reschke. In einer der Buchten kauerte vor einem Trog voller Kartoffelschalen eine Sau, die so abgemagert war, dass ich jede Rippe sehen konnte. *Warum frisst sie denn nicht, ist sie krank?*, fragte ich. *Tu doch nicht so scheinheilig*, schnauzte der alte Reschke mich an. *Das Viech hat keinen Magen mehr, du hast ihn schließlich gegessen.* Die Sau grunzte, ihre kleinen Äuglein schwammen in Tränen. Das arme Tier reckte seine Schnauze in meine Richtung, als wollte es mir etwas sagen. Ich beugte mich hinab. Schon berührte die weiche Schnauze mein Ohr. Ich versuchte, sie zurückzustoßen, da sah ich, dass auf dem borstigen Körper ein Menschenkopf saß. Es war der des Professors.

Böckle. Wie der Bock, ja?, grunzte er. *Sie kennen doch die Geschichte, oder? Unschön. Ganz unschön.* Vor Schreck kippte ich kopfüber in die Bucht. Aber es war kein Boden mehr da, kein Trog. *Grüßen Sie Frau Dr. Kölln.* Keine Sau war da. Nur der Abgrund. *Grüßen Sie Frau Dr. Kölln. Grüßen Sie Frau Dr. Kölln.* Der Boden raste auf mich zu. *Grüßen Sie Frau Dr. Kölln.*

Mit pochendem Herzen schreckte ich hoch. Der Mond schimmerte hell durch das kleine Dachfenster. Die Uhr zeigte drei, und zum Glück drehte sich die Welt nicht mehr, dafür hatte ich einen Durst, als wäre ich tagelang durch die Wüste gelaufen. Ich trank die halbe Flasche Mineralwasser aus, die ich noch in meinem Rucksack hatte. Danach lag ich wach im Bett.

Vielleicht wäre alles noch gut geworden, hätte ich dieses blöde Smartphone nicht gehabt. Aber so tat ich, was ich in der letzten Zeit immer getan hatte, wenn ich mich einsam fühlte und traurig war: Ich surfte im Internet. *Grüßen Sie Frau Dr. Kölln.* Wer war diese Frau eigentlich? Und weshalb rannten mir irgendwelche Hanseln bis aufs Klo hinterher, wenn sie hörten, dass ich sie kannte?

Dr. Carolina Kölln. Ich tippte den Namen in die winzige Suchmaske meines Smartphones ein. Jede Menge Links wurden angezeigt. Frau Dr. Kölln war anscheinend eine sehr erfolgreiche Chemikerin und hatte schon etliche hochkarätige Forschungspreise gewonnen.

Nicht lange, und ich stieß in einem der Artikel auf einen Namen, den ich auch schon gehört hatte: *Lüschke.* Professor Ranietzky hatte von der »Angelegenheit Lüschke« gesprochen. In der Meldung, die einige Monate alt war, ging es um einen *Erik Lüschke.* Stand der Name »Erik« nicht auch unter der handschriftlichen Notiz auf dem russischen Zeitungsausschnitt in Frau Köllns Handtasche?

Ich überflog die Zeilen. Jetzt wusste ich auch, warum der Professor von einer unschönen Geschichte gesprochen hatte. Sie war wirklich sehr unschön, vor allem für Erik Lüschke. Er war nämlich dabei umgekommen.

»Toter bei Explosion in renommiertem Forschungsinstitut«. Ein verhängnisvoller Unfall, so stand es in dem Bericht. Ein Experiment, das zu einer Explosion führte. Leicht brennbare Chemikalien, die in einem Raum standen, in dem sie nicht hätten sein dürfen. Spätabends, zu einer Zeit, als sich lediglich ein einziger Mitarbeiter im Forschungslabor von Frau Dr. Kölln befand: Erik Lüschke, der von den Rettungskräften nur noch tot geborgen werden konnte.

Der nächste Bericht war einige Tage danach veröffentlicht worden. »Sabotage oder Schlamperei?«, lautete die Überschrift. In Fachkreisen seien Vermutungen geäußert worden, dass es in dem privaten Labor an notwendigen Sicherheitsvorkehrungen gemangelt habe. Frau Dr. Kölln habe dagegen ihrerseits behauptet, dass dieses Unglück nur auf einem Sabotageakt beruhen könne, und die Polizei beschuldigt, schlampig zu arbeiten.

Einige Wochen später noch zwei kurze Meldungen. Die Ermittlungen im Fall des Laborbrandes waren eingestellt worden, es hatten sich keine Beweise für ein Fremdverschulden finden lassen. Und bald darauf die Mitteilung, dass das Forschungslabor ohne Angabe von Gründen von der Leitung geschlossen worden war. Man spekulierte, ob Frau Kölln um ihre Sicherheit besorgt war. Nach dem Brand hatte man mehrfach in ihren neu angemieteten Räumlichkeiten eingebrochen.

Was ich las, trug nicht dazu bei, dass es mir besser ging. Im Gegenteil. Frau Dr. Kölln schien Katastrophen anzuziehen. Genau wie ich. In gewisser Weise waren wir uns ähnlich. Bis auf einen entscheidenden Unterschied: Sie war tot, und ich lebte. Ein Leben, das in den letzten Monaten daraus bestanden hatte, auf Tante Flos Sofa vor mich hinzuvegetieren. Alle meine Pläne waren den Bach runtergegangen, zum Beispiel Jens zu heiraten und mit ihm alt zu werden. Nicht mal einen Job würde ich in Ülske mehr bekommen. Weil dieser hinterhältige Arne mich ausgenutzt hatte. Nur glaubte mir das keiner.

Irgendwann hatte Arne, der früher mit mir in einer Klasse gewesen war, im Laden gestanden, ausnahmsweise nüchtern. Als er an die Kasse kam, war sein Einkaufswagen fast leer, obwohl er sonst immer massenweise vom billigsten Hundefutter kaufte. Ich hatte ihn gefragt, ob er kein Hundefutter nehmen würde, weil er sein ganzes Geld versoffen hätte. Das war nicht nett, ich weiß, aber Arne war zu mir auch oft nicht nett gewesen.

Da machte er ein Gesicht, trauriger als bei der Beerdigung seiner Mutter. Der Hund müsse ganz schnell operiert werden, sonst würde er sterben. Aber dafür habe er kein Geld, und deshalb lohne es sich auch nicht mehr, Futter zu kaufen. Es sei denn, jemand würde ihm die zweihundert Euro für die OP leihen. Nur für drei Tage, bis er seinen Lohn bekommen würde.

Ich schämte mich in Grund und Boden, dass ich so gemein zu ihm gewesen war. Ich hatte keine zweihundert Euro, weil ich mir gerade mein Smartphone gekauft hatte. Es war zwar nur ein gebrauchtes, aber immer noch teuer genug. Also habe ich das Geld aus der Kasse genommen, und Arne hat hoch und heilig geschworen, dass er es zurückgibt. Mein Chef wollte erst nächste Woche reinkommen, bis dahin hätte alles wieder gestimmt. Aber wie der Teufel es wollte, kam mein Chef am nächsten Tag, prüfte die Kasse und glaubte mir kein Wort. Weil er das Smartphone gesehen hatte, das auf der Theke lag, und wusste, dass ich vorher keins gehabt hatte. Und vor allem, weil er wusste, dass Arnes Hund schon seit zwei Tagen tot war. Der Förster hatte ihn im Wald erschossen.

Im Dorf vergisst man nicht so schnell, und seit der Waikiki-Beach-Geschichte stand für die Menschen in Ülske »Vorsicht, Lügnerin!« auf meiner Stirn. Arne hat behauptet, er hätte von mir kein Geld bekommen. Mir hat man nicht geglaubt. Tante Flo bekniete meinen Chef, mich nicht anzuzeigen. Sie hat nie gesagt, dass sie mir nicht glauben würde, aber ich konnte es spüren, und manchmal habe ich sie nachts weinen gehört. Das war das Schlimmste von allem.

Eine Wolke schob sich vor den Mond, und das fahle Licht, das meine Dachkammer erfüllt hatte, erlosch, als hätte jemand den Dimmer heruntergedreht. Vielleicht war es die Dunkelheit, die den Gedanken hervorbrachte. Vielleicht auch der Restalkohol, der noch in meinem Blut kreiste. Es war ein Gedanke, den ich lieber nicht gehabt hätte. Aber er nahm immer mehr Platz ein, drängte sich bis in die letzte Hirnwindung, quoll auf wie ein Hefeteig auf der Heizung: Es gab eine Möglichkeit, aus der ganzen Misere herauszukommen. Weg von Ülske, von Heidelberg und irgendwelchen neurotischen Mitbewohnern. Dorthin, wo mich niemand kannte. Wo man mir noch glauben würde. Nach Neuseeland.

Doch dafür musste ich all meinen Mut zusammennehmen. Ich musste etwas tun, das mein Leben endgültig ruinieren würde, wenn es schieflief. Aber gab es da noch etwas zu ruinieren? Jens liebte nicht mehr mich, sondern Sarah, die Schlampe, und alle anderen, die mir wichtig waren, dachten, ich wäre eine Diebin. So wollte ich nicht mehr weiterleben.

Drei Minuten später hatte ich mich in meine Jeans gezwängt und die dunkle Sweatjacke übergezogen. Als ich mit Frau Köllns Handtasche über der Schulter aus dem Zimmer trat, war mir ziemlich mulmig zumute. Auf Zehenspitzen schlich ich an Hugos Nummer Vier vorbei die Treppe hinunter. Unten an der Garderobe hing alles, was ich brauchte. Eine Mütze, ein dunkler Schal und ein gelbes Regencape, das ich auch gleich mitnahm. Dann trat ich hinaus, schaute mich nach allen Seiten um. Die Gasse war menschenleer.

Mit raschen Schritten lief ich Richtung Hauptstraße. Oben an der Ecke war dann doch jemand. Zwei junge Männer, die ein bisschen zu viel getankt hatten. Einer von ihnen saß an die Hauswand gelehnt am Boden, eine Bierflasche neben sich. Der andere pinkelte gerade in den Eingang.

»Na, wo … willste denn hin? Soll … ich mitkomm'n?«, lallte der Typ, der vor der Hauswand saß. Nun drehte sich auch der andere um und gaffte mich an, als wäre ich eine Giraffe, die nachts durch die Heidelberger Altstadt lief.

Ich schaute stur geradeaus und ging einfach weiter, die breite Fußgängerzone runter, so schnell ich eben konnte. Ein Radfahrer fuhr an mir vorbei, laut singend und wohl auch nicht ganz nüchtern. Doch dann war endlich niemand mehr zu sehen.

Nicht allzu weit, und ich fand, was ich suchte. Hinter einer gläsernen Schiebetür lag ein beleuchteter Raum, in dem es gleich mehrere Nischen mit Geldautomaten gab. Zeit, meine Schutzkleidung anzulegen. Da drinnen gab es bestimmt jede Menge Kameras.

Die Mütze passte hervorragend. Ich zog sie mir bis über die Augenbrauen, dann wickelte ich den Schal so um, dass er Mund

und Nase verdeckte und nur ein schmaler Sehschlitz frei blieb. Jetzt noch das Regencape. Es ging fast bis zum Boden, und selbst ein Mensch mit einem Bauchumfang von zwei Metern hätte locker daruntergepasst. Perfekt für meine Zwecke. Auf den Kameras würde man nicht mal mehr erkennen können, ob es ein Mensch oder vielleicht doch ein dressierter Affe gewesen war, der das Geld abgehoben hatte.

Zum Glück ließ sich der Reißverschluss an Frau Köllns Handtasche problemlos aufziehen. Ich holte die EC-Karte aus der Geldbörse und suchte in dem Adressbuch die vierstellige Zahl, die unter »E« stand.

Jetzt hing alles davon ab, ob meine Vermutung richtig war. Während ich die blaue Plastikkarte in den Schlitz steckte, raunte Tante Flos Stimme in meinem Kopf: *Mila, tu das bloß nicht!* Aber eine andere Stimme sagte: *Niemand will dich, niemand glaubt an dich. Alle denken, du bist eine Diebin. Also, warum nicht?*

Ich gab die Zahl ein – es funktionierte! Aus dem Inneren des Automaten kam ein Geräusch, das sich anhörte, als säße dort ein Croupier, der die Karten hinblätterte. Der Schacht ging auf, und ein kleiner Stapel Geldscheine lag darin. Tausend Euro waren mein. Das würde für ein One-Way-Ticket nach Neuseeland reichen.

Rasch stopfte ich unter dem Schutz des Umhangs die Scheine in die Taschen meiner Sweatjacke. Stimmen kamen näher.

»Guck mal. Da ist 'n … Zelt, das läuft.«

Es waren die beiden betrunkenen Nachtschwärmer.

»Quatsch, das ist einer vom Ku-Klux-Klan. Der ist bloß gelb angelaufen. Oder … warte mal. Ich glaube, das ist 'n Jedi-Ritter. Hey, wo ist denn dein Laserschwert? Soll ich dir mal meins zeigen? Ist echt lang.«

Die beiden wieherten wie die Pferde. Ich ging eine Gasse hinunter, weg von der Hauptstraße. Als ich um die Ecke war, riss ich mir die Mütze vom Kopf und stopfte sie zusammen mit Schal und Regencape in den nächsten Mülleimer. Doch die beiden waren mir hinterhergekommen. Ich drehte mich im Gehen um und sah, wie sie das Cape aus dem Mülleimer zerrten.

»Hey, Jedi-Ritter! Willste das nich mehr haben? Is doch so schön gelb! Komm doch mal her!«

Einer der beiden zog es über, um gleich darauf der Länge nach hinzufallen.

»Scheiße!«, hörte ich ihn schreien. »Scheiße. Meine Nase.«

Ich ging weiter, so schnell ich konnte. An der nächsten Querstraße bog ich wieder ein und lief zurück zur Fußgängerzone. Hinter mir blieb es still, und als ich mich noch einmal umsah, war die Fußgängerzone zum Glück leer wie die Dorfstraße in Ülske am Sonntagmittag.

Zum ersten Mal seit Wochen verspürte ich so etwas wie Freude. Frau Dr. Kölln hatte mich gerettet. Neuseeland wartete auf mich! Endlich würde ich eine Chance bekommen!

Aber was sollte ich jetzt mit der Tasche tun? Bei der Polizei konnte ich mich damit auf jeden Fall nicht mehr blicken lassen. Das Klügste war, ich ließ sie verschwinden.

Statt den Weg zu Rosels Pension einzuschlagen, umrundete ich die Heiliggeistkirche und ging die Gasse hinunter, an deren Ende zwei dicke rot-weiß gestreifte Türme den Zugang zur Brücke bewachten. Praktischerweise hatte diese Brücke kleine Nischen an den Seiten, die wie Balkone ein wenig über das Wasser hinausragten. Der ideale Platz für Touristen, die von hier einen Blick auf das Schloss werfen wollten, für knutschende Pärchen oder eben für Menschen wie mich, die dringend etwas zu entsorgen hatten.

Unten mir floss der Neckar dahin, auf dessen dunkler Oberfläche sich der Mond silbern spiegelte. Arme Frau Dr. Kölln. So etwas würde sie nun nicht mehr sehen können.

Wenn ich es geschafft hatte, wenn mein Café Gewinn machen würde, dann würde ich die Erben von Frau Dr. Kölln ausfindig machen und ihnen die tausend Euro zurückschicken. Anonym. Mit Zinsen. Ich würde alles zurückgeben, auf Heller und Pfennig. Ich war vielleicht eine Diebin, aber eine ehrliche.

So weit es ging, lehnte ich mich über die Brüstung und begutachtete die Abwurfstelle.

»Hallo, du da!«

Die Stimme des Mannes erschreckte mich so, dass ich wie erstarrt über der Brüstung hängen blieb, den Blick in die Tiefe gerichtet.

»Was machst du denn da?«

Er musste von der Nordseite der Brücke gekommen sein. Sein Fahrrad, das er neben sich herschob, war bepackt mit Tüten und Decken. Er sah aus, wie ich mir Robinson Crusoe nach fünf Jahren Insel vorstellte.

»Kann ich dir helfen?«, fragte er und lehnte das Fahrrad an die steinerne Brüstung.

»Nein, danke, alles prima.«

»Wenn du jemanden zum Reden brauchst, ich hab Zeit.«

»Ich wollte nur mal sehen, wie tief es da ist.«

Der alte Mann zog die Augenbrauen in die Höhe. »Tief genug, Schätzchen. Aber willst du das wirklich?«

»Ich wollte nur mal runterschauen. Rein interessehalber. Sonst nichts.«

»Schon gut. Wir müssen nicht drüber reden. Ich kenn das, das sind die Wassergeister. Manchmal, wenn man hier steht, hört man sie rufen. Das musst du einfach ignorieren. Du brauchst auch nicht zu springen«, flüsterte er in verschwörerischem Tonfall und kam noch ein wenig näher. »Du kannst einfach warten. Das Böse ist schon in der Stadt. Sie haben es bekannt gegeben.«

Er zeigte auf das kleine Radio, das mit einem Draht am Lenkrad seines Fahrrads befestigt war, als wäre es ein Navi.

»Das war erst der Anfang. Sie werden uns alle kaltmachen, einen nach dem anderen. Mit den Frauen fangen sie an. Die wehren sich nicht so. Weißt du auch, warum die alle töten?« Er kam noch näher, so nah, dass ich unwillkürlich zurückwich. »Die wollen unser Schloss haben, unser Fass und unser Land. Wie die Franzosen damals.«

Ich drückte Frau Köllns Tasche an mich und wollte an ihm vorbeigehen, doch er hielt mich fest.

»Du glaubst mir nicht, was? Sie haben es in den Nachrichten gebracht. Die erste Tote, da bringen sie es noch. Den ersten Mord können sie noch nicht vertuschen. Aber je mehr sie töten, desto mehr Macht werden sie haben. Die werden auch das Radio übernehmen, dann hörst du nichts mehr davon.«

»Lassen Sie mich los!«

Tatsächlich ließ er mich los. »Aber sag nicht, ich hätte dich nicht gewarnt.«

Ich hastete zurück Richtung Brückentor, weiter über den Marktplatz, vorbei an Herkules auf seinem Brunnen und war heilfroh, als schließlich die Haustür der Pension hinter mir ins Schloss fiel. Tante Flo hatte mir nur von den vielen attraktiven Männern erzählt, die es in Heidelberg geben würde. Aber nichts von den ganzen Verrückten.

Nun hatte ich Frau Köllns Tasche immer noch. Egal. Morgen würde ich alles regeln. Ich würde die Tasche verschwinden lassen und ein neues Regencape kaufen. Und eine neue Mütze. Und ein Stück Käse für Hugo.

7

Zurück in meinem Zimmer schob ich die Handtasche unters Bett und stopfte das Geld aus den Taschen meiner Sweatjacke unter das Sitzkissen des Sessels. Dann zog ich mich aus und legte mich hin, aber an Schlafen war nicht zu denken. Wie zur Strafe kehrte der Durst zurück und quälte mich. In meiner Wasserflasche war kein einziger Tropfen mehr. Aber irgendwo in diesem Haus würde es wohl etwas zu trinken geben.

Also schlich ich zum zweiten Mal in dieser Nacht die Treppe hinunter. Diesmal fand ich unten im Flur sogar auf Anhieb den Lichtschalter. Kaum hatte ich den Kühlschrank aufgezogen, da hörte ich ein Geräusch, das von der Hoftür kam. Ein Geräusch, das ich kannte. So klang es, wenn Tom, der kleine Kater von Tante Flo, an meiner Zimmertür kratzte, weil er reinwollte. Hatte Rosel eine Katze? Es war eins: der Gedanke, das Herumdrehen des Schlüssels, das Aufziehen der Tür.

Der Mann stand direkt vor mir. Mit grauen Stoppeln im Gesicht und einem Messer in der Hand. Für den Bruchteil einer Sekunde sah ich die Überraschung in seinen bernsteinfarbenen Augen. Ich warf mich gegen die Tür, versuchte, sie wieder zuzubekommen. Vergeblich. Etwas knackte, als ob ein trockener Ast brechen würde. Der Mann auf der anderen Seite schrie auf. Erst da sah ich die Finger, die wie kleine weiße Würstchen zwischen Türblatt und Rahmen klemmten. Vor lauter Schreck ließ ich die Tür los. Die Finger verschwanden. Geistesgegenwärtig stieß ich mit voller Wucht noch einmal von innen davor. Diesmal schnappte das Schloss zu. Ich drehte den Schlüssel herum und rannte die Treppe hoch, riss im Vorbeilaufen den Schirmständer um, der scheppernd zur Seite kippte. Die Nummer Vier. Ich stürmte hinein und schloss hinter mir ab. Das Licht auf dem Nachttisch ging an.

Hugo setzte sich auf und rieb sich die Augen. »Was ist denn los?«

»Unten. Da … da ist einer an der Tür«, brachte ich mühsam hervor. »Ein Mann. Mit einem Messer. Ruf die Polizei!«

»Wirst du wieder verfolgt?«

»Der wollte hier rein. Ich habe die Hoftür aufgemacht, weil ich dachte, da wäre Rosels Katze. Da stand er vor mir, mit einem Messer in der Hand!«

»Rosel hat keine Katze«, bemerkte Hugo ungerührt.

»Woher soll ich das denn wissen?«, fuhr ich ihn an. »Ich habe nur gehört, dass etwas an der Tür kratzt.«

»Okay.« Hugo setzte sich auf die Bettkante und schlüpfte mit den Füßen in die Latschen, die vor seinem Bett standen. »Also, da draußen ist einer von denen, die dich verfolgt haben?«

»Nein. Ja. Ich meine, das war keiner der Männer von gestern Abend. Das ist ein anderer. Der vom Nachmittag. Vom Bahnhof. Und an der Kirche, da war er auch.«

»Soso. Am Bahnhof, an der Kirche und vor der Hoftür.«

»Ruf jetzt endlich die Polizei!«

»Geht nicht«, erwiderte Hugo. »Mein Handy liegt unten. Ich nehme es nie mit aufs Zimmer. Wegen der Strahlung.«

Der Sensenmann stand vor der Tür, und der einzige Mensch, der mich hätte retten können, hatte Angst vor ein paar Handystrahlen!

»Dann musst du runtergehen und es holen.« Ich würde mich keinen Zentimeter mehr aus diesem Raum bewegen.

»Weißt du was«, Hugo erhob sich mit einem Seufzer aus dem Bett, »ich sehe mal nach, ob da jemand ist. Vielleicht geht es dir dann besser. Bei meiner Nichte hat es auch immer geholfen, in den Kleiderschrank zu schauen, wenn die Hexe drinstand. Auf seltsame Weise war sie dann jedes Mal verschwunden.«

»Du musst mir glauben, Hugo! Er hatte ein Messer, das war mindestens …« Ich zeigte ungefähr die Länge einer Machete an, damit Hugo den Ernst der Lage erfasste.

»Klar doch.« Er kam in seinem karierten Pyjama auf mich zu und schob mich zur Seite. Dann schloss er die Tür auf, trat in den Flur und beugte sich über das Geländer.

»Hast du den Schirmständer umgeworfen?«

»Ja, das war ich. Lass bloß die Hoftür zu!«, schrie ich ihm hinterher.

Es dauerte einen Moment, dann klapperte es. Anscheinend

räumte Hugo den Schirmständer wieder ein. Ich stand oben und hielt den Atem an. Nach ein paar Minuten kehrte er zurück.

»Da ist niemand. Alles in bester Ordnung.« Hugo setzte sich auf den Bettrand und schlüpfte aus seinen Hausschuhen. »Du kannst dich jetzt wieder beruhigen.«

»Gib mir dein Handy! Dann rufe ich eben selbst die Polizei.«

»Ich sagte schon: Das liegt unten in der Küche.«

»Du hast es nicht mitgebracht?«

»Wozu denn? Ich rufe doch nicht mitten in der Nacht die Polizei, nur weil du das Sandmännchen gesehen hast.«

»Das Sandmännchen? Der hatte ein Messer in der Hand!«

»Ja, das mit dem Messer kennen wir schon. Überall lauern sie dir auf. Mit riesigen Messern, die sich dann als Baguette entpuppen. Männer, die dich verfolgen. Überall. In der ganzen Stadt. Egal, wo du hingehst. Gibt dir das nicht zu denken?« Er rückte sein Kopfkissen zurecht. »Die Hilfe, die du brauchst, die bekommst du nicht bei der Polizei. Wenn du jetzt bitte gehen würdest. Du hast eine ziemliche Fahne und verpestest die ganze Luft.«

»Du bist wirklich das …«

Ich schluckte den Rest hinunter. Vielleicht hatte Hugo mich gerade vor einer Riesendummheit bewahrt. Die Polizei ins Haus zu holen, wenn man einen Haufen gestohlener Geldscheine unter dem Sesselkissen versteckt hatte, war bestimmt keine gute Idee. Doch der Gedanke, gleich allein in meiner kleinen Dachkammer zu sein, versetzte mich in Panik.

»Kann ich heute Nacht bei dir schlafen? Ich bin auch ganz leise und lege mich auf den Boden, das macht mir nichts.«

Hugos Augen wanderten über meinen Körper. Ich trug noch ein Unterhemd und eine Unterhose, so klein, dass sie nicht der Rede wert war. Wer zieht sich schon an, wenn er nachts mal einen Schluck Wasser trinken geht?

»Geht es darum? Hast du deshalb das ganze Theater veranstaltet?« Hugo nahm die Brille ab und wischte sich über die Augen, als hätte er für heute genug gesehen. »Dass Rosel mich verkuppeln will, das ist mir schon klar. Aber dass das hier so eine plumpe Anmache wird, damit habe ich wirklich nicht gerechnet.«

»Spinnst du?«

»Ich nicht.« Hugo deponierte seine Brille wieder auf dem Nachttisch. »Und jetzt mach, dass du rauskommst.«

»Aber du kannst mich doch nicht allein da –«

»Doch, kann ich. Gute Nacht.«

Er knipste einfach das Licht aus. Unschlüssig stand ich im Dunkeln.

»Hugo, bitte!«

Aber Hugo antwortete nicht.

Das würde ich ihm heimzahlen. Irgendwann einmal, wenn er an einem seidenen Faden über dem Abgrund hing, würde ich die Schere holen.

Ich packte all meinen Mut zusammen und trat hinaus in den Flur. Hugos Zimmertür ließ ich weit offen. Als ich bis zum Treppenaufgang gekommen war, knallte die Tür hinter mir zu, und der Schlüssel wurde von innen umgedreht. Dann hörte ich Hugos Bett knarren.

Stufe für Stufe stieg ich hoch, den Blick hinunter ins Treppenhaus gerichtet. In meinem Zimmer bückte ich mich und schaute unters Bett, bevor ich die Tür abschloss.

Dass der Mann mit den bernsteinfarbenen Augen ausgerechnet hier einzubrechen versuchte, konnte das noch Zufall sein? Hatte der es auf mich abgesehen? Aber warum? Wegen dieser Handtasche, die ich ihm weggeschnappt hatte?

Mein Kopf fühlte sich an, als hätte man eine Gummimasse hineingekippt. Das Denken fiel mir schwer, und wenn ich die Augen schloss, flammten grelle Blitze hinter meinen Lidern auf. Ich kannte das, es waren die Vorboten der Hölle. Voller Angst lauschte ich, ob ich irgendein Geräusch hörte, das nicht in dieses Haus passte, bis ich endlich in einen unruhigen Schlaf fiel.

Am Morgen hatten Außerirdische einen gleißenden Strahl durch das kleine Dachfenster in mein Zimmer gelenkt, mit dem sie versuchten, mich zu vernichten. Schon das wenige Licht, das hereinfiel, löste einen solchen Schmerz in meinem Kopf aus, dass ich die Augen schließen musste. In meiner linken Kopfhälfte pochte es, als würde man mit einem riesigen Hammer von innen gegen meine Schädeldecke klopfen. Und draußen im Flur stand jemand und schlug mit seiner Pranke vor meine Zimmertür, so laut, dass mein Kopf bei jedem Schlag kurz davor war zu explodieren.

»Hey, was ist los? Hat das Sandmännchen dich gekillt?«

»Migräne«, war alles, was ich herausbekam.

»Oh, Migräne!«, tönte die Stimme fröhlich von der anderen Seite der Tür. »Ich würde mal sagen, du hast einen mordsmäßigen Kater. Kein Wunder. Du warst ja auch voll wie eine Haubitze.«

»Hau ab, du Arsch«, flüsterte ich. Es reichte, um das Pochen in meinem Kopf ins Unerträgliche zu steigern.

Zwei Tage lang war ich kurz davor abzukratzen. Zumindest fühlte es sich so an. Ich konnte nicht einmal mehr über Neuseeland nachdenken. Auch nicht über den nächtlichen Einbrecher. Der Schmerz ließ keinen Platz für etwas anderes. Ich lag da, mit einem T-Shirt über dem Kopf, damit ich nicht ins Licht sehen musste.

Manchmal hörte ich Hugo, seine Schritte im Flur, die Spülung der Toilette, ein Räuspern. Nachdem er sich vergewissert hatte, dass ich noch lebte, schien ihn nicht mehr sonderlich zu interessieren, wie es mir ging. Im Gegenteil, er quälte mich noch zusätzlich, indem er direkt vor meiner Tür mit dem Staubsauger herumhantierte. Während ich in meinem kargen Zimmer langsam umkam, befreite Hugo Benske die Welt von Flusen.

Ich döste vor mich hin, wankte ins Bad, nicht ohne vorher im Treppenhaus nach Einbrechern Ausschau zu halten, trank aus dem Wasserhahn und versuchte zu überleben.

Am dritten Tag meines Martyriums begann die Gummimasse langsam aus meinem Kopf zu verschwinden. Als ich wieder halbwegs denkfähig war und mir klar wurde, was ich getan hatte, wünschte ich mir allerdings, ich wäre im dumpfen, gedankenlosen Niemandsland geblieben. Wie konnte ich nur! Sicher, ich hatte in meinem Leben schon so einiges angestellt, aber mich an einem fremden Konto bedienen? In einer Endlosschleife kreiste der dämliche Spruch durch mein Hirn: *Jeder bekommt, was er verdient.* War diese elende Migräne die Strafe Gottes dafür, dass ich bei Frau Dr. Kölln illegalerweise einen Kredit aufgenommen hatte?

Ich versuchte zu schlafen, um nicht nachdenken zu müssen, doch wenn ich schlief, träumte ich wirres Zeug. Ein Schwarm hektisch flatternder Papageien. Die Frau im grünen Anorak, die auf die Straße kippte. Rote Haare auf dem grauen Asphalt. Ein alter Mann mit wirrem Blick, den seltsam durchscheinende elfenhafte Wesen in den Neckar zogen.

Was hatte Robinson Crusoe gesagt? »Sie haben es in den Nachrichten gebracht. Die erste Tote, da bringen sie es noch. Den ersten Mord können sie noch nicht vertuschen.« Dabei hatte er zum Radio geschaut, das am Lenkrad seines Fahrrads hing. Hatte er etwas über eine Tote im Radio gehört?

Es war, als ob sich ein Puzzleteil ins andere fügte, mein Kopf das zusammensetzte, was ich lieber nicht zusammenbringen wollte. Die roten Haare von Frau Kölln auf dem Asphalt. Robinson, der von einer toten Frau und einem Mord sprach. Oder war die Phantasie mit ihm durchgegangen, so wie bei den Wassergeistern, die nach ihm riefen?

Ich musste nachsehen. Eigentlich war es schon komisch, dass Frau Kölln so einfach tot auf die Straße gekippt war. Wenn es hier wirklich einen Mord an einer Frau gegeben und Robinson Crusoe davon im Radio gehört hatte, dann würde ich darüber auch etwas im Internet finden. Mit einer EC-Karte, die mir nicht gehörte, Geld abzuheben, das war schlimm genug. Aber wenn es die EC-Karte eines Mordopfers war, das war unverzeihbar. Und darüber, dass mich jemand verfolgen könnte, weil ich die Handtasche einer Ermordeten aufgeschnappt hatte, darüber wollte ich lieber überhaupt nicht nachdenken.

Noch konnte alles auch ein Zufall sein. Warum sollte ein Handtaschendieb nicht auch ab und zu irgendwo einbrechen? Sicher, dass er ausgerechnet hier einbrach, war ein ziemlich großer Zufall. Aber es gab schließlich auch Menschen, die gewannen im Lotto oder wurden vom Blitz getroffen. Außerdem hatte ich kein Blut gesehen, als Frau Kölln am Boden lag. Bestimmt war sie nicht ermordet worden. Bestimmt nicht.

Trotzdem tastete ich nach meinem Handy auf dem Nachttisch, um im Internet nachzusehen. Der Akku war fast leer. Wie üblich. So ein Ding gebraucht zu kaufen, war ein Fehler, den ich bestimmt nicht noch einmal in meinem Leben machen würde. Irgendwo musste das Ladekabel sein. Aber wo?

Es klingelte. Wollte da jemand die letzte Chance nutzen, bevor mein Handy den Geist aufgab? Ob das Jens war, der sich endlich mit Sarah gestritten hatte? Der anrief, um mir zu sagen, wie sehr er seinen Fehltritt bereute? Rasch tippte ich auf den Kreis mit dem kleinen grünen Hörer.

»Mila, Schätzchen. Wie geht es dir?«

Hätte ich nur vorher aufs Display geschaut. Es war die Scharfschützin aus Ülske.

»Hast du dich schon eingewöhnt?«

Ich überlegte, ob ich das Gespräch gleich kommentarlos wieder beenden sollte. Aber das brachte ich auch nicht fertig.

»Hallo, Flo.«

»Und, bist du ganz allein?«

»Wer soll denn noch hier sein?«

»Ich dachte nur. Vielleicht ist schon ein Gast da.«

Das hörte sich doch sehr danach an, als wüsste meine liebe Tante, dass dieser Gnom hier wohnte. Warum überraschte mich das kein bisschen?

»Lass mich überlegen. Ja, hier war noch jemand. Ich glaube, das war Rosels Neffe. Aber den musste ich leider erschießen. Der wollte heute Morgen nicht aus dem Bett aufstehen. Das macht man doch so, oder?«

»Ach, Schätzchen. Sei doch nicht so nachtragend. Wie findest du ihn?«

Sogar mit Kopfschmerzen konnte ich die Hoffnung in ihrer Stimme hören.

»Klein und widerlich.«

»Du bist aber auch immer so kritisch. Geh doch mal ein bisschen offener an die Sache ran. Dustin ist auch nur eins sechsundsechzig, aber er hat Mrs. Robinson sehr glücklich gemacht.« Tante Flo seufzte. »Zumindest vorübergehend. Aber lassen wir das. Es gibt doch in Heidelberg bestimmt noch andere Männer. Vielleicht solltest du mal ausgehen, Mila. Oder eine Stadtführung machen. Heidelberg ist so romantisch, da wirst du es doch wohl schaffen, dich in irgendjemanden zu verlieben.«

»Romantisch? Ich sag dir mal, wie es in dieser super-romantischen Stadt zugeht: Hier schießen sie auf Papageien, Frauen fallen tot auf die Straße, ich werde verfolgt und lebe mit einem Idioten unter einem Dach.«

»Aber Schätzchen«, Tante Flo hörte sich sehr zufrieden an, »das ist doch schon mal ein schöner Anfang. Ich werde mir auch demnächst die Welt ansehen. Ich treffe Pierre wieder, weißt du.«

Ich wusste gleich, worum es ging. Tante Flos jährliche Bustour zu den Karl-May-Festspielen nach Bad Segeberg stand an.

»Pierre Brice ist …«

Ich schluckte den Rest runter. Sie würde mir sowieso nicht glauben, dass er gestorben war. Es piepste. Die letzten Warnzeichen meines Handys.

»Ich muss jetzt Schluss machen, mein Handy hat gleich keinen Strom mehr.«

Außerdem musste ich nachsehen, was es mit Robinson Crusoes ermordeten Frauen auf sich hatte.

»Ach Mila, sag doch einfach, wenn du nicht mit deiner alten Tante reden willst. Diese Flunkerei solltest du dir wirklich langsam mal …«

Ein letzter kurzer Ton und das Display wurde dunkel. Ich fand das Ladekabel schließlich in meinem Rucksack. Als das Display wieder leuchtete, ging ich ins Internet und gab bei der Suchmaschine die Wörter »Mord« und »Heidelberg« ein. Was ich sah, schnürte mir die Kehle zu. Ein Eintrag nach dem nächsten wurde aufgeführt, und in allen ging es um eine Frau, ermordet am Freitagnachmittag am Heidelberger Bahnhof. Die Polizei hatte eine Weile gebraucht, um ihre Identität festzustellen: Ihr Name war Dr. Carolina Kölln.

Wo war ich da nur hineingeraten! Ich hatte ihre Tasche und mit ihrer EC-Karte Geld abgehoben! Am Ende würde man noch glauben, ich hätte irgendetwas mit diesem Mord zu tun. Dann wanderte ich bis in alle Ewigkeit hinter Gitter.

Die Tasche musste weg. Gleich nach Einbruch der Dunkelheit würde ich sie im Neckar versenken. Robinson Crusoe konnte nicht ewig auf der Brücke rumlungern. Und bis dahin? Ich wollte diese Tasche nicht mehr in meinem Zimmer haben, und das Geld auch nicht. Es war, als hätte ich eine Leiche unter dem Bett liegen, der noch das Messer im Bauch steckte. Ich würde die Sachen irgendwo verstecken, wo so schnell niemand hinkam. Im Keller zum Beispiel. Aber Hugo war noch in der Küche, und um in den Keller zu kommen, musste ich an ihm vorbei. Dann besser nach oben, auf den Speicher.

Ich zog die Handtasche unter dem Bett hervor, sammelte die Geldscheine unter dem Sesselkissen zusammen und tat sie hinein. Dann ging ich in den Flur und stellte die Leiter auf, die längs der Wand lehnte. Sie reichte genau bis an die Luke. Mit der Handtasche über der Schulter kletterte ich hoch und stieß die Luke auf. Doch dort, wo Dachbalken und Spinnweben hätten sein sollen, leuchtete ein zartes Hellblau. Frische Luft schlug mir entgegen.

Das war definitiv nicht der Aufgang zum Speicher. So wie es aussah, war ich auf einer Dachterrasse gelandet. Zwei weiße Plastiksessel luden ein, den Ausblick zu genießen, und der war phantastisch. Hausdächer, die sich aneinanderschmiegten, und hinter mir ein Hügel in einem so saftigen Grün, dass den Kühen vom alten Reschke das Wasser im Maul zusammengelaufen wäre. Wenn man sich weit genug über die Brüstung lehnte, war sogar noch etwas vom Schloss zu sehen.

An diesem Platz, an dem wahrscheinlich jedem Romantiker das Herz aufging, hatte Rosel ihren grünen Liebling untergebracht. Die Palme, die ich unbedingt gießen sollte. Ihre Wedel waren an den Spitzen ein wenig vertrocknet, und auch die Geranien daneben hatten das Beste hinter sich. In einer Ecke standen ein paar alte Töpfe, ein halb voller Plastiksack mit Blumenerde und ein Eimer mit allerlei Kram, Gartenscheren, einer Blumenkelle und einer Flasche Dünger.

Ich gönnte der Palme einen Schluck Wasser aus der grünen Gießkanne, die Rosel bis zum Rand gefüllt hier abgestellt hatte. Das tropische Gewächs war in einen Plastiktopf gepflanzt, und der stand, damit das Ganze hübsch anzusehen war, in einem ziemlich großen blauen Keramikübertopf. So groß, dass darunter noch etwas Platz hatte? Vielleicht würde eine kleine Umtopfaktion der Palme guttun. Frische Erde bewirkt doch manchmal Wunder.

Ich hob die Palme heraus, deponierte Frau Köllns Tasche auf dem Boden des blauen Übertopfs und schüttete Blumenerde darauf, bis die Tasche ganz bedeckt war. Dann zog ich die Palme aus ihrem Plastiktopf, schnitt den Wurzelballen so zurecht, dass er problemlos noch in den Keramiktopf passte, und pflanzte sie über Frau Köllns Tasche. Den leeren Plastiktopf stellte ich zu den anderen in die Ecke. Zufrieden und erleichtert strich ich mir die Erdkrumen von den Händen.

Zurück im Haus ging ich ins Bad, um mir die Hände zu waschen und an dem Handtuch abzutrocknen, über dem das Schildchen »H. Benske« klebte. Dabei hinterließ ich ein paar dunkle Flecken auf dem weißen Frottee. Ein Dankeschön dafür, dass »H. Benske« sich in den letzten Tagen so rührend um seine kranke Mitbewohnerin gekümmert hatte.

Kaum hatte ich das Bad verlassen, klingelte es unten an der Haustür. Weit über das Geländer gebeugt konnte ich sehen, wie Hugo zur Tür ging. Hoffentlich war das nicht der Professor, der kam, um mir wieder unseriöse Angebote zu machen.

Doch vor der Tür stand offensichtlich eine Frau mit einer dunklen, nicht mehr ganz jungen Stimme. Als ich hörte, was sie sagte, stürzte ich vor Schreck fast über das Geländer.

»Mooser, Kripo Heidelberg. Sind Sie Herr Benske?«

8

Die Kripo! Kamen die wegen mir? Wie konnten die wissen, dass ich Frau Köllns Tasche hatte? Das war doch unmöglich.

»Das ist mein Kollege, Herr Mengert«, sagte die Frauenstimme. »Wir hätten da einige Fragen an Sie. Dürfen wir reinkommen?«

Sie hatten Fragen an Hugo! An Hugo! Sie hatten Hugos Namen genannt. Sein Name stand aber nicht draußen an der Tür. Das konnte doch nur heißen, dass sie auf der Suche nach ihm waren. Sie wollten zu ihm. Es ging um Hugo, nicht um mich!

Sobald die Stimmen im Flur verebbt waren, schlich ich hinunter. Die Tür zur Küche stand einen Spaltbreit offen. Hugo saß am Tisch, die Frau, vielleicht Ende fünfzig, Anfang sechzig, mit dunklen glatten Haaren, ihm gegenüber. An der Spüle lehnte ein breitschultriger Kerl in Lederjacke mit einem ultrakurzen Bürstenhaarschnitt. Er hatte die Arme vor dem Oberkörper verschränkt und schaute auf Hugo hinab.

»Sie waren also in dieser Nacht die ganze Zeit zu Hause?«, fragte die Kommissarin.

»Ja, ich war hier. Die ganze Nacht.«

Ich musste noch ein bisschen näher an die Tür heran. Um welche Nacht ging es? Hatte Hugo mit runtergelassener Hose Frauen erschreckt? So wie der drauf war, hätte mich das nicht gewundert.

Die Kommissarin holte einen braunen Umschlag aus ihrer Jackentasche. Was sie daraus hervorzog, sah aus, als wären es Fotos. Eines davon legte sie vor Hugo auf den Tisch.

»Sind Sie das, Herr Benske?«

Hugo nahm das Bild in die Hand. »Nein, das bin ich nicht.«

»Sind Sie sich sicher?«

»Ja. Ganz sicher. So laufe ich nicht rum.«

»Das ist aber seltsam. Sehen Sie mal, können Sie diesen länglichen weißen Fleck sehen? Die Fotos der Überwachungskameras an den Bankautomaten sind heute gar nicht mehr so übel.«

Ein Bankautomat. Es ging also doch um mich! Mein Herz

schlug so laut, dass ich Angst hatte, man könnte es bis in die Küche hören.

Die Kommissarin deutete mit dem Finger auf das Bild.

»Hier. Erst dachten wir, es ist das Label des Herstellers. Oder die Waschanleitung.«

Sie zog aus ihrer Jackentasche einen durchsichtigen Plastikbeutel, in dem etwas Schwarzes steckte.

»Bis wir in einem Mülleimer unweit der Bank eine Mütze gefunden haben. Mit diesem eingenähten weißen Schildchen. Sieht genauso aus wie der längliche weiße Fleck auf den Fotos der Überwachungskamera. Und siehe da, was steht auf diesem kleinen weißen Streifen? ›H. Benske‹. In Heidelberg gibt es genau eine Person mit dem Namen Benske, deren Vorname mit einem ›H‹ beginnt. Und das sind Sie: Hugo Benske.«

Dieser Idiot hatte tatsächlich ein Namensschild in seine Mütze genäht! Wie konnte man nur so dämlich sein?

»Ist das Ihre Mütze, Herr Benske?«

»Das sieht tatsächlich aus, als wäre es meine Mütze. Aber das auf dem Foto, das, das bin ich nicht«, stammelte er. »Das ist völlig absurd. Da erkennt man doch gar nichts drauf. Nicht mal die Augen sieht man richtig. Das kann wer weiß wer sein.«

»Das stimmt. Aber das weiße Schildchen am Rand der Mütze erkennt man gut. Finden Sie nicht?«

»Das bin ich nicht auf dem Bild. Ich habe damit nichts zu tun.«

»Sie haben einen Fehler gemacht. Ich kann das verstehen«, sagte die Kommissarin. »Wenn man so etwas tut, ist man bestimmt aufgeregt. Scheckkartenbetrug macht man nicht alle Tage. Und ehe man sichs versieht, gerät man in Panik und wirft die Mütze in den nächsten Abfalleimer. Passiert schon mal.«

»Ich war in dieser Nacht zu Hause.« Hugos Stimme schwankte zwischen Trotz und Angst. »Ich bin immer nachts zu Hause. Ich gehe so gut wie nie aus. Und nachts schon gar nicht. Das kann alles gar nicht sein. Ich habe keine Ahnung, wie meine Mütze in diesen Abfalleimer gekommen ist.« Einen Moment war es still. »Es sei denn … Das kann nur …«

Mir war klar, was jetzt kommen würde. *Das kann nur meine*

Mitbewohnerin Mila Böckle gewesen sein. Die hat mich schon einmal beklaut.

Ich musste handeln. Hugos Kopf aus der Schlinge ziehen. Und dafür sorgen, dass meiner erst gar nicht hineingeriet. Ich drückte die Tür auf. Der Typ mit dem Bürstenhaarschnitt schob sofort die Hand unter die Jacke.

»Bei uns wurde eingebrochen«, stieß ich hervor. »Bestimmt hat der Einbrecher die Mütze gestohlen.«

»Und wer sind Sie?«, fragte die Kommissarin.

»Milena Böckle.«

»Frau Böckle. Ich bin Hauptkommissarin Mooser von der Kripo Heidelberg. Und das hier ist mein Kollege, Herr Mengert.« Sie machte eine Kopfbewegung zu dem Mann, der seine Hand langsam wieder unter der Jacke hervorzog.

»Bei uns wurde vor Kurzem eingebrochen. Ich bin nachts runtergegangen, weil ich mir etwas zu trinken holen wollte.« Den Rest der Geschichte musste ich etwas abwandeln. »Da war jemand im Flur. Ganz nah an der Garderobe. Er ist sofort abgehauen. Ich habe mich furchtbar erschrocken und bin gleich hoch zu Hugo ins Zimmer.«

»Stimmt das, Herr Benske?«, wollte Frau Mooser wissen.

»Sie kam in mein Zimmer und war total aus dem Häuschen«, bestätigte Hugo. »Sie hat darauf bestanden, dass ich das ganze Haus absuche.«

»Haben Sie diesen Mann gesehen?«

Er schüttelte den Kopf.

»Wenn ich Sie richtig verstehe, Frau Böckle, ist also der große Unbekannte hier eingebrochen und hat die Mütze von Herrn Benske gestohlen, um sich damit nett zurechtzumachen, wenn er mit einer Scheckkarte, die ihm nicht gehört, Geld abhebt. Dieter, was hältst du davon?«

Dieter antwortete nicht. Dieter grinste nur.

»Eine hübsche Geschichte.« Die Kommissarin verzog keine Miene. »Wir sind nur leider nicht zum Scherzen aufgelegt. Hier geht es nicht nur um Betrug. Die Frau, mit deren Bankkarte man das Geld abgehoben hat, wurde ermordet. Wo waren Sie denn in der Nacht von Freitag auf Samstag, Frau Böckle?«

Die Worte kamen aus mir heraus, ohne mein Zutun. Sie entstanden irgendwo in meinem Kopf, in einem Bereich, zu dem ich keinen Zugang habe. Dort, wo die Notlügen herkommen.

»Am Abend war ich mal kurz in der Stadt, so bis neun, aber danach war ich die ganze Zeit hier. Ich habe geschlafen. Ich meine, bis zum Einbruch. Danach war ich hellwach. Aber ich war die ganze Zeit auf meinem Zimmer.«

»Vielleicht klären wir alles Weitere besser auf der Dienststelle«, schlug Frau Mooser vor, in einem Ton, der keinen Widerspruch duldete. »Sie haben doch sicher nichts dagegen, wenn wir uns im Haus ein wenig umsehen? Falls doch, können wir uns auch gern einen Durchsuchungsbeschluss besorgen.«

»Bitte«, sagte Hugo. »Ich habe nichts zu verbergen.«

Aber ich. Ich hätte es sagen müssen. Hätte alle Karten auf den Tisch legen sollen. Aber ich schwieg, starr vor Angst, dass dies mein letzter Tag in Freiheit sein könnte.

Das Gebäude, vor dem wir nach der Fahrt durch den dichten Stadtverkehr hielten, war weiß mit blau gerahmten Fenstern und einem türkisfarbenen Wasserbassin davor, das aussah wie das Kinderplanschbecken in einem Freibad. Ein großes Schild »Kriminalpolizeidirektion Heidelberg« an einem blank polierten Metallbriefkasten ließ keinen Zweifel daran aufkommen, wo wir gelandet waren. Man brachte mich in den ersten Stock, in einen Raum mit einem grauen Linoleumboden. Auf der Fensterbank fristeten ein kleiner Kaktus und eine Pflanze mit fleischigen gelbgrünen Blättern ihr trostloses Büroleben. Nur das rosafarbene Gießkännchen in Form eines Schweins brachte ein wenig Farbe in das Zimmer.

Eine Frau kam und nahm meine Daten auf. Dann wartete ich. Die ganze Zeit musste ich an Frau Dr. Kölln denken und an Robinsons düstere Prophezeiungen über das Böse, das in die Stadt gekommen war. Eigentlich hätte ich mir gleich denken können, dass Frau Kölln nicht einfach so mit einem Herzinfarkt auf die Straße gekippt war. Aber wer glaubt schon, dass ein Mensch umgebracht wird, während man quasi danebensteht? Ich auf jeden Fall nicht. Außerdem hatte der wütende Mann mit seiner Pistole nur in die Luft gezielt, auf die Papageien, das hatte ich selbst gesehen. Der konnte Frau Kölln nicht ermordet haben. Oder doch? Ein Querschläger? Aber dann wäre es ein tragischer Unfall gewesen, kein Mord.

Nach einer Weile kam ein großer, ziemlich korpulenter Mann herein.

»Es dauert noch«, sagte er.

Er roch nach Katze und erinnerte mich an Tante Flos kleinen Tiger.

»Ich bin Herr Pöltz. Leider ist im Moment die halbe Belegschaft krank, und Frau Mooser ist noch beschäftigt. Aber es dauert sicher nicht mehr lange. Möchten Sie vielleicht einen Kaffee?«

Ich nickte. Auf dem Weg zum Schafott ist man dankbar für jeden Krümel Freundlichkeit. Sollte ich die Wahrheit sagen? Und dann? Würde man mir glauben, dass die Tasche von Frau Kölln nur per Zufall bei mir gelandet war? Nachdem ich mit der EC-Karte Geld abgehoben hatte, statt damit zur Polizei zu gehen? Wenn ich die Wahrheit sagte, glaubte mir so gut wie nie jemand. Warum sollte das bei der Polizei anders sein?

Es konnte nur übel für mich enden. Mit einer Vorstrafe würde ich erst recht keine Arbeit mehr finden. Dann musste ich, wenn ich aus dem Gefängnis entlassen wurde, zurück nach Ülske. Zu Tante Flo, die mich nicht mehr wollte. Falls sie dann noch lebte. Denn eins war sicher: Wenn ich hier im Gefängnis landete, in Heidelberg, der Stadt, in die sie mich geschickt hatte, würde sie sich tagaus, tagein Vorwürfe machen. Es würde Tante Flo endgültig das Herz brechen.

Alles hing davon ab, ob sie das Geld finden würden. Wie sonst könnten sie mir etwas nachweisen? Und wenn sie herausbekommen würden, dass ich auf dem Kongressabend gewesen war? Aber vielleicht erfuhren sie davon auch nie etwas. Frau Kölln konnte an dem Abend nirgendwo mehr gewesen sein, weshalb sollten sie dort überhaupt nachfragen?

Hatte ich eine reelle Chance, davonzukommen? Keine Ahnung. Ich wusste nur eins: Ich wollte auf keinen Fall ins Gefängnis. Eingesperrt zu sein, würde ich keine Woche aushalten. Ich würde dort zugrunde gehen wie eine Tomatenpflanze im Keller.

Vielleicht war die Tatsache, dass ich Frau Köllns Tasche noch in letzter Minute hatte verstecken können, auch kein Zufall, sondern eine besondere Fügung des Schicksals. Ich sollte eine Chance bekommen, mich noch einmal zu bewähren. Keine Lügen mehr, kein Alkohol, keine Flüche, und vor allem kein Geld mehr von fremden Konten abheben. Eine Art Warnschuss. Das machte Sinn. Also würde ich erst dann die Wahrheit sagen, wenn sie das Geld gefunden hatten, wenn alle Hoffnung dahin war. Erst dann.

Herr Pöltz kam mit meinem Kaffee. Gleich darauf erschien die Kommissarin mit einer Mappe unter dem Arm.

»Oh, danke, Arthur!« Sie nahm ihm die Tasse aus der Hand. »Ahnte ich doch, dass du meine Gedanken lesen kannst. Sagst du Mengert Bescheid? Wir können jetzt anfangen.«

Ich musste die ganze Zeit auf den kleinen weißen Fleck schauen, den Frau Mooser auf ihrem dunkelblauen Pullover hatte. Vielleicht, weil ich ihr nicht so gut in die Augen sehen konnte. Herr Mengert hatte einen Laptop vor sich und tippte ein, was ich sagte. Wo ich herkam, was ich vorher gemacht hatte, weshalb ich nach Heidelberg gekommen war. Und dann wollten sie natürlich alles über den Einbruch wissen. Wahrheitsgetreu erzählte ich, wie ich, vom Durst getrieben, die Treppe hinuntergekommen war.

»Ich habe mich bemüht, leise zu sein, um Hugo nicht zu wecken. Als ich fast unten war, da habe ich den Einbrecher dann gehört.«

Frau Mooser reichte das leider nicht.

»Was genau haben Sie gehört?«

»So … eine Art Rascheln. Es kam von der Garderobe.«

»Was haben Sie dann getan?«

»Ich habe gerufen: ›Hallo, ist da wer?‹ Dann hörte ich, wie jemand weglief und die Hoftür zufiel.«

»Haben Sie diesen Jemand auch gesehen?«

»Nein, ich bin ja gar nicht bis in den Flur hinuntergegangen. Ich hatte furchtbare Angst. Ich bin sofort hoch zu Hugo gelaufen.«

Frau Mooser sah eigentlich ganz sympathisch aus. Ein bisschen rundlich, mit den Falten im Gesicht, wie man sie jenseits der fünfzig eben hatte. Eine, neben die man sich gern setzen würde, wenn man im Bus einen freien Platz sucht. Und im Gegensatz zu Herrn Pöltz roch sie nicht nach Katze, sondern ein wenig wie Tante Flo, wenn sie sich mit der Lotion eingecremt hatte, die sie angeblich von Isabella Rossellini geschenkt bekommen hatte. Frau Moosers Fragen waren allerdings nicht so sympathisch.

»Laut Aussage von Herrn Benske haben Sie aber behauptet, jemand hätte mit einem Messer in der Hand vor der Tür gestanden. Und zwar ein Mann, den Sie kannten.«

Hugo war also schon vernommen worden. Deshalb hatte ich so lange warten müssen. Garantiert hatte er alles brühwarm erzählt, und zwar ganz genau so, wie es geschehen war.

»Das muss er falsch verstanden haben. Ist auch kein Wunder, Hugo hat noch geschlafen, als ich in sein Zimmer kam. Er hat das alles sowieso nicht ernst genommen. Ich wollte sofort die Polizei rufen, aber Hugo hat mir eingeredet, man würde mir nicht glauben.«

»Wann war der Einbruch?«

»Oh …« Ich grübelte. »Das weiß ich nicht so genau.«

Meine Alarmglocken klingelten. Ich hatte zwischen drei und vier Uhr das Geld abgehoben. Die Uhrzeit wurde dabei bestimmt registriert. Wenn das unser Einbrecher gewesen sein sollte, musste er ziemlich früh in der Nacht da gewesen sein.

»Ich weiß nicht genau, aber ich hatte kaum geschlafen. Vielleicht so gegen zwei Uhr.«

Ich konnte nur hoffen, dass Hugo die Uhrzeit nicht wusste, sich nicht sicher war, was auch immer. Und wie es aussah, hatte ich tatsächlich Glück. Frau Mooser hakte nicht weiter nach.

»Wenn Sie noch einmal in Ruhe darüber nachdenken«, die Kommissarin machte eine kleine Pause, als wollte sie mir etwas Bedenkzeit gönnen, »könnte die Tatsache, dass es so unterschiedliche Versionen von diesem Einbruch gibt, vielleicht daher rühren, dass es gar keinen Einbrecher gegeben hat?«

»Der Einbrecher war da. Hugo hat das alles nur nicht richtig mitbekommen.«

»Wann sind Sie in Heidelberg angekommen?«

Konnten die das nachprüfen? Wahrscheinlich. Ich hatte meine Karte übers Internet gebucht.

»Am Freitagnachmittag, so gegen halb fünf.«

»Mit dem IC aus Essen? Dem um sechzehn Uhr vierunddreißig?«

»Ja. Und dann bin ich zur Pension gegangen.«

»Waren Sie auf dem Bahnhofsvorplatz?«

»Ich war noch in den Geschäften. In Ülske haben wir keine Geschäfte im Bahnhof. Nicht mal einen Kiosk. In Ülske ist nämlich gar nichts. Im Vergleich dazu ist das hier wirklich toll. Ich war in der Buchhandlung und habe mir die Reiseführer angesehen. Ich kenne Heidelberg überhaupt nicht, ich war noch nie hier. Ich wäre auch gar nicht hergefahren, aber …«

Ich plapperte vor lauter Nervosität, was mir in den Sinn kam und unverfänglich erschien.

»… meine Tante glaubt, ich lerne hier einen Stadtführer kennen, und dann verliebe ich mich, und alles wird gut. Wie in diesem Film: ›Heidelberger Romanze‹. Deshalb wollte sie unbedingt, dass ich herkomme.«

Weiterreden. Immer weiterreden. Ich durfte der Kommissarin gar keine Chance geben, Fragen zu stellen. Aber es ist verdammt schwer, zu reden und gleichzeitig an etwas anderes zu denken. Ich konnte förmlich sehen, wie einer der Polizisten auf die Dachterrasse kletterte und staunend die frische Erde im Übertopf der Palme begutachtete.

»Ich hatte nämlich einen Freund, Jens. Wir haben uns getrennt, also eigentlich hat er sich von mir getrennt. Deshalb ging es mir nicht besonders gut in der letzten Zeit, und ich bin bei meiner Tante eingezogen. Bei der bin ich groß geworden. Sie ist wie eine Mutter für mich. Meine Mutter ist früh gestorben. Und mein Vater ist abgehauen. Aber meine Tante wollte mich nicht mehr …«

Gleich würde das Telefon klingeln, und Frau Mooser würde mich verhaften. Schwedische Gardinen statt Heidelberger Romantik. In Ülske würden irgendwann alle wissen, dass ich in Heidelberg im Gefängnis saß. Weil ich eine Diebin war, genau wie mein Chef es behauptet hatte. Und diesmal tat mir niemand unrecht. Diesmal war ich selbst schuld. So weit war es mit mir gekommen. Mila Böckle hatte es verbockt. Alles. Für immer und ewig. Ich konnte nicht anders. Die Tränen liefen mir übers Gesicht.

»Frau Böckle, haben Sie mich verstanden?« Frau Mooser holte aus ihrer Schreibtischschublade ein Päckchen Taschentücher und schob es mir zu. »Waren Sie auf dem Bahnhofsvorplatz?«

War ich dort gewesen? War es besser, das zuzugeben?

»Also … ich war da, ja.« Ich putzte mir ausgiebig die Nase. »Da war ein ziemlicher Menschenauflauf. Ein Krankenwagen stand an der Seite, wo die hohen Bäume sind. Aber ich bin nicht hingegangen. Man weiß ja, dass man da nur im Weg steht. Ich bin schließlich keiner von diesen Gaffern.«

Das Telefon auf dem Schreibtisch klingelte. Ich zuckte zusammen.

»Einen Moment.« Die Kommissarin hob ab. »Ja? … Auch das noch … Nein, nein, schon gut, Vera, wenn er krank ist, ist er eben krank. Sag Alsberger, die Kripo geht nicht unter, wenn er … Ach, Vera, das tut mir leid, das ist doch nur so eine Gewohnheit. Ich weiß, dass er mein Schwiegersohn ist. Ja, ich verspreche es dir, ich nenne ihn nur noch beim Vornamen. Nie mehr sage ich ›Alsberger‹. Ja, Schatz. Sicher.« Frau Mooser verdrehte die Augen. »Ganz bestimmt. Ich sag doch, ich verspreche es. Grüß ihn von mir.«

Sie legte den Hörer auf.

»Alsberger ist krank«, sagte sie zu dem Bürstenhaarschnitt.

»Na super«, murmelte der und zog einen Kaugummi aus seiner Hosentasche.

»Also«, Frau Mooser wandte sich wieder mir zu, »Sie behaupten, nicht in der Nähe dieses Menschenauflaufs gewesen zu sein?«

»Ich bin daran vorbeigegangen, weil ich die Bushaltestelle gesucht habe. Dann habe ich dieses seltsame Pferd gesehen, dem ein Bein fehlt. Ich habe mich gefragt, was das zu bedeuten hat. Ich meine, ein Pferd mit drei Beinen …«

»Wir kennen das Pferd«, unterbrach Frau Mooser mich.

Sie klappte die Mappe auf, die sie mitgebracht hatte, und zog ein Foto hervor.

»Haben Sie diese Frau schon einmal gesehen?«

Kupferrote Haare. Ein bleiches Gesicht. Das Foto einer Toten. Natürlich hatte ich diese Frau schon gesehen. Ich schaute sofort wieder weg. Ich wollte das nicht sehen. Schon gar nicht, nachdem ich wusste, dass man Frau Kölln umgebracht hatte.

»Frau Böckle!« Die Kommissarin ließ mich keinen Moment aus den Augen. »Kennen Sie diese Frau?«

Ich betrachtete den Fleck auf Frau Moosers Pullover. »Nein.«

»Sehen Sie sich das Foto noch einmal an!«

Aber ich schaute lieber auf Frau Moosers Hand, die das Foto noch ein wenig näher zu mir schob. Kein Nagellack. Schwarzer Rand unter dem Zeigefingernagel.

»Kennen Sie diese Frau?«

»Nein.«

»Sie heißt Kölln. Dr. Carolina Kölln. Sie war auf dem Weg zu einem Kongress hier in Heidelberg.«

»Aha.«

»Frau Böckle! Vom Konto dieser Frau wurde Geld abgehoben. Mit einer Mütze, die in Ihrer Unterkunft an der Garderobe hing. Sie sind im gleichen Zug wie Frau Dr. Kölln angereist. Sie waren auf dem Bahnhofsvorplatz, wo sie ermordet wurde. Das sind ziemlich viele Zufälle, finden Sie nicht?«

»Aber so etwas kommt vor. Bestimmt hat der Einbrecher die Mütze gestohlen. Und die Karte von Frau Kölln. Das ist vielleicht so ein Dieb, der sich in einer Stadt herumtreibt und alles Mögliche stiehlt. Wenn es kalt ist, eben auch mal eine Mütze. Und die hat er dann benutzt, als er das Geld abgehoben hat.«

Herr Mengert kratzte sich kurz am Kinn. Die Stoppeln dort waren fast so lang wie die auf seinem Kopf.

»Oder jemand anderes hat die Mütze gestohlen. Ich meine, das ist eine Pension. Da gehen ständig Leute ein und aus. Da nimmt dann eben mal einer eine Mütze mit. Die kann doch schon ewig weg sein.«

»Herr Benske hat ausgesagt, dass er die Mütze in der letzten Woche noch getragen hat. Und dass in der Pension keine Gäste waren. Niemand war dort, außer Herrn Benske, seiner Tante und Ihnen. Seine Tante war am Freitag, als Frau Dr. Kölln getötet wurde, schon in der Klinik. Herr Benske wird kaum so dumm sein, mit einer gestohlenen Bankkarte Geld abzuheben und dabei sein Namensschild in die Kamera zu halten. Also, wer bleibt da übrig?«

»Der Einbrecher.«

Frau Mooser beugte sich über den Tisch, als setzte sie zum Sprung an.

»Für wie blöd halten Sie uns eigentlich, Frau Böckle?«

Ich schwieg. Auf so eine Frage wollte niemand eine ehrliche Antwort hören.

»Die Tote hatte keine Papiere bei sich. Nur ein Handy, das in ihrer Jackentasche steckte, und ihre Fahrkarte. Kein Portemonnaie, keinen Ausweis, gar nichts. Glauben Sie, jemand fährt nur mit dem Handy auf einen Kongress? Was fehlt da? Was denken Sie?«

Ich hob ratlos die Schultern.

»Dann sage ich Ihnen, was fehlt: eine Handtasche. Ein Rucksack. Irgendetwas, wo all das drin ist, was man normalerweise mitnimmt, wenn man verreist.«

»Männer haben oft nur ein Portemonnaie in der Hosentasche.«

»Wir reden aber von einer Frau. Und sie hatte auch kein Portemonnaie bei sich. Auch nicht in der Hosentasche!« Frau Mooser lehnte sich zurück. »Ich sage Ihnen, was passiert ist: Sie sprechen Frau Kölln in der Bahn an und erwecken ihr Mitleid. Vielleicht haben Sie ihr die gleiche Geschichte vorgeheult wie uns eben. Dann warten Sie auf eine Möglichkeit, ihr die Handtasche zu stehlen. Aber das war nicht so einfach, wie Sie gedacht hatten. Also mussten Sie zu anderen Methoden greifen, um an die Tasche zu kommen. Aber Sie hatten das schon einkalkuliert, nicht wahr?«

»Ich … nein.«

»Jemand schießt in die Bäume und alles schaut auf ihn. Mitten in der erschrockenen Menge, in der niemand auf Sie achtet, ermorden Sie Frau Kölln, stehlen die Tasche und machen sich aus dem Staub.«

»Ich habe niemanden ermordet!«

»Wie heißt Ihr Komplize? Wer war der Mann, der in die Bäume geschossen hat?«

»Ich habe damit nichts zu tun. Ich ermorde doch niemanden,

um an sein Portemonnaie zu kommen! Wenn ich kein Geld mehr habe, kann ich mir von meiner Tante etwas leihen.«

»Sie glauben doch nicht wirklich, dass ich Ihnen Ihre Naivchen-Nummer abkaufe? Wir wissen doch beide, dass es nicht um Frau Köllns Portemonnaie ging. Wie viel hat man Ihnen dafür geboten?«

»Wofür? Ich weiß überhaupt nicht, wovon Sie reden.«

»Ach, nein? Die Zeitungen sind voll davon. Jeder Sender hat etwas darüber gebracht, und Sie wollen von nichts wissen?«

»Ich war krank. Ich habe die letzten Tage nur im Bett gelegen.«

»Mit wem arbeiten Sie zusammen?«

»Mit niemandem!«

»Wo ist die Tasche?«

»Ich habe keine Tasche. Ich habe niemanden umgebracht. Ich weiß überhaupt nicht, wovon Sie reden.«

In was war ich da hineingeraten? Wegen dieser blöden Tasche. Mila Böckle, die weltbeste Loserin, musste nur zehn Minuten in dieser verdammten Stadt sein, und schon hatte sie die Handtasche eines Mordopfers am Hals. Das konnte nur mir passieren. Ich würde nie im Lotto gewinnen, aber ich würde immer in den Misthaufen greifen. Schon wieder liefen mir die Tränen hinunter.

»Mit wem arbeiten Sie zusammen?«, fuhr die Kommissarin mich an. »Reden Sie endlich!«

Aber ich heulte viel zu sehr, um noch reden zu können.

»Glauben Sie bloß nicht, Sie könnten hier mit Ihrer windigen Geschichte durchkommen, Frau Böckle. Die Wahrheit sieht doch so aus: Ihr Komplize hat auf dem Bahnhofsvorplatz auf Sie gewartet. Alles war im Vorhinein abgesprochen. Eine kaltblütige, hinterhältige, sorgfältig geplante Tat.«

Das Taschentuch, mit dem ich versuchte, mir die Nase zu putzen, zerfiel in kleine weiße Fetzen. Ich bekam kaum noch Luft.

»Hören Sie endlich auf mit Ihrer miesen Komödie! Wer war Ihr Komplize?«

Es klopfte. Herr Pöltz steckte den Kopf zur Tür herein.

»Sie haben was geschickt.« Er ging um den Schreibtisch und hielt Frau Mooser einige Fotos hin. »Alles ganz frisch.«

Ganz frisch? Frisch umgetopft?

Das war das Ende.

Frau Mooser nahm die Bilder und studierte sie sorgfältig.

»Also gut«, sagte sie und stand auf. »Fünf Minuten Pause. Mengert, ich brauche dich draußen.«

9

Sie kehrten nicht nach fünf Minuten zurück und auch nicht nach zehn. Bis die beiden wieder in das Büro kamen, war fast eine Stunde vergangen. Eine Stunde, in der ich allein war mit meiner Angst. Mit Bildern im Kopf von kargen Zellen, von Hallen mit Neonlicht, in denen ich mit hunderten anderen Frauen Kulis zusammenschraubte, von Suppe aus einem Blechnapf. Ich weinte, bis meine Augen brannten und meine Nase vom vielen Putzen wehtat.

Doch als Frau Mooser und Herr Mengert wieder zurückkamen, hatte sich etwas verändert. Der Ton war freundlicher. Und Herr Mengert lächelte mir sogar zu.

»Sieht aus, als hätte jemand unbedingt in Ihr Haus gewollt«, begann Frau Mooser. »Wir haben tatsächlich Einbruchspuren gefunden. An der Hoftür und an einigen Fenstern.«

Kein Wort von dem Geld unter der Palme. Ich war so erleichtert, dass ich aufpassen musste, Frau Mooser nicht glücklich anzustrahlen.

»Sie haben Herrn Benske mehrfach erzählt, Sie würden verfolgt? Von wem? Mann? Frau? Wann war das?«

»Es war ein Mann. Das erste Mal habe ich ihn am Bahnhof gesehen.«

»Wo am Bahnhof?«

Bloß nichts Falsches sagen. Wie war das noch? Als absolute Nichtgafferin war ich am Menschenauflauf vorbeigegangen.

»Er stand an der Bushaltestelle. Und dann habe ich ihn noch einmal in der Stadt gesehen. An der großen Kirche.«

»Die Heiliggeistkirche? Die am Marktplatz?«

»Ja, da, wo der Brunnen ist.«

»Und woran haben Sie bemerkt, dass er Sie verfolgt?«

»Ich weiß nicht. Er … er hat sich so auffällig umgesehen.«

»Wie hat er ausgesehen?«

»Er hatte bernsteinfarbene Augen. Wie ein Wolf.«

Ob er etwas mit dem Mord zu tun hatte? Bestimmt wäre es

besser für mich, wenn die Polizei ihn fasste. Aber dann würde er aussagen, dass ich auf dem Bahnhofsvorplatz gewesen war und Frau Köllns Tasche mitgenommen hatte. Sollte die Polizei ihn aufgrund meiner Beschreibung schnappen, dann hatte ich mir mein eigenes Grab geschaufelt.

»Wie groß?«

Ich zuckte mit den Schultern.

»Wir brauchen eine Beschreibung. Größe, ungefähres Alter, Statur.«

Es war wohl doch besser, zu spinnen. Genau wie Hugo vermutete. Bestimmt hatte er ihnen erzählt, dass ich auf ihn eingeschlagen hatte, weil ich mich von seinem Vollkornbaguette verfolgt fühlte.

»Diesen Mann«, entgegnete ich, »den kenne ich schon lange.«

»Gerade eben haben Sie ausgesagt, Sie hätten ihn das erste Mal am Bahnhof gesehen.«

»Ja, das stimmt. Hier in Heidelberg. In Ülske steht er auch oft am Bahnhof. Zumindest, wenn ich irgendwohin fahre, steht er immer da. Manchmal steht er auch bei uns im Garten.«

»In Ihrem Garten?«

»Ja, wenn ich nachts aus dem Fenster sehe, steht er manchmal da.«

Herr Mengert rieb sich schon wieder über das unrasierte Kinn. Als wäre er ein Lügendetektor.

»Wie sieht er aus?«

»Unterschiedlich.«

»Unterschiedlich? Was bedeutet das?«

»Er sieht eben mal so und mal so aus. Immer anders.«

»Dann beschreiben Sie ›mal so und mal so‹!«

»Das macht wenig Sinn.«

»Warum?«

»Das ist ein Problem.« Ich senkte den Kopf. »Ich weiß, das hört sich seltsam an, aber es ist anscheinend leider so: Außer mir kann ihn niemand sehen.«

Die Kommissarin lehnte sich zurück. Dann fuhr sie sich mit beiden Händen durch die Haare. Dabei sog sie die Luft ein, so tief, dass ich es hören konnte. Ich kannte das. Das hatte Jens auch manchmal getan, bevor er losbrüllte. Aber Frau Moosers Stimme blieb ganz ruhig.

»Wissen Sie, Frau Böckle, wenn ich an Ihrer Stelle wäre, würde ich mir gut überlegen, ob ...«

Es klopfte. Wieder war es Herr Pöltz. Diesmal blieb er in der Tür stehen.

»Kommt ihr mal? Sie sind durch.«

Sie gingen hinaus auf den Flur und unterhielten sich mit ihrem Kollegen. Erneut dauerte es. Diesmal kam Frau Mooser allein zurück. Sie setzte sich wieder auf ihren Platz und wischte sich ein paar Krümel von ihrem Pulli.

»Also fassen wir zusammen«, begann sie. »Sie haben Frau Dr. Kölln nie gesehen. Ein Mann hat Sie verfolgt, aber Sie können ihn nicht beschreiben. Die Mütze wurde aus Ihrer Unterkunft gestohlen. Und die Tatsache, dass Sie zur selben Zeit wie Frau Kölln am Bahnhof waren, ist reiner Zufall. Stimmt das?«

»Ja, genauso ist es.«

»Sie sollten sich das noch einmal überlegen.«

»Das brauche ich nicht. Das stimmt alles ganz genau.«

Frau Mooser sah mich mit dem gleichen Blick an, den ich bei Mutter Reschke gesehen hatte, als ihr Ältester behauptete, er hätte keine Ahnung, warum am Treckerreifen lauter Hühnerfedern klebten.

»Wir haben in der Pension nichts gefunden, das in Zusammenhang mit unserem Fall steht. Es gibt also keine Handhabe, Sie festzuhalten. Das bedeutet auch, dass ich nichts für Sie tun kann, wenn Sie bei Ihrer Aussage bleiben.«

»Das heißt, ich kann gehen?«

Ich wollte aufstehen, aber Frau Mooser hatte es nicht so eilig wie ich.

»Einen Moment! Wir sind noch nicht fertig. Sie müssen warten, bis das Protokoll geschrieben ist. Außerdem will ich Ihnen noch etwas sagen. Und das tue ich nur aus einem einzigen Grund: damit ich mir später keine Vorwürfe machen muss. Also hören Sie mir gut zu. Sollten Sie in irgendeiner Weise in diese Angelegenheit verstrickt sein, und sollte dieser Mann, der aussieht wie ein Wolf und Sie verfolgt, vielleicht doch existieren, dann ist es das Dümmste, das wirklich Allerdümmste, was Sie tun können, nicht mit uns zu kooperieren.«

Ich nickte. Frau Mooser schien das nicht zufriedenzustellen.

»Am besten, ich erkläre Ihnen das noch einmal, Frau Böckle. Damit ich auch sicher sein kann, dass Sie mich verstanden haben: Wenn Rotkäppchen mit einem Steak in seinem Körbchen durch den Wald läuft und einem Rudel Wölfe begegnet, was wird wohl passieren?«

»Die Wölfe fallen über Rotkäppchen her und nehmen ihm das Steak ab?«

»Ganz genau.« Sie beugte sich vor, als hätte sie Sorge, ich könnte sonst vielleicht nicht mitbekommen, was sie sagte. »Aber sie fressen nicht nur das Steak.«

Es dauerte noch über zwei Stunden, doch dann stand ich draußen vor dem Gebäude auf dem Gehweg. Vom Grund des Wasserbassins strahlte das schönste Babyblau, das ich je in meinem Leben gesehen hatte, die Wolken am Himmel schwebten weiß und unschuldig daher, und die Luft war so klar, als stünde ich auf dem Watzmann. Es war phantastisch. Kein Gitter zwischen mir und der Freiheit. Ich konnte es kaum fassen. Sie hatten mich tatsächlich laufen lassen.

Als ich die Straße überquerte, sah ich in den gegenüberliegenden Arkaden hinter der Glasfront einer Bäckerei eine Frau sitzen, die in etwas hineinbiss, das sehr nach einem Puddingteilchen aussah. Schon allein vom Zusehen lief mir das Wasser im Mund zusammen. Außer ein paar Keksen, mit denen Herr Pöltz mich vor dem Hungertod bewahrt hatte, hatte ich noch nichts gegessen. Fast den ganzen Tag war ich bei der Kripo gewesen.

Also ging ich in die Bäckerei, gönnte mir einen Kaffee und eine Butterbrezel und setzte mich an einen der Tische hinter der Scheibe. Von hier aus konnte ich das Gebäude sehen, in dem Frau Moosers Büro war. Vor dem Wasserbassin stand ein Mann in einer schwarzen Jacke. Er rauchte und schaute in die Gegend, als wartete er auf jemanden. Für einen kurzen Moment dachte ich, es sei Hugo. Aber Hugo war bestimmt überzeugter Nichtraucher. Wahrscheinlich allein schon deshalb, weil beim Rauchen Asche auf den Boden fallen könnte.

Wie es ihm wohl ergangen sein mochte? Ob sie ihm auch unterstellt hatten, dass er etwas mit dem Mord an Frau Kölln zu tun hätte? Dass Frau Mooser mich verdächtigte, war so klar wie das Wasser im babyblauen Bassin. Sie hatte mich gebeten, mich »zur Verfügung« zu halten. Falls man noch die eine oder andere Frage hätte. Ich wollte doch nicht verreisen? Natürlich hatte ich Stein und Bein geschworen, dass ich auf keinen Fall vorhätte, Heidelberg in nächster Zeit zu verlassen.

An der Polizeidirektion öffnete sich die Eingangstür mit dem runden Bullaugenfenster. Eine Frau mit langen dunklen Haaren trat hinaus und ging die Stufen hinunter, vorbei an dem Mann in schwarzer Jacke. Aus der Ferne sah sie aus wie Sandra Bullock. Oder doch wie Sarah, die Verräterin? Sie nickte dem Mann kurz zu. Er lächelte noch, als sie schon längst vorbei war. Hatte Jens Sarah auch so hinterhergeschaut, wenn ich gerade nicht dabei war? Ob sie wohl glücklich waren?

Mein Hochgefühl schmolz dahin. Die Freiheit, das war alles, was ich noch hatte. Und selbst die war nicht sicher. Die Handtasche musste auf jeden Fall sofort aus der Pension verschwinden. Alles, was eine Verbindung zwischen mir und Frau Kölln herstellen konnte, musste ich so schnell wie möglich loswerden.

Ich brachte das Tablett weg und brach auf. Zum Glück wusste ich ungefähr, in welche Richtung ich laufen musste. Direkt am Ende des Gebäudeblocks bog ein plattierter Weg links ab, zwischen Häusern hindurch, an deren Fassaden sich Glyzinien längs stählerner Schnüre in die Höhe wanden.

Keine zweihundert Meter weiter kündeten große Buchstaben über dem Eingang eines Gebäudes davon, dass hier die Stadtbücherei untergebracht war. Frau Mooser hatte mir unterstellt, ich hätte Frau Kölln ermordet, weil ich etwas von ihr haben wollte. Und es ging nicht um ihr Portemonnaie. Um was dann? Ganz sicher hatte sie den Verdacht, dass ich Frau Köllns Tasche hatte. In der ein Steak war? Was sollte das bedeuten? Mein Smartphone lag in der Pension, aber vielleicht würde ich auch hier schon mehr erfahren. »Die Zeitungen sind voll davon«, hatte Frau Mooser gesagt. Bevor die Kripo an der Haustür klingelte, hatte ich im Internet nur ein paar Schlagzeilen gelesen, mehr nicht. Die Tatsache, dass Frau Kölln ermordet worden war, hatte schon gereicht, um mich fertigzumachen.

Hinter den gläsernen Eingangstüren der Bücherei fand ich auf Anhieb, was ich suchte. Gleich in der Nähe des Eingangsbereichs stand ein rechteckiger hoher Block, auf dem man die Zeitungen, die in den Gittern an den Seiten steckten, ausbreiten und lesen konnte.

Eine nach der anderen blätterte ich durch. Der Tod von Frau Kölln war jetzt schon drei Tage her. Es gab neue Verbrechen. Nächtliche Schlägereien in der Heidelberger Altstadt, gleich mehrere Einbrüche in einem Stadtteil namens Pfaffengrund und in Neuenheim einen versuchten Überfall auf ein Juweliergeschäft. Doch dann sah ich ein Bild von Frau Dr. Kölln. Sie lächelte etwas verhalten in die Kamera. »Stirbt mit ihr die Hoffnung?«, stand unter dem Foto.

Ich überflog die Zeilen des Artikels. Einen Teil kannte ich schon. Der Brand im Forschungslabor, der Tod von Erik Lüschke, das Labor, das geschlossen worden war. Und nun der Mord an Frau Dr. Kölln. »Kann das wirklich noch Zufall sein?«, fragte der Journalist. »Oder wurden die Ermittlungen beim Laborbrand zu früh eingestellt? Hätte der Mord an der Wissenschaftlerin verhindert werden können?«

Endlich erfuhr ich auch, woran in diesem Labor geforscht worden war. Ein Medikament, das die Menschheit von einer ihrer schlimmsten Geißeln hätte befreien können, hieß es. Doch nun stehe zu befürchten, dass das Wissen darum verloren sei. Denn anscheinend hatte niemand außer Frau Dr. Kölln Kenntnisse über die Zusammensetzung des Medikaments. Die Polizei, die deshalb unter enormem öffentlichen Druck stehe, bestätigte, dass es bislang keine Erkenntnisse über den Verbleib der Dokumentation von Frau Köllns Forschungsarbeiten gebe.

Das Mittel, das sie entwickelt hatte, sei eine absolute Sensation. Es könne bewirken, dass sich die Symptome der Alzheimer-Erkrankung wieder zurückbildeten. Was verloren geglaubt war, kehre zurück. Das Präparat ermögliche den Abbau von Eiweißen, die sich bei der Erkrankung im Gehirn ablagerten und sich um Nervenzellen wickelten wie Seetang um die Schiffsschraube.

Eine der Substanzen, die Frau Kölln bei ihren Versuchen

verwendet hatte, war längst bekannt. Es handelte sich um ein russisches Heuschnupfenmittel und hatte schon vor Jahren für Aufregung gesorgt. Es war zunächst nur ein Zufallsbefund an einigen Patienten, die in Russland in einer psychiatrischen Klinik untergebracht waren. Deren Demenzsymptome besserten sich in erstaunlicher Weise, als sie, wegen eines angrenzenden Gartens pollengeplagt, dieses Heuschnupfenmittel bekamen. Aber eine große Studie in den USA ließ alle Hoffung wieder zerplatzen. Dort schien das Medikament wirkungslos zu sein. Trotzdem hatte Frau Kölln damit weitergeforscht.

Unten auf der Seite stand ein Auszug aus einem Radiointerview, das bereits vor einiger Zeit aufgenommen worden war.

Welle B5: *Frau Dr. Kölln, in der gestrigen Presseerklärung haben Sie die Fachwelt wissen lassen, Sie hätten ein Medikament entwickelt, mit dem Alzheimer geheilt werden kann. Worauf stützen Sie diese kühne Behauptung?*
Frau Dr. Kölln: *Nun, ich habe bei Mäusen eine Demenz induziert und sie mit dem Präparat behandelt. Die Effekte waren überwältigend. Die Tiere sind schon nach wenigen Wochen wieder in der Lage gewesen, Verhaltensweisen auszuführen, die sie durch die Erkrankung vergessen hatten.*
Welle B5: *Wie können Sie das feststellen? Mäuse lassen doch nicht den Herd an oder verlegen ihre Geldbörse?*
Frau Dr. Kölln: *Nein, aber sie bauen zum Beispiel Nester, eine Fähigkeit, die den an Alzheimer erkrankten Mäusen verloren geht. Außerdem gibt es Experimente, in denen Tiere aus Erfahrung lernen, das heißt, sie müssen diese Erfahrungen erinnern und verwerten. Zum Beispiel, wo sie Futter finden oder an welcher Stelle eines Wasserbassins eine Plattform zum Ausruhen versteckt ist.*
Welle B5: *Könnten Ihre Ergebnisse nicht auch Zufall sein?*
Frau Dr. Kölln: *Ganz sicher nicht. Ich will hier nicht mit statistischen Termini langweilen. Um es einfach auszudrücken: Wenn von hundert Mäusen achtzig eine Besserung der Symptome zeigen, dann ist das ein Ergebnis, an dem man nicht mehr vorbeischauen kann. Außerdem habe ich nicht nur Änderungen auf der Verhaltensebene gefunden. Die Menge der kritischen Eiweißablagerungen ist*

in den Gehirnen der erkrankten Versuchstiere signifikant gemindert worden. Das Medikament ist wirksam, daran gibt es keinen Zweifel. Natürlich müssen weitere Studien folgen.
Welle B5: *Das heißt, Ihre Ergebnisse haben Sie bisher nur an Mäusen erzielt. In den letzten Jahren gab es immer wieder Meldungen, dass sich in Tierversuchen etwas als wirksam gegen Alzheimer erwiesen hat. Aber der Durchbruch kam letztlich doch nie.*
Frau Dr. Kölln: *Das stimmt. Aber glauben Sie mir, die Ergebnisse meiner Studien sind mehr als überzeugend, auch wenn einige meiner Kollegen der Meinung waren, die ganze Geschichte wäre eine Finte gewesen, mit der der böse Russe uns nur hätte an der Nase herumführen wollen. Wenn man solche Animositäten außen vor lässt, gibt es doch eine Frage, die sich geradezu aufdrängt: Warum zeigt ein Medikament in einem Land Wirksamkeit, in einem anderen nicht? Warum wirkt etwas bei Alzheimer-Erkrankten in Russland, aber nicht bei Erkrankten in den USA?*
Welle B5: *Was ist Ihre Antwort?*
Frau Dr. Kölln: *Es gibt Effekte, die sich nur bei der Interaktion von Substanzen einstellen. Substanz A wirkt nur, wenn gleichzeitig Substanz B gegeben wird. Also habe ich mir Gedanken darüber gemacht, womit Menschen in dem einen Land in Kontakt kommen, in dem anderen nicht.*
Welle B5: *Und sind dabei auf eine geheimnisvolle Substanz gestoßen?*
Frau Dr. Kölln: *Ja, eine Substanz, die in Kombination mit dem altbewährten Heuschnupfenmittel eine faszinierende Wirkung entfaltet.*
Welle B5: *Verraten Sie uns auch, um was es sich handelt?*
Frau Dr. Kölln: *Dazu sage ich nur so viel: In diesem Fall muss man nicht nur über den Tellerrand hinaus-, sondern auch in den Teller hineinschauen.*
Welle B5: *Was heißt das? Ist es in Soljanka? Borschtsch? Blinis?*
Frau Dr. Kölln (lacht): *Vielleicht. Probieren Sie es doch einfach mal aus.*
Welle B5: *Aber es ist etwas Essbares? Wie soll das funktionieren?*
Frau Dr. Kölln: *Nun, dass Nahrungsmittel die Wirkungsweise von Medikamenten beeinflussen können, ist nichts Neues. Es*

gibt beispielsweise Mittel gegen Sodbrennen, die Aluminiumsalze enthalten. Kombinieren Sie deren Einnahme mit Citraten, wie sie in manchen Obstsäften oder Limonaden sind, kann das die Aufnahme des Aluminiums im Körper in bedenklicher Weise erhöhen. Oder nehmen Sie Herzmittel. Bei manchen entstehen gefährliche Wechselwirkungen, wenn Sie dazu Grapefruitsaft trinken, weil das darin enthaltene Naringenin den Abbau des Arzneimittels beeinflusst. Die Beispiele für solche Interaktionen sind vielfältig und leider viel zu wenig bekannt.
Welle B5: *Als Ihr Forschungslabor durch einen Brand zerstört wurde, haben Sie Beschuldigungen erhoben, dieser Brand sei gelegt worden, um Ihre Arbeit zunichtezumachen. Haben Sie keine Angst, dass etwas Ähnliches noch einmal passieren könnte?*
Frau Dr. Kölln: *Selbst wenn, den Fortschritt der Wissenschaft wird niemand aufhalten. Aber um es hier einmal in aller Deutlichkeit zu sagen: Die Ergebnisse meiner Forschung kenne nur ich, und ich lasse sie keinen Moment aus den Augen. Ich habe meine Lektion gelernt. Es wird niemandem etwas nutzen, meinen Computer zu hacken, zum fünften Mal bei mir einzubrechen oder auch noch mein Haus abzubrennen.*
Welle B5: *In Kollegenkreisen wird gemunkelt, Sie …*

»Sind Sie bald fertig?«, fragte eine tiefe Stimme neben mir. »Ich würde da auch gern mal reinsehen.«

Erschrocken schaute ich hoch, in das rundliche Gesicht eines älteren Mannes.

»Stellen Sie sich mal vor, die finden jetzt nicht mehr, was die entdeckt hat.« Offensichtlich hatte er schon mitgelesen. »Schrecklich wär das.«

»Ja. Schrecklich.«

Die ganze Sache war schrecklich. Vor allem, dass ich darin verwickelt war.

»Ich bin nicht für die Todesstrafe. Aber die gehören aufs Schafott, die die umgebracht haben«, polterte mein Nachbar. »Gestern Abend kam ein Bericht drüber im Fernsehen, haben Sie den gesehen?«

Er beugte sich zu mir. Sein Atem roch nach Kaffee.

»Da ging es darum, wie viel die verdienen mit dem ganzen Kram fürs Gedächtnis. Das schlucken die Leute doch schon aus lauter Angst, bevor es im Kopf nicht mehr funktioniert. Meine Frau auch. Was das kostet! Davon könnte ich mir glatt eine Jahreskarte für den SV Waldhof leisten. Auf der Haupttribüne.«

Er zog die Zeitung zu sich rüber.

»Sie sind doch fertig, oder? Lesen ist nämlich auch gut für die kleinen grauen Zellen. Vor allem billiger als das ganze Zeug aus der Apotheke.«

»Sicher«, sagte ich.

»Na, dann«, der Mann lächelte mir zu, »einen guten Tag noch, junge Frau.«

Ich traute mich nicht, die anderen Zeitungen auch noch durchzusehen. Nicht, wenn ein neugieriger Mitleser neben mir stand. Also verließ ich die Stadtbücherei und machte mich auf in Richtung Rosels Pension.

Ein Medikament, mit dem man Alzheimer würde heilen können. Kein Wunder, dass mir die beiden Männer von dieser Pharmafirma auf dem Kongress bis zum Klo hinterhergerannt waren, weil sie dachten, sie kämen über mich an Frau Kölln ran.

Auf einem Platz vor einem alten Gebäude mit geschwungener Fassade und der Aufschrift »Altes Hallenbad« saßen Menschen auf Holzbänken und plauderten. Unbekümmert. Als wäre kein Mord passiert. Als wäre nicht eine Entdeckung verloren gegangen, die so viel Leid hätte verhindern können.

Langsam sickerte es durch. Wie der Regen, der seine Zeit braucht, bis er durch das Blätterdach tropft. In dem Interview hatte Frau Dr. Kölln gesagt, sie würde ihre Forschungsergebnisse keinen Moment aus den Augen lassen. Das konnte doch nur heißen, sie hatte sie immer bei sich. In ihrer Handtasche? Deshalb war der Mann mit den Wolfsaugen hinter mir her. War er ihr Mörder? Der an die Unterlagen gewollt hatte? Verfolgte er mich deshalb? Ich hatte ihm das Steak vor der Nase weggeschnappt! Zumindest dachte er das.

»Ist Ihnen nicht gut?«, fragte eine helle Frauenstimme.

Ohne es zu merken, war ich stehen geblieben und hatte auf den Boden gestarrt.

»Danke. Alles in Ordnung.«

Rasch ging ich weiter, schaute mich dabei um, suchte nach dem Mann mit den tiefen Furchen in den Wangen und dem eckigen Kinn. Ich entdeckte ihn nirgends. Nicht einmal einen, der ihm ähnlich sah.

In der Tasche von Frau Kölln war nichts Besonderes gewesen. Alltagskram. Was man eben so in einer Handtasche hat. Keine Unterlagen, kein Tablet-PC. Nichts, das irgendwie wichtig ausgesehen hätte. Oder hatte ich etwas übersehen?

Ich konnte die Tasche jetzt nicht mehr entsorgen. Einfach in den Neckar werfen oder in den Müll. Unmöglich. Was, wenn Frau Kölln die Unterlagen wirklich bei sich gehabt hatte? Vielleicht so, dass man sie nicht auf Anhieb finden konnte?

Das Gebäude der »Galeria Kaufhof«. Ich war an dem Platz mit der Skulptur angekommen, die ihre metallenen Arme in die Höhe reckte, dort, wo der Übergang in die Fußgängerzone war.

Ein Auto hupte. Der Fahrer hinter der Frontscheibe zeigte mir den Vogel. Erschrocken trat ich wieder in den wartenden Pulk zurück. Grün. Menschen mit Einkaufstüten strömten mir entgegen.

Getrieben von dem Gedanken, was ich da möglicherweise unter einer Palme begraben hatte, bahnte ich mir meinen Weg durch die Menge, so schnell, dass ich Seitenstiche bekam und einige Male innehalten musste. Als ich endlich wieder in der Gasse angekommen war, in der Rosels Pension lag, stand mir der Schweiß auf der Stirn. Ich konnte nur hoffen, dass ein Polizeiwagen den ganzen Tag vor dem Haus gestanden und meinen Verfolger abgeschreckt hatte. In der Nähe der Pension war auf jeden Fall niemand zu sehen.

Als ich die Eingangstür aufschloss und leise in den Flur trat, hörte ich Hugo in der Küche fluchen. Ich war unendlich erleichtert, nicht allein im Haus zu sein. Trotzdem musste er nicht gleich mitbekommen, dass ich da war und als Erstes auf die Dachterrasse kletterte.

Auf Zehenspitzen ging ich den Flur entlang, an der halb offenen Küchentür vorbei. Ich konnte Hugo nicht sehen, wohl aber die aufgezogenen Schubladen am Schrank und die Töpfe und

Pfannen, die auf dem Tisch standen. Offensichtlich hatte die Polizei bei der Durchsuchung nichts ausgelassen.

Oben im Flur lehnte die Leiter an der Wand wie zuvor. Ich schob sie an die Luke und stieg hoch auf die Terrasse. Die Palme stand tatsächlich unverrückt an ihrem Platz. Mit beiden Händen holte ich die Erde aus dem großen Übertopf. Schon bald konnte ich das Leder an meinen Fingern spüren. Die Tasche sah nicht mehr besonders gut aus. Überall hatte sich Blumenerde in die feine Maserung gesetzt und das Weiß in ein schmuddeliges Grau verwandelt. Egal. Hauptsache, sie war noch da.

In Windeseile topfte ich die Palme wieder ein und machte alles sauber, so gut es ging. Dann kletterte ich ins Haus zurück und schloss in meinem Zimmer die Tür hinter mir ab.

In meiner kleinen Dachstube sah es ähnlich chaotisch aus wie in der Küche, und alles schien ein wenig verrückt zu sein, selbst die Matratze auf dem Lattenrost. Ich schob sie zurecht und setzte mich. Dann öffnete ich die Handtasche. Es kam mir vor, als hielte ich etwas so Kostbares auf meinem Schoß, dass man es nicht einfach auskippen durfte wie einen Sack Kartoffeln. Eins nach dem anderen nahm ich heraus.

Mein Startkapital, das Geld. Das Adressbuch. Das kleine silberne Döschen. Die Börse. Das Mäppchen mit den Visitenkarten. Kuli. Schlüsselbund. Lederetui mit Nagelschere und Feile. Lippenstift. Der braune Umschlag mit dem Kongressprogramm. Nichts Besonderes, vor allem keine Unterlagen. Ich fuhr mit der Hand am Innenfutter der Tasche entlang. Da war noch etwas. Ich konnte es spüren. Es zog sich längs unter dem Futter daher.

Mit der Nagelschere aus dem Lederetui schnitt ich vorsichtig den Stoff auf und schob die Hand hinein. Auf der Innenseite war das Leder ganz rau. Eine Naht zog sich am Boden der Tasche entlang. Das hatte ich gespürt, nichts weiter als eine einfache Naht. Auch da waren keine Papiere.

Vielleicht doch im Adressbuch? Außer dem Artikel mit dem Bild der alten Frau, den ich dort hineingesteckt hatte, lagen hinten einige Zettel darin. Eines war ein Abrisszettel von einer Reinigung. Dann ein gelbes Post-it, Frau Köllns letzter Einkaufszettel. Dahinter fand ich einen winzigen vergilbten Fetzen Papier, wie aus einem Glückskeks. Das, was darauf gedruckt stand, sah auch genauso aus: wie chinesische Zeichen. Oder japanische? Ich drehte den Zettel um. Freundlicherweise stand der Spruch dort auf Deutsch: »Es gäbe kein Glück, hätte das Unglück nicht geholfen.«

In der Geldbörse steckten nur Kleingeld und einige Ausweiskarten. In der metallenen Lippenstifthülse war wirklich ein Lippenstift. Rot und fett glänzend. Ich schraubte den Kuli auseinander: Mine, Feder und noch ein paar Kleinteile fielen mir entgegen. Alles, was so in einen Kuli hineingehört. Nicht mehr.

Nach was musste ich überhaupt suchen? Nach Notizen? »Die Ergebnisse meiner Forschung lasse ich nicht aus den Augen«, hatte Frau Kölln gesagt. Die Ergebnisse ihrer Forschung. Hatte sie in dem Interview überhaupt von Notizen gesprochen?

In dem silbernen Döschen waren Tabletten. Klein, weiß und rund. Sie sahen genauso aus wie Süßstoff. Eine gute Tarnung? Ich leckte ganz vorsichtig an einer. Sie schmeckte widerlich süß. Ich leckte noch einmal daran. Ekelhaft. Genau wie Süßstoff.

Ratlos saß ich da, mit dem Inhalt der Tasche neben mir auf dem Bett. Was nun? Was, wenn das, was die ganze Welt suchte, gar nicht in der Tasche war?

Was hatte ich herausgenommen? Das Pfefferspray. Nach einigem Suchen fand ich es unter meinen Kleidern. Ich hatte das Spray vor meinem Besuch am Bankautomaten in die Tasche meiner Sweatjacke gesteckt. Aber auch daran konnte ich nichts Besonderes entdecken.

Beim Aufrichten stieß ich gegen den Nachttisch. Bevor ich es verhindern konnte, fiel die kleine Lampe polternd herunter. Ich stellte sie wieder hin und richtete den Schirm, der etwas verbogen war. Dabei fiel mein Blick auf das Regal und das rote Spielzeugauto, den kleinen Fiat 500. Konnte man darin etwas verstecken? Wohl kaum. Vielleicht einen winzig kleinen Zettel drunterkleben? Aber das wäre mir aufgefallen.

Ein Zettel! Da war doch ein Zettel aus der Tasche gefallen. Er hatte auf dem Boden vor dem Bett gelegen. Aus dieser Tasche durfte nichts verschwinden. Gar nichts. Nicht der allerkleinste Fetzen Papier. Der Zettel hatte auf dem Boden gelegen, und dann?

Hatte ich ihn nicht in den Papierkorb geworfen? Wenn darauf nun etwas Wichtiges stand?

Rasch sah ich nach. Eine leere Coladose. Ein abgenagtes Apfelgehäuse. Da unten lag er! Eine harmlose kleine Papierkugel, die auf dem Boden eines Bastkorbs darauf wartete, endgültig entsorgt zu werden. Ich streckte die Hand danach aus und fuhr erschrocken hoch, als es klopfte.

»Ich habe gehört, dass du da drin bist!«, rief Hugo. »Mach sofort auf!« Er drückte die Klinke runter. »Mach auf! Sonst trete ich die Tür ein.«

Hugo war sicher nicht der Typ, der Türen eintrat. Im Normalfall nicht. Aber so, wie er sich im Moment anhörte, war das kein Normalfall.

»Moment«, rief ich, »ich bin nicht angezogen.«

»Mach auf!«, schrie Hugo vor der Tür. »Sofort!«

»Ja, ja. Ich lauf schon nicht weg. Kleinen Moment noch.«

Hastig räumte ich alles wieder in die Tasche und schob sie unters Bett. Dann drehte ich den Schlüssel herum. Vor mir stand eine Ladung geballter Wut. Hugo hatte den Unterkiefer vorgeschoben, wie ein Hund, der gleich zuschnappen würde. Sein Gesicht war kreideweiß.

»Du!«, schnaubte er. »Das warst du!«

»Ja, mir ist eben etwas runtergefallen. Die Nachttischlampe. Es ist aber nichts kaputtgegangen. Also kein Grund zur Aufregung. Willst du auch einen Kaffee?«

Ich drängte mich an ihm vorbei. Doch ich kam nur bis in den ersten Stock. Schon am Bad hatte Hugo mich eingeholt. Er packte meinen Arm und riss mich herum.

»Das warst du! Du hast meine Mütze gestohlen und damit das Geld abgehoben. Von wegen ein Einbrecher! Du warst das! Du Diebin!«

»Lass mich gefälligst los.« Ich wand mich aus seinem Griff.

»Wegen dir bin ich auf der Polizei gelandet. Du bist eine Kriminelle. Eine versoffene Asoziale. Wegen dir wurde ich verdächtigt, einen Bankautomaten geplündert zu haben.«

Mit jedem Satz kam Hugo mir näher. Und mit jedem Satz wich ich einen Schritt zurück Richtung Treppe.

»Jetzt mach mal halblang. Die Kommissarin hat selbst gesagt, sie haben Einbruchspuren gefunden. An den Fenstern und an der Hoftür. Sieh doch nach, wenn du es nicht glaubst.«

»Hör mir doch auf mit deinem Einbrecher! Hier war niemand im Haus. Das hast du alles selbst inszeniert. Du willst nur Aufmerksamkeit, darum geht es! Deshalb auch dein ständiges Gerede, du würdest verfolgt!«

»Aber die Polizei hat doch …«

»Glaub bloß nicht, ich wüsste nicht, was du für eine bist. Rosel hat mir alles erzählt. Selbst deine Tante wollte dich nicht mehr. Gebettelt hat sie darum, dass Rosel dich aufnimmt.«

»Das stimmt nicht. Rosel braucht mich. Sonst würde sie mir wohl kaum ein Gehalt zahlen. Ich kann schließlich nichts dafür, dass sie dir nicht zutraut, die Pension zu leiten.«

Er kam noch näher. Direkt hinter mir war die Treppe. Ich stand genau an der Kante, dort wo der Flurboden endete und es die erste Stufe hinabging. Ich musste mich nur umdrehen. Weglaufen. Aber Hugo würde mir ganz sicher hinterherkommen.

»Alle sind heilfroh, wenn du endlich verschwindest. Weil du eine einzige Katastrophe bist. Hast du deinem Freund auch deine Diebstähle in die Schuhe geschoben? Der tanzt bestimmt immer noch auf dem Tisch vor Freude, dass du endlich weg bist.«

Jetzt war es genug.

»Ich hatte wenigstens mal einen Freund. Du wärst doch froh, wenn du überhaupt mal eine abbekommen würdest. Dich packt doch keine mit der Kneifzange an. Du hast bestimmt noch ein Namensschild auf deinem Hintern kleben.«

»Du …« Hugo schob den Unterkiefer noch weiter nach vorn. »Du … Dann verrat ich dir mal was: Von Rosel kriegst du keinen Pfennig. Dein angebliches Gehalt zahlt deine Tante.«

Das konnte nicht wahr sein. Niemals.

»Du lügst!«, schrie ich. »Das stimmt nicht!«

»Oh doch. Es gibt nämlich keine Pension mehr. Der Laden ist längst tot. Rosel hatte keine Lust mehr auf fremde Leute im Haus. Wir haben noch einen Gast, der alle sechs Wochen kommt. Glaubst du, dafür braucht man dich hier? Nein, deine Tante wollte dich loswerden. Die hat dich nicht mehr ertragen, genau wie dein Ex! Weil du eine lebende Katastrophe bist.«

»Halt die Klappe!« Ich schlug nach ihm. »Das stimmt nicht. Das ist gelogen.«

Hugo stieß mich zurück. Ein einziger kräftiger Stoß. Ich verlor das Gleichgewicht, ruderte mit den Armen, rutschte an der abgerundeten Kante der Stufe ab. Für einen Moment schien alles, was passierte, in Zeitlupe abzulaufen. Ich sah, wie Hugos wutverzerrtes Gesicht sich verwandelte, sah das Erschrecken in seinen Augen. Seine Hand streckte sich nach mir aus, doch er griff ins Leere. Ich kippte nach hinten, stürzte in den Abgrund, mit einem lang gezogenen Schrei dem Nichts entgegen.

10

Die Blumen waren unwirklich schön. Ein Kranz von geschwungenen Blütenblättern mit kleinen gelben Tupfen in der Mitte. Rot und blau. Eine Stimme drang zu mir, weit entfernt, dumpf, wie durch eine Styroporwand.

»Mila, hörst du mich? Sag doch was!«

»Blau.«

Die Blumen waren blau. Hellblau.

»Gott sei Dank!«, sagte ein riesiger Mund.

Sie waren gemalt. Hellblaue Blumen.

»Kannst du dich bewegen?«

Ich kannte den Mund. Er gehörte zu jemandem, den ich nicht mochte.

Vielleicht wäre ich besser hinter der Styroporwand geblieben, dann hätte ich den Schmerz nicht gespürt. Ein dumpfer Schmerz in meinem Hinterkopf. Und in meiner Schulter, in meinem Arm, in meinem Bein.

Es war Hugos Mund. Und Hugos Stimme. »Kannst du dich bewegen?«

»Was ist passiert?«

»Du bist die Treppe runtergefallen. Mein Gott, ich dachte schon, du bist tot.«

Ich drehte den Kopf. Tatsächlich, ich lag am Ende der Treppe, direkt neben der blumenverzierten Milchkanne mit den Gehstöcken.

»Ich bin die Treppe runtergefallen?«

»Ich wollte dich nicht stoßen. Ich wollte das wirklich nicht, Mila. Aber du hast nach mir geschlagen. Das war ein Reflex. Das kam ganz automatisch.«

Hugo hatte mich gestoßen? Ich erinnerte mich nicht mehr. Es war eher so ein Gefühl. Dass Hugo ein mieses Schwein war. Ich versuchte, mich aufzurichten. Hugo schob seine Arme unter meine und zog mich hoch. Es wurde wieder dunkel um mich. Ich sackte zurück.

»Am besten, ich rufe einen Krankenwagen.«

»Nein.« Keinen Krankenwagen. Ich konnte nicht ins Krankenhaus. Auf keinen Fall. Ich musste noch etwas erledigen. Etwas ganz Wichtiges. »Nicht ins Krankenhaus.«

Mit aller Kraft versuchte ich erneut, mich aufzurichten. Diesmal klappte es besser. Zum Glück konnte ich alles bewegen. Selbst meinen linken Arm, obwohl er sich anfühlte, als wäre ich damit in eine Dreschmaschine gekommen.

»Es ist besser, du gehst ins Krankenhaus, Mila. Ich ruf jetzt den Krankenwagen.«

Ich musste etwas erledigen. Was war das noch? Als ich Hugo losließ, schwankte ich.

»Ich muss hierbleiben.«

»Du setzt dich jetzt hin und rührst dich nicht, ich hole nur eben mein Handy.«

Hugo bugsierte mich auf eine Stufe und verschwand Richtung Küche.

»Hugo! Hugo!«

Hugo kehrte zurück, das Handy am Ohr. Mit sorgenvollem Gesicht beugte er sich zu mir. Ich griff nach seinem T-Shirt und zog ihn näher zu mir.

»Wenn du das tust, erzähle ich denen im Krankenhaus, dass du versucht hast, mich umzubringen. Du hast mich gestoßen. Ich bleibe hier. Hast du verstanden?«

Ich musste nämlich noch etwas erledigen. Etwas suchen. Genau, das war es. Ich musste etwas suchen. Ich wusste nur nicht mehr, was.

Irgendwie schaffte Hugo es, mich in mein Zimmer zu bringen. Dabei erklärte er mir mindestens zehnmal, dass er im Affekt gehandelt habe und keinesfalls in böser Absicht. Trotzdem hatte er eindeutig ein schlechtes Gewissen. Er blieb an meinem Bett sitzen, holte mir Eisbeutel für die immer größer werdende Beule an meinem Hinterkopf, kochte mir Tee, zu dem ich Kandiszucker und Schmerztabletten bekam.

Benommen von den Medikamenten dämmerte ich weg. Dann lag ich wieder wach, die Augen geschlossen, weil mir übel wurde, sobald ich sie öffnete. Das war schlimmer als Migräne und zu viel Wein zusammen.

Mein Kopf funktionierte nicht mehr richtig. Manches war da, manches nicht. Wie bei einem Gemälde, über das jemand schwarze Farbe gekleckert hatte. Ich wusste noch, dass ich nach Heidelberg gekommen war, dass das hier Rosels Pension war und dass es Ärger mit der Polizei gegeben hatte. Worum genau es dabei gegangen war, wusste ich allerdings nicht mehr.

Ab und zu kehrten Erinnerungsfetzen in meinen Kopf zurück. Oder waren es Träume? Eine Frau mit einem dunkelblauen Pullover, die mir ein Taschentuch reichte. Die Stufen zu einem Gebäude voller Bücher. Ein Mann, der nach Kaffee roch und vom Schafott redete.

Wenn ich wach wurde, war Hugo da. Er saß im Sessel und las in einem Buch. Nötigte mich, etwas zu trinken und eine fettige Suppe zu essen, die mich zum Würgen brachte. Hugo mit dem Staublappen. Hugo, der mein Kissen aufschüttelte. Hugo, der meine Klamotten zusammenfaltete und in den Koffer legte. Hugo, der den Papierkorb leerte, was mich seltsamerweise beunruhigte. Hugo, der mit mir redete und mir offensichtlich etwas Wichtiges mitteilte.

»Das mit der Mütze vergessen wir einfach, Mila. Was auch immer du getan hast, ich werde kein Wort mehr darüber verlieren. Wir sind jetzt quitt, okay?«

Ich nickte und bereute es sofort, weil das Zimmer um mich herum anfing, sich zu drehen, als würde ich auf einem Karussell durch die Luft wirbeln. Ich hatte nur eine dumpfe Ahnung, wovon Hugo sprach. Aber die Bilder, die dazu in meinem Kopf herumschwirrten, lösten sich auf, sobald ich versuchte, nach ihnen zu greifen. In meinen Träumen verfolgten mich die Wölfe. Ein ganzes Rudel, das sich vor der Zimmertür auf den Boden duckte und nur darauf wartete, über mich herzufallen.

»Lass sie nicht rein. Versprich mir das!«, flehte ich Hugo an, noch halb im Traum gefangen. »Du darfst sie nicht reinlassen. Sonst sterbe ich.«

Sie waren gekommen, um mich zu fressen. Aber ich musste noch etwas suchen, bevor sie mich zerfleischten.

Trotz aller Alpträume, die mich hochschrecken ließen, schlief ich immer wieder ein. Möglicherweise auch, weil Hugo mir die eine oder andere Schlaftablette verabreichte, damit ich bloß ruhig im Bett liegen blieb. Wie auch immer, mein Kopf war dafür dankbar. Nach zwei Tagen hatte das Karussellfahren ein Ende. Ich schaffte es wieder, allein aufzustehen, ohne dass mir schwindelig wurde. Hugo hatte die Schmerzmittel rationiert, aber ich wusste, dass der Medikamentenschrank im Bad hing.

Die Frau, die mir dort aus dem Spiegel entgegenblickte, sah furchtbar aus. Die Ringe unter meinen Augen waren so dunkel, und ich war so bleich, dass Draculas Teint im Vergleich zu meinem frisch und rosig erscheinen musste. Mein Knie, mein linker Arm, alles war blau. Als ich mich so im Spiegel sah, fiel mir leider wieder ein, was Hugo über Tante Flo gesagt hatte. Und über die sechshundert Euro, mein angebliches Gehalt. Statt mit mir zu reden, zahlte Tante Flo, um mich loszuwerden. Undenkbar war es nicht. Tante Flo hatte keine Geldsorgen, im Gegensatz zu mir. Wie schrecklich musste ein Mensch sein, damit man sogar dafür zahlte, ihn aus dem Haus zu bekommen? Wie schrecklich war ich?

Ich nahm die ganze Packung Schmerztabletten und steckte sie in die Taschen des fliederfarbenen Bademantels, den Hugo mir organisiert hatte. In meinem Zimmer setzte ich mich aufs Bett und holte die Tabletten hervor. Rund und weiß.

Das Foto einer Toten mit kupferrotem Haar. Eine Tasche. Frau Mooser mit kleinen weißen Flecken auf dem Pullover. Tabletten. Medikamente. Medikamente. Es dauerte eine Weile. Doch nach und nach wurde wieder sichtbar, was in den letzten beiden Tagen nur schemenhaft in meinem Kopf herumgespukt war. Medikamente. Ein Medikament gegen das Vergessen. Darum ging es. Das hatte ich gesucht. Informationen, Hinweise auf eine Substanz, die diese Wissenschaftlerin entdeckt hatte. Frau Dr. Kölln. Die vielleicht in ihrer Handtasche waren.

Ich bückte mich, so gut es mit meinen lädierten Knochen ging. Da lag die Tasche, unter dem Bett, ganz hinten an der Wand. Hugo hatte sie zum Glück nicht gefunden. Bevor ich die Treppe runtergefallen war, hatte ich die Tasche durchgeschaut. Und dann?

Als mein Blick den Papierkorb neben dem Sessel streifte, fiel mir auch der Rest wieder ein. Ich hatte nach einem Zettel gesucht, dem Zettel, der aus dem Adressbuch gefallen war. Den ich in den Papierkorb geworfen hatte, weil ich zu bequem gewesen war, die Tasche noch einmal hervorzuholen.

Doch im Papierkorb war keine Colabüchse mehr. Kein abgenagter Apfel. Und vor allem kein Zettel. Ich kippte ihn um, schüttelte ihn. Nichts. Der Korb war leer, versehen mit einer blütenweißen, dünnen Plastiktüte.

»Hugo!« Ich riss die Tür auf. »Komm sofort her!«

Schon stürmte er die Treppe hoch. »Was ist denn? Geht es dir nicht gut?«

Ich hielt ihm den Papierkorb hin. »Sag bloß, du hast den leer gemacht?«

»Lebensmittel gehören nicht in den Papierkorb.« Hugos Stimme hatte einen mahnenden Unterton. »Wenn du da einen halben Apfel reinwirfst, haben wir hier demnächst eine ganze Ameisenkolonie im Haus.«

»Es war noch mehr drin. Ein Zettel. Was hast du damit gemacht?«

»Keine Ahnung. Ich erinnere mich an keinen Zettel.«

»Eine kleine Papierkugel! So groß wie eine Walnuss. Wie ein … Riesenkaugummi.«

Hugo hob bedauernd die Schultern.

»Aber du musst doch wissen, was du damit gemacht hast!«

»Den werde ich weggeworfen haben. In den Müll, draußen im Hof.«

»In den Müll! Wie kannst du etwas wegwerfen, das in meinem Abfall ist? Das ist mein Abfall! Was geht dich mein Abfall an?«

»Was ist denn so wichtig an dem Zettel?«

»Das ist etwas Persönliches«, fauchte ich ihn an.

Ich suchte Strümpfe und Schuhe, zog den Gürtel des Bademantels enger und schleppte mich die Treppe runter. Hugo klebte an meinen Fersen.

»War das was von deinem Ex?«

»Ja, ganz genau. Von meinem Ex. Sein letzter Liebesbrief.«

»Das tut mir leid, Mila. Das konnte ich nicht wissen. Ich meine, wenn etwas im Papierkorb liegt, denkt man doch …«

»Schon gut.«

So ein Zettel ging nicht einfach verloren. Löste sich nicht in Luft auf. Vom Papierkorb in die Mülltonne. Dann war er eben in der Mülltonne. Es gab keinen Grund, in Panik zu geraten. Überhaupt keinen. Er würde schon da sein. Ganz bestimmt würde er in der Tonne sein. Alles kein Problem. Nur nicht aufregen.

Im Hof stand aber nicht nur eine Mülltonne. Es waren vier: gelb, braun, grau und blau.

»In welche hast du den Abfall geworfen?«

Hugo runzelte die Stirn. »Also, ich trenne den Müll natürlich. Papier, das ist blau.«

Die Tonne für das Papier reichte mir locker bis zur Brust. Als ich den Deckel hochklappte, traf mich fast der Schlag. Sie war bis zum Rand gefüllt.

»Du bist sicher, dass du den Zettel hier reingeworfen hast?«

»Papier kommt in die blaue Tonne«, sagte Hugo, als sei es eine Anweisung, die er schon in der Schule auswendig gelernt hatte. »Soll ich dir helfen?«

»Nein.« Die Gefahr, dass ich ihn in der Restmülltonne entsorgen würde, wenn ich den Zettel nicht bald fand, war zu groß. »Ich mach das allein. Lass mich einfach in Ruhe.«

Es war schönstes Spätsommerwetter. Keine einzige Wolke störte das Blau des Himmels. Auf der Mauer saß ein kleiner Vogel, der zwitscherte, als gäbe es einen Grund zu jubilieren. Der reinste Hohn für jemanden, der mit geschundenem Körper den Müll durchwühlte.

Nach ungefähr einer Stunde sah der Hof aus, als wäre ein Orkan durch ein Papierlager gefegt. Ich hatte die Tonne umgekippt und zunächst alles Kleinteilige durchsucht. Brötchentüten, Pappschachteln, Eierkartons und ungefähr eine Milliarde Papierfetzen. Darunter gab es genau sieben gelbe Klebezettel, drei davon zu Kugeln zusammengepresst. Aber der Zettel, den ich suchte, war nicht gelb. Es war einer wie von einem Abreißblöckchen, das man in der Kneipe benutzt, um die Zeche zusammenzurechnen. Weiches Papier, gräulich.

So eine kleine Papierkugel konnte natürlich auch in eine der Zeitungen hineingerutscht sein. Also blätterte ich sie durch. Eine nach der anderen. Die Rhein-Neckar-Zeitung, die Süddeutsche, die Frankfurter Allgemeine, den Wochen-Kurier, Reklamebeilagen. Nach und nach fing mein anfänglicher Optimismus an zu wanken, und mit jeder neuen Zeitung wankte er mehr. Am Ende stand ich da, einen Berg Papier um mich herum und so frustriert, dass ich mit voller Wucht vor die Tonne trat. Leider mit dem Bein, das vom Treppensturz noch etwas lädiert war. Vor Schmerz und Verzweiflung schossen mir die Tränen in die Augen. Was jetzt? Alles noch mal absuchen?

Spätestens seitdem ich die Hälfte der Tonne erfolglos durchgesehen hatte, geisterte Frau Schmittke durch meinen Kopf. Ich hatte seit ewigen Zeiten nicht mehr an sie gedacht. Frau Schmittke, die klein und gebückt jeden Montag mit ihrem Einkaufstrolley in den Laden gekommen war, um sich für die Woche einzudecken. Irgendwann kam sie auch mittwochs und kaufte das Gleiche ein, was sie am Montag schon gekauft hatte. Und dann immer öfter. Ein Pfund Butter, obwohl sie am Vortag erst welche mitgenommen hatte, Klopapier, so oft, dass sich die Rollen zu Hause bis zur Decke stapeln mussten. Wenn ich ihr sagte, dass sie gerade gestern erst all das schon eingekauft hatte, wurde sie wütend und behauptete, ich sei eine Lügnerin. Also hatte ich, wenn niemand im Laden war und ich sie mit ihrem Trolley zum dritten Mal in der Woche anrollen sah, die Tür zugesperrt und einen Zettel drangehängt: »Wegen Inventur geschlossen«.

Das ging fast ein Jahr lang, bis sie von heute auf morgen nicht mehr auftauchte. Sie fanden Frau Schmittke im Wald, fast drei Kilometer vom Ort entfernt. In Hausschuhen, ohne Mantel. Um diese Zeit war es so kalt, dass man auf dem Weiher am Feuerwehrgerätehaus Schlittschuh laufen konnte. Frau Schmittke war erfroren, bevor jemand bemerkt hatte, dass sie verschwunden war.

Wenn in der Tasche einfach nichts war, was mit dieser geheimen Substanz zu tun hatte, okay, dann war das nicht meine Schuld. Aber wenn ich etwas weggeworfen hatte, auf dem vielleicht die Zusammensetzung des Medikaments stand oder der Name der Substanz, nach der alle suchten, dann war ich schuldig. Und das hatte ein anderes Ausmaß, als tausend Euro vom falschen Konto abzuheben. Was hatte der Mann in der Stadtbücherei gesagt? Die gehören aufs Schafott. Ich war diejenige, die schuld war, wenn Frau Köllns Erkenntnisse für immer verloren gegangen waren. Im Heidelberger Papiermüll. Das war eine Schuld, der ich nie mehr entkommen würde. Dann gehörte ich aufs Schafott.

Ich hatte mich so lange gebückt, dass ich kaum noch gerade stehen konnte. Mir tat alles weh. Ich brauchte eine Pause. Und am besten einen Strick. Warum war ich nicht einfach gestorben, als Hugo mich die Treppe runtergestoßen hatte?

In der Tür prallte ich fast mit ihm zusammen. Hugo sah den papierbedeckten Innenhof, und sein Gesichtsausdruck verwandelte sich in blankes Entsetzen.

»Da ist Besuch für dich«, sagte er, ohne den Blick von dem Papierwust abzuwenden.

»Besuch?« Das konnte nur der Mann mit den Wolfsaugen sein. Wahrscheinlich stand er schon mit dem Messer in der Hand in meinem Zimmer. »Du hast ihn reingelassen?« Meine Stimme war schrill vor Angst. »Niemand darf hier rein! Verstehst du? Niemand!«

»Reg dich ab, diesen Besuch konnte ich nicht wegschicken. Es ist die Kommissarin.«

Die Polizei im Haus! Und Frau Köllns Tasche lag unter meinem Bett!

»Hast du sie in mein Zimmer gelassen?«

»Nein. Sie wartet in der Küche.«

Nur zwei Stockwerke zwischen Frau Mooser und dem Beweis, dass ich sie angelogen hatte. Warum war die Kommissarin hier? Hatte sie herausgefunden, dass ich mit Frau Köllns Eintrittskarte auf dem Kongressabend gewesen war? Dann war es endgültig vorbei. Knast, Kulis schrauben, Brotsuppe. Aber jemand, der die Menschheit um Frau Köllns Entdeckung gebracht hatte, verdiente auch nichts anderes. Im Bademantel schlurfte ich zur Küche. Wozu anziehen, im Gefängnis würde ich sowieso alles hergeben müssen.

»Hast du deinen Zettel gefunden?«, rief Hugo mir hinterher.

»Nein.«

»Das tut mir leid, Mila, wirklich.«

Sie saß am Tisch, vor einem Kaffee, den Hugo ihr hingestellt hatte, wie eine harmlose Nachbarin, die auf einen Schwatz vorbeigekommen war.

»Hallo, Frau Mooser.«

»Guten Tag, Frau Böckle.«

Ich blieb mit einem Sicherheitsabstand von gut zwei Metern vor dem Tisch stehen. Nicht weit genug entfernt. Frau Moosers Blick war gleich an dem blauen Fleck auf meiner Wange hängen geblieben.

»Wie geht es Ihnen?«, fragte sie.

»Danke, gut.«

Ich zog den Ärmel vom Bademantel so weit wie möglich runter. Aber anscheinend hatte sie auch die rotblau unterlaufenen Stellen an meinem Arm schon entdeckt.

»Was ist denn passiert?«

»Nichts, was soll denn passiert sein?«

»Sie sehen aus, als wären Sie in eine Schlägerei geraten.«

»Ich bin die Treppe runtergefallen.«

»Soso.« Frau Moosers Zweifel waren nicht zu überhören. »Die Treppe sind Sie also runtergefallen.«

»Ja, die ist ungefähr hundert Jahre alt, und die Stufen sind total ausgetreten. Da rutscht man schnell ab.«

»Sicher. Kann passieren. Manchmal bekommt man auch blaue Flecken, wenn man sich mit den falschen Leuten einlässt.«

Kein Wort vom Kongressabend. Wusste sie doch nichts? Nur nicht voreilig reagieren. Besser, ich tat erst einmal weiterhin so, als wäre ich völlig unschuldig.

»Wie kann ich Ihnen helfen?«

»Ich wollte einmal nachfragen, ob Ihnen nicht doch noch etwas eingefallen ist. Zu dem unsichtbaren Mann am Bahnhof zum Beispiel.«

Frau Mooser trank von ihrem Kaffee, ohne mich dabei eine Sekunde aus den Augen zu lassen. Ich schüttelte den Kopf, langsam und bedächtig, als würde ich intensiv mein Gedächtnis befragen.

»Nein, tut mir leid.«

Die Kommissarin schaute auf die dunkle Flüssigkeit in ihrer

Tasse, trank noch einen Schluck und noch einen, bis sie leer war. Ich stand da und wartete.

»Wissen Sie eigentlich, dass man Frau Dr. Kölln in den Rücken geschossen hat?«, fragte sie und stellte die Tasse wieder ab.

»Wie schrecklich«, flüsterte ich.

»Ja, wirklich schrecklich. Aber auch sehr aufschlussreich. Die Art, wie ein Mord ausgeführt wird, ist wie eine Visitenkarte, die der Täter hinterlässt. Ist der Schädel zertrümmert, weil jemand unkontrolliert und voller Wut zugeschlagen hat? Oder wurde sorgfältig geplant vorgegangen? Der Mensch, der Frau Kölln in aller Öffentlichkeit in den Rücken geschossen hat, ist bereit, jedes Risiko einzugehen. Er kennt keine Grenzen. Jemand, der alles tun würde, um an sein Ziel zu kommen.«

Sie war hier, um mir Angst zu machen. Das war es. Sie dachte, sie würde so etwas aus mir herausbekommen.

»Es haben sich noch einige Zeugen gemeldet, die auf dem Bahnhofsvorplatz waren, als Frau Dr. Kölln ermordet wurde. Gleich zwei von ihnen haben mir erzählt, es wäre etwas durch die Luft geflogen. Haben Sie das vielleicht auch gesehen?«

»Ja.« Da musste ich nicht mal lügen. »Jede Menge Papageien. So kleine grüne. Ich dachte erst –«

»Nein, keine Papageien. Etwas Großes, Weißes. Einer meinte, es könnte eine Plastiktüte gewesen sein. Oder vielleicht eine Tasche.«

Ich zupfte den Ärmel am Bademantel noch ein wenig tiefer. Wenn dieser Zeuge gesehen hätte, dass eine Frau die Tasche aufgehoben hatte, eine, die aussah wie ich, hätte ich dann nicht längst Handschellen an?

»Nein, ich habe nichts gesehen.«

Ich hatte Frau Mooser bei der Vernehmung nach Strich und Faden belogen, es gab kein Zurück mehr.

»Na dann.« Sie holte aus der Tasche ihrer Jacke eine Visitenkarte hervor und legte sie auf den Tisch. »Meine Visitenkarte. Die hatten Sie liegen lassen. Falls Ihnen doch noch etwas einfällt.«

Keine Verhaftung. Sie würde mich nicht mitnehmen. Fliegende Taschen hin oder her, sie hatten nichts gegen mich in der Hand, gar nichts.

»Das hier ist mein letzter Fall. Ich gehe in ein paar Wochen in den vorgezogenen Ruhestand, Frau Böckle. Wenn ich mit meiner Arbeit aufhöre, möchte ich es in dem Wissen tun, dass derjenige, der in meiner Stadt einer Frau in den Rücken schießt, nicht mehr frei herumläuft. Ich werde nicht aus dem Dienst ausscheiden und einen ungelösten Fall hinterlassen. Sonst bekomme ich Schlafstörungen und esse zu viel Schokolade.«

Was sollte das sein? Ein Versprechen an die Menschheit? Eine Drohung?

»Dann wünsche ich Ihnen viel Glück dabei«, sagte ich.

Frau Mooser stand auf und rückte den Stuhl an den Tisch. Dann kam sie auf mich zu und blieb direkt vor mir stehen.

»Auf Wiedersehen, Frau Böckle.«

Und so, wie sie es sagte, war das ganz sicher eine Drohung.

Ein paar Sekunden später fiel die Haustür ins Schloss. Sie war tatsächlich gegangen. Meine Beine wackelten wie Pudding. Ich ließ mich auf einen der Küchenstühle fallen.

Hugo erschien in der Tür, als hätte er nur darauf gewartet, dass Frau Mooser wieder verschwand.

»Und, was wollte sie?«, fragte er.

»Ihre Visitenkarte vorbeibringen.«

»Schon gut, du musst es mir nicht erzählen.«

Er baute sich vor mir auf. Was kam jetzt? Eine neue Moralpredigt?

»Ich wollte auch nur sagen … es tut mir leid, Mila.«

»Was ist denn?«

»Manchmal, da kommt es vor, dass …«, Hugo streckte den Arm aus und öffnete die Faust, »… dass ich Papier in die Biotonne werfe. Das verrottet ja auch.«

In seiner Hand lag eine kleine verdreckte Papierkugel.

11

Die Kugel war nicht mehr grau. Die Abfälle, zwischen die sie geraten war – ein faulender Apfelrest und ein wenig Kaffeesatz – hatten sie bräunlich eingefärbt. Sie war auch nicht mehr rund, sondern eher oval und etwas platt gedrückt. Aber sie war es. Daran hatte ich keinen Zweifel.

Mein moralischer Schuldenstand reduzierte sich in Sekundenschnelle von mehreren Zentnern auf das Niveau einer vielleicht nicht immer ganz korrekt handelnden Durchschnittsbürgerin. Oder einer Kleinkriminellen, je nachdem, wie man meinen moralischen Aussetzer am Bankautomaten einordnete. Ich war erleichtert. Mehr als das. Für einen kurzen Moment fühlte es sich an, als hätte sich eine schwere Eisentür geöffnet und Licht fiele ins Burgverlies.

»Ich hoffe, man kann noch alles lesen.« Hugo legte die Papierkugel auf den Tisch. »Ich mache mir einen Tee. Willst du auch einen?«

»Gern, aber ich geh erst mal hoch und zieh mir was an.«

Ich nahm den Zettel, vorsichtig, wie ein rohes Ei, und verschwand nach oben in mein Zimmer. Dort zog ich ihn ganz langsam auseinander, damit er nicht zerriss. Das Papier war ein wenig feucht, aber die Handschrift darauf immer noch gut lesbar, auch wenn die Linien durch die Feuchtigkeit ihre klare Begrenzung verloren hatten.

Auf dem Zettel stand keine chemische Formel und auch keine Zutat für Soljanka, sondern eine Telefonnummer mit einem Namen und einer seltsamen Kombination aus Zahlen und Buchstaben darunter:

Alexander Semjonow
F2, 29; Ma.

Fast war ich enttäuscht. Aber was hatte ich erwartet? Dass zu lesen wäre: Die geheime Zutat ist Kümmel oder Radieschenöl?

Ich holte Frau Köllns Handtasche unter dem Bett hervor und legte den Zettel ins Adressbuch, zu dem Artikel aus der Tretjakowskaja Prawda, der lachenden alten Frau und dem kleinen Jungen. Es war ein beruhigendes Gefühl zu wissen, dass alles wieder an seinem Platz und nichts verloren gegangen war. Nun musste ich doch nicht aufs Schafott.

Semjonow, das hörte sich auch russisch an. Eine Zutat auf russischen Tellern machte ein Heuschnupfenmittel zu einer pharmazeutischen Sensation, und Frau Kölln hatte in ihrer Handtasche einen Zettel mit einem russisch klingenden Namen und einen Zeitungsartikel in russischer Sprache. Alles Zufall? Oder hatte das etwas mit Frau Köllns Entdeckung zu tun? Was wohl in dem Artikel drinstand? Schade, dass ich kein Russisch konnte. Ich kannte überhaupt nur einen Menschen, der Russisch sprach: Katja, die eigentlich Jekaterina hieß und die mich im Auto immer zum Tanzkurs mitgenommen hatte. Katjas Eltern kamen aus Kasachstan, und ich hatte einmal gehört, wie sie sich am Handy mit ihrer Mutter auf Russisch unterhielt.

»Mila«, rief Hugo von unten hoch. »Willst du dich nicht auf die Dachterrasse setzen? Dann bring ich den Tee gleich hoch.«

Auf Wiedersehen, hatte Frau Mooser gesagt. Was, wenn sie beim nächsten Wiedersehen einen Durchsuchungsbeschluss dabeihatte, weil ihr beim Wässern ihrer kümmerlichen Büropflanze mit dem rosafarbenen Schweinegießkännchen eingefallen war, dass man auch in Blumentöpfen allerhand verschwinden lassen konnte, wenn sie nur groß genug waren? Die Tasche musste endlich hier weg. Das Ding riss mich in die Tiefe, als wäre es ein Stein, den man mir um den Hals gebunden hatte, bevor ich ins Wasser gestoßen wurde.

Das Handy auf dem Nachttisch klingelte. Dass es überhaupt noch klingelte, grenzte an ein Wunder. Normalerweise war der Akku spätestens nach einem Tag leer. Auf dem Display stand »Unbekannt«. Ich tippte auf den kleinen grünen Hörer.

»Hallo?«

»Frau Böckle, wie schön, Sie endlich zu hören. Ich habe schon einige Male vergeblich versucht, Sie zu erreichen.«

Es war Herr Ranietzky. Ich erinnerte mich dunkel, dass mein

Handy irgendwann geklingelt hatte. Aber da war mein Kopf noch so lädiert gewesen, dass ich nicht einmal darauf reagiert hatte. Der Professor klang so erfreut, als wären wir gute alte Bekannte.

»Wie geht es Ihnen?« Aber wirklich zu interessieren schien ihn das nicht, er redete gleich weiter. »Ich habe ein Angebot für Sie. Eines, mit dem Sie sehr zufrieden sein können. Fünfzigtausend Euro.«

»Fünfzigtausend? Wofür?«

»Für die geheime Zutat. Frau Köllns Spezialgewürz für den Saumagen.«

»Das Spezialgewürz?«

»Frau Böckle, erinnern Sie sich nicht mehr an Ihre eigenen Witzchen? Die geheime Zutat für den Saumagen? Ihre nette kleine Kurpfälzer Adaptation von Frau Köllns Soljanka-Rezeptur? Regionale Spezialitäten? Zutaten, die ein Antihistaminikum auf wundersame Weise verwandeln?«

Da hatte Herr Ranietzky unser letztes Gespräch aber völlig missverstanden. Nachdem ich Frau Köllns Interview gelesen hatte, war mir jetzt auch klar, warum er sich nicht gewundert hatte, als ich von einer Million anfing.

»Herr Ranietzky, ich glaube, das ist ein Missverständnis. Ich habe wirklich von Saumagen gesprochen, weil ich auf diesem Kongressabend Saumagen gegessen hatte und –«

»Lassen wir die Kindereien«, unterbrach er mich barsch. »Ich weiß inzwischen, dass Frau Kölln ermordet wurde. In Anbetracht dieser Tatsache finde ich Ihre Späßchen ziemlich abstoßend. Sagen Sie doch einfach, dass Ihnen das Angebot zu niedrig ist. Verhandeln Sie noch mit anderen? Mit den beiden Schmeißfliegen aus den USA, die an Ihrem Tisch waren?«

»Ich weiß nichts über die geheime Substanz, an der Frau Kölln gearbeitet hat. Ich bin wirklich nur auf diesem Abend gewesen, weil ich Hunger hatte. Nicht, weil ich irgendetwas verkaufen wollte.«

»Sie haben aber gesagt, Sie wären in Vertretung für Frau Kölln dort gewesen.«

»Ja, das stimmte vielleicht nicht so ganz.«

»Wenn Sie nichts verkaufen wollten, warum haben Sie dann eine Million und einen Fiat 500 von mir gefordert?«

»Ich habe nichts gefordert. Das war nur ein Witz. Eine Träumerei.«

»Aber eine sehr durchdachte Träumerei. Ihr Café in Neuseeland, das Sie eröffnen wollen. Käsekuchen. Ich würde sagen, Sie haben genaue Vorstellungen davon, was Sie wollen. So genaue Vorstellungen, dass Frau Dr. Kölln nun tot ist und Sie offensichtlich versuchen, ihren Besitz zu verkaufen.«

»Ich habe mit dem Mord nichts zu tun.«

»Wie Sie an die Unterlagen gekommen sind, interessiert mich nicht. Das ist allein Ihre Angelegenheit. Bleiben wir beim Geschäftlichen. Sie haben etwas, ich will kaufen. Fünfzigtausend, das ist ein ausgezeichnetes Angebot.«

»Nein, das ist eine Unverschämtheit.«

Ich hatte nichts mit dem Mord zu tun. Ich wollte nichts verkaufen.

»Jetzt hören Sie mir einmal gut zu: Ich mag es nicht, wenn man Spielchen mit mir treibt. Nennen Sie mir Ihre Forderung. Eine realistische Forderung. Nicht wieder eine utopische Spinnerei. Eine Million zahlt Ihnen niemand.«

»Ich fordere gar nichts.«

»Welche Firma ist es? Wen schlachten Sie aus, weil er über dem Patent-Kliff baumelt? Lassen Sie mich raten, ich nehme mal an, es sind die …«

»Ich schlachte niemanden aus.«

»Bei einem neuen Blockbuster kann man schon mal versuchen, die Spirale hochzudrehen, was? Wie lautet das Höchstgebot?«

»Es gibt keins. Ich verhandle nicht. Ich habe nichts zu verkaufen.«

»Keine Verhandlungen mehr? Das muss aber ein verdammt gutes Angebot sein, das man Ihnen gemacht hat.«

War dieser Professor so blöd, oder wollte der mich nicht verstehen?

»Hören Sie endlich auf! Lassen Sie mich in Ruhe, sonst …«

»Was sonst? Gehen Sie zur Polizei? Wollen Sie mich schon wieder zum Narren halten, Frau Böckle? Sie, zur Polizei? Sie, die von mir eine Million für die Informationen über den Wirkstoff gefordert hat? Nein, Frau Böckle, auf die Nummer falle ich nicht rein. So leicht lasse ich mich nicht abwimmeln. Sagen Sie doch einfach, was Sie wollen. Eine realistische Zahl. Lassen Sie mich wenigstens mitbieten.«

»Ich habe nichts, wofür man bieten muss.«

»Das glaubt Ihnen niemand. Nicht, nachdem Sie auf dem Kongressabend als Frau Köllns Mitarbeiterin rumstolziert sind. Ich muss schon sagen, ein geschickter Zug, um potenzielle Käufer auf sich aufmerksam zu machen. Sie streuen ein paar Brotkrumen aus, und die ganze Gänseschar läuft schnatternd hinter Ihnen her. Verraten Sie mir wenigstens, wer den Zuschlag bekommen hat?«

»Ich habe nichts verkauft!« Meine Stimme war laut geworden. Der Typ kapierte es einfach nicht.

»Also noch nicht. Na, das hört sich doch schon besser an. Ich werde sehen, was ich für Sie tun kann. Versprechen kann ich Ihnen aber nichts. Ich melde mich wieder.«

Dann war das Gespräch weg. Fassungslos schaute ich auf mein Handy. Das konnte doch gar nicht wahr sein. Nie im Leben. Ich musste in einem von diesen Filmen gelandet sein, bei denen alle ein Spiel spielen, um irgendeinem gutgläubigen Menschen etwas vorzugaukeln. »The Game«, den hatte ich mit Tante Flo gesehen. Man versuchte, Michael Douglas alles Mögliche anzuhängen, damit er ein besserer Mensch wurde. Das war alles organisiert. Abgesprochen. Mich wollten sie vom Sofa kriegen. Tante Flo hatte sie dafür bezahlt.

Es klopfte an meiner Tür. Ich schaffte es gerade noch, die Bettdecke über Frau Köllns Handtasche zu ziehen, bevor Hugo hereinkam.

»Der Tee ist fertig«, verkündete er. »Du bist kreidebleich, ist dir nicht gut?«

»Dahinter steckt RTL«, sagte ich. »Das ist die einzig mögliche Erklärung. Es ist alles nur ein Spiel.«

Hugo sah mich an, als wäre ich nun doch verrückt geworden.

»Hast du noch Kopfschmerzen?«

Aber es musste real sein. Ich hatte die Zeitungen gesehen. Niemand konnte ahnen, dass ich in die Stadtbücherei gehen würde. Ich war auf der Polizeidirektion gewesen. Bei einer Kommissarin, die nicht den Eindruck machte, als ließe sie sich für eine Fernsehsendung vor den Karren spannen.

Da bot mir tatsächlich jemand fünfzigtausend Euro. Ich hatte nur einmal in meinem Leben ein paar hundert Euro auf meinem Konto gehabt. Damals hatte ich auf ein Mofa gespart, das mir gleich am zweiten Tag geklaut worden war. Fünfzigtausend Euro. Das war verdammt viel Geld.

»Mila! Hörst du mich?« Hugo kam näher und betrachtete mich sorgenvoll. »Vielleicht sollten wir doch noch zum Arzt gehen.«

»Schon gut.«

»Wirklich? Bist du ganz sicher?«

»Ja. Alles in Ordnung, danke.«

Erst jetzt sah ich den Eimer, den er auf der Türschwelle abgestellt hatte, und den Wischmopp, der am Rahmen lehnte.

»Das Tablett habe ich hochgebracht«, sagte er. »Geh doch schon mal nach oben, ich komme dann nach.«

Ich ahnte Entsetzliches. »Was hast du vor?«

»Ich wisch mal eben durch, während du auf der Terrasse bist.«

Hugo würde bis in den letzten Winkel dieses Zimmers kriechen. Bestimmt würde er auch noch das Bett frisch beziehen oder die Matratze ausbürsten.

»Das brauchst du nicht. Hier ist alles noch ganz sauber. Mehr als das. Blitzeblank.«

»Ich habe hier schon seit drei Wochen nicht mehr geputzt. Da kann nichts blitzeblank sein. Außerdem ist das mein Job. Ich halte alles sauber, dafür wohne ich hier umsonst. Du bist nicht die Einzige, die von einer Verwandten gesponsert wird. Und meine Pflichten werde ich auch nicht vernachlässigen, nur weil Rosel nicht da ist.«

Ich musste ihn loswerden. Auf keinen Fall durfte dieser Hygienefreak allein in meinem Zimmer sein. Erst musste die Tasche weg.

»Ich reagiere allergisch auf Putzmittel. Auf alle Putzmittel. Davon bekomme ich Erstickungsanfälle. Ich war deswegen schon zweimal im Krankenhaus.«

Hugo runzelte die Stirn.

»Na gut. Dann wische ich halt nur mit Wasser durch.«

»An dem Wischmopp und in deinem Eimer sind bestimmt noch Reste von Putzmittel. Vom letzten Putzen. Ich kann es riechen. Du kannst dir nicht vorstellen, wie allergisch ich bin.« Ich räusperte mich. »Jetzt kratzt es schon im Hals.«

Hugo seufzte. »Okay, dann kauf ich einen neuen Aufnehmer, und den nehmen wir nur für dein Zimmer. Meinst du, das geht?«

»Ja, das ist eine gute Idee. Das geht bestimmt.«

Gott sei Dank, Hugo zog ab, samt Eimer und Wischmopp.

Keine Sekunde mehr durfte die Tasche hier bleiben. Ich musste sie an einem Platz verstecken, wo sie vor neugierigen Mitbewohnern und der Polizei sicher war. Zum Beispiel in einem Schließfach. Bestimmt gab es hier am Bahnhof Schließfächer. Und in ein paar Tagen, wenn sich die Lage beruhigt hatte und ich aus Heidelberg verschwinden konnte, ohne mich verdächtig zu machen, dann würde ich den Schlüssel zu diesem Schließfach Frau Mooser schicken.

Ich verstaute Tasche und Handy in meinem Rucksack, dann zog ich mich an. Als ich unten im Flur an der Küche vorbeikam, war Hugo dabei, die Putzmittel zu sortieren.

»Sieh mal hier, Mila.« Er hielt eine grüne Flasche hoch. »Das ist ohne Tenside. Rein pflanzlich. Meinst du, das geht?«

»Das ist bestimmt ganz prima. Ich muss noch etwas erledigen. Ich trinke den Tee dann später.«

Sofort kam Hugo herausgeschossen.

»Aber geht es dir denn schon so gut, dass …«

»Bis später!«

Nur keine Diskussionen anfangen. Rasch ging ich zur Haustür, und schon stand ich draußen im Sonnenschein.

Das schöne Wetter hatte die Stadt verwandelt. Die Anzahl der Menschen schien sich verdreifacht zu haben. In der Gasse ging es noch, doch als ich auf den Platz an der Kirche kam, hatte ich den Eindruck, dass halb Heidelberg hier saß. An den Tischen vor den Lokalen war kaum noch ein Platz frei. Die Menschen plauderten, lachten, lasen Zeitung oder steckten die Köpfe zusammen. So viele Menschen. Zu viele Menschen.

Ich umklammerte die Träger des Rucksacks. Obwohl nur Frau Köllns Tasche darin war, hatte ich den Eindruck, eine zentnerschwere Last zu tragen. Als wäre es der heilige Gral, den ich in ein sicheres Versteck bringen musste. Und es gab zumindest einen Menschen, der ganz genau wusste, dass ich die Tasche hatte: der Mann mit den Wolfsaugen.

Ich hatte kaum noch an ihn gedacht, hatte mich im Haus und in Hugos Gegenwart in Sicherheit gewiegt. Ein Schuss in den Rücken. Jemand, der vor nichts zurückschreckte. Rotkäppchen im Wald, mit dem Steak im Körbchen.

Einige Meter vor mir blieb ein Mann stehen. Gab es einen Grund, einfach so stehen zu bleiben? Anscheinend suchte er etwas in seiner Jackentasche. Als ich vorbeiging, konnte ich sein Gesicht von der Seite sehen. War ich dem nicht schon einmal begegnet? Ein anderer kam mir entgegen, so groß, dass er über die Köpfe der Passanten hinwegschauen konnte. Mit Sonnenbrille. Weshalb trug der eine Sonnenbrille? Gut, die Sonne schien, aber doch nicht so, dass man eine Sonnenbrille brauchte?

Die Angst hatte hier draußen auf mich gewartet. Aber ich hatte keine andere Wahl. Ich musste die Tasche wegbringen, sie konnte nicht im Haus bleiben. Ich musste zur Bushaltestelle. Oder zur Straßenbahn. Und dann an den Bahnhof, zu den Schließfächern. Warum hatte ich Idiotin mir kein Taxi gerufen?

Täuschte ich mich, oder kam der Mann mit der Sonnenbrille auf mich zu?

Er kam wirklich auf mich zu, mit einem Lächeln im Gesicht. Ich kannte es aus den Filmen, die Tante Flo sich anschaute. Es war das überlegene Lächeln des Killers, der wusste, dass sein Opfer in der Falle saß.

»Können Sie mir viell–«

»Wenn Sie nicht weitergehen, rufe ich die Polizei!«

»Ich wollte doch nur –«

»Hauen Sie ab!«, schrie ich ihn an.

Menschen blieben stehen und schauten zu uns.

»Ist schon gut!« Der Mann hob abwehrend die Hände und ging weiter. »Nur keine Aufregung. Dann frage ich jemand anderen!«

Vor lauter Angst atmete ich so schnell, als wäre ich das Matterhorn hinaufgestürmt. Ich drehte mich um und hastete zurück. Noch ein paar Meter. Rosels Pension. Ich klingelte. Schlug mit der Faust vor die Tür. Suchte mit zitternden Händen nach meinem Schlüssel.

Endlich, die Tür öffnete sich. Ich fiel fast in den Flur hinein.

»Schließ ab!«, fuhr ich Hugo an.

Drinnen lehnte ich mich an die kühle Flurwand. Mein Herz wollte sich gar nicht mehr beruhigen. Hugo musterte mich mit Bedauern im Blick.

»Was ist denn los? Ist wieder jemand hinter dir her?«

Wortlos ging ich hoch und schloss mich in meinem Zimmer ein, saß auf dem Bett, den Rucksack an mich gepresst. Was hatte diese verdammte Stadt aus mir gemacht? Ich konnte mich nicht erinnern, schon einmal solche Angst gehabt zu haben. Außer in meinen Träumen, wenn ich in den Abgrund fiel. Mila Böckle im freien Fall. Ich würde nicht auf dem Boden zerschellen, nein, man würde mir wegen einer Handtasche die Kehle durchschneiden. Oder mich ins Gefängnis sperren. Und wenn Ranietzky aussagte, ich hätte eine Million von ihm gefordert, und sie fanden die Tasche bei mir, dann würde das so lange dauern, dass ich graue Haare und falsche Zähne hatte, ehe ich wieder rauskam.

Ich konnte nicht allein zum Bahnhof aufbrechen. Nicht einmal im Taxi. In meinem Kopfkino riss ein maskierter Mann an der Ampel die Autotür auf und schoss in den Wagenfond, bevor er sich mit meinem Rucksack auf und davon machte. Und wenn man mich nicht umbrachte, würde ich trotzdem da draußen sterben, weil ich vor lauter Panik einen Herzinfarkt bekam.

Ich brauchte eine Art Bodyguard. Durchtrainiert und mit solchen Muskelpaketen, dass Rotkäppchen unbehelligt durch den Wald kam, egal, wie viele Wölfe dort lauerten. Für einen Moment blitzte die Erinnerung auf: die Dame im roten Regencape auf den Stufen des Brunnens. Der bunte Schirmhimmel. Interessierte Gesichter. Ich brauchte einen wie den Herkules auf dem Marktplatz.

Und ich wusste auch schon, wie ich an ihn herankam.

12

Die Telefonnummer hatte ich schnell im Internet gefunden. Eine freundliche Stimme auf einem Anrufbeantworter teilte mir mit, dass ich gern eine Nachricht hinterlassen könnte. Ich machte gleich klar, dass es sich um einen Notfall handelte. Eine Stadtführung für eine Person, so bald wie möglich, am besten heute noch, weil ich leider in den nächsten Tagen schon wieder abreisen müsste. Ich würde auch das Doppelte zahlen, ein Angebot, das ich mir dank des Kredits von Frau Kölln erlauben konnte.

Danach lief ich in meinem Zimmer auf und ab wie ein Tiger hinter den Gitterstäben. Hugo klopfte an die Tür, weil er wissen wollte, wie es mir ginge. Ich verscheuchte ihn. Der Rückruf erfolgte vierzig Minuten später. Leider sei eine Führung heute nicht mehr möglich, aber morgen auf jeden Fall.

»Also gut.« Was blieb mir schon anderes übrig. »Dann eben morgen. Ich brauche aber unbedingt einen Mann. Einen, der stark ist. Keinen zu dünnen, und klein darf er auch nicht sein.«

Ein verhaltenes Räuspern am anderen Ende.

»Sie wissen schon, dass wir Stadtführungen anbieten. Es handelt sich hier nicht um einen Escortservice oder so etwas in der Art.«

»Natürlich … es geht nur darum …« Warum hatte ich mir das nicht vorher überlegt? »Es ist wegen der Kameras. Ich möchte Fotos machen, und meine Kameras sind sehr schwer. Deshalb brauche ich einen Mann, der mir tragen hilft. Und ich würde gern zum Bahnhof.«

»Zum Bahnhof?« Mein Gegenüber klang ein wenig überrascht.

»Ja, zum Bahnhof. Ich finde den Bahnhof hier sehr interessant. Eine tolle Architektur. Und das dreibeinige Pferd, das da steht, ich möchte gern wissen, warum das nur drei Beine hat.«

Man versicherte mir, das sei machbar. Wir vereinbarten einen Termin für zehn Uhr. Abholung an der Haustür.

Eine Stunde später klingelte mein Handy. Die Nummer, die auf dem Display angezeigt wurde, kannte ich nicht. Vielleicht Jens, der ein neues Handy hatte? Und deshalb auch meine SMS nicht bekommen hatte, als ich aus Ülske abgereist war? Aber es war nicht Jens.

»Guten Tag, mein Name ist Robert«, meldete sich eine Männerstimme. »Ich übernehme morgen Ihre Stadtführung. Ich freue mich schon, Ihnen Heidelberg zu zeigen.«

»Ja, ich mich auch«, sagte ich, etwas enttäuscht.

»Ich bin eins siebenundachtzig groß. Reicht das?«

»Also, das war nur wegen der –«

»Kein Problem«, sagte Robert. »Wir sind Sonderwünsche gewohnt.«

Robert bat mich, seine Handynummer zu notieren.

»Bitte rufen Sie nur auf dieser Nummer an, wenn noch Fragen sind. Dann erreichen Sie mich sofort. Ihre Adresse bräuchte ich noch.«

Hatte ich das nicht eben schon mit dem Kollegen geklärt? Egal. Hauptsache, ab morgen hatte ich einen Bodyguard.

Hugo erzählte ich, ich hätte immer noch Kopfschmerzen – was leider den Tatsachen entsprach –, und würde mich jetzt ins Bett legen. Die Tasche schob ich neben mich unter die Bettdecke, doch in der Nacht tat ich kaum ein Auge zu. Dreimal schlich ich die Treppe hinunter, um zu kontrollieren, ob alle Türen abgeschlossen und die Fenster zu waren. Als der Morgen endlich graute, war ich so fertig, dass ich nichts lieber getan hätte, als zurück nach Ülske zu fahren und die nächsten drei Monate wieder auf Tante Flos Couch vor mich hinzudämmern.

Der Mann, der um zehn Uhr in Jeans und Lederjacke vor der Haustür stand, hatte kurze blonde Haare und ein Grübchen am Kinn. Er war nicht nur groß und breitschultrig, er hatte auch ein Lächeln, mit dem er mindestens die Hälfte der Vorstandsmitglieder des Frauenturnvereins Ülske dazu hätte bringen können, die Vereinskasse zu plündern, um einen Sportwagen oder waghalsige Geschäftsideen zu finanzieren. Ein Mann, der aussah wie das Unterwäschemodell von Calvin Klein. Es gab sie also wirklich, die attraktiven Heidelberger Stadtführer.

»Hallo«, sagte er. »Sind Sie Frau Böckle? Ich bin Robert.«

»Ja, Mila Böckle. Wie schön, dass Sie da sind.«

Sein Händedruck war so kräftig, dass ich gleich wusste: Der ist genau der Richtige für meinen Plan. Es gab wieder Hoffnung. Selbst der dumpfe Schmerz in meinem Kopf hatte sich endlich auf ein erträgliches Maß reduziert.

»Ein Stadtführer?« Hugo tauchte hinter mir auf. »Wozu brauchst du einen Stadtführer? Ich kann dir auch die Stadt zeigen.«

»Tante Flo besteht darauf.« Und das war fast nicht gelogen. »Mach's gut.« Schnell ging ich raus und zog hinter mir die Tür zu.

»Wegen der Bezahlung, Herr …«

»Nennen Sie mich einfach Robert. Das mit der Bezahlung machen wir besser zum Schluss. Dann können Sie mich noch feuern, falls ich zwischendrin schlappmache.«

Wenn er lächelte, erinnerte er mich an einen Schauspieler. Hugh Grant? Mit einem Hauch von Daniel Craig? Auf jeden Fall eine attraktive Mischung.

»Wo ist denn Ihre Kameraausrüstung?«

»Ich habe es mir anders überlegt. Ich will mir die Stadt erst einmal so ansehen.«

»Da habe ich aber Glück. Soll ich dann Ihren Rucksack nehmen?«

»Nein, nein. Nicht nötig.«

Ich konnte nicht anders. Ich musste einmal die Gasse hoch- und runterschauen. Mann mit Sonnenbrille? Oder auffallend eckigem Kinn? Nein. Zumindest nicht, so weit ich sehen konnte.

»Ich würde gern zum Bahnhof.«

»Wir sollten erst einmal die Hauptstraße runtergehen«, sagte Robert so bestimmt, als hätte er alles bereits durchgeplant, »bis zum Universitätsplatz, dann kann ich Ihnen schon einiges zeigen. Und von dort aus fahren wir mit dem Bus zum Bahnhof. Die Linie 32 kommt alle zehn Minuten. Einverstanden?«

Rotkäppchen ging in den Wald. Aber mit einem Beschützer neben sich. Also nickte ich wagemutig.

»Wenn wir schon hier sind, fangen wir am besten mit der Heiliggeistkirche an.«

»Die kenne ich schon.« Immerhin hatte ich vor dem Portal gestanden. »Gehen wir doch Richtung Bus, und Sie erzählen mir dabei etwas über Heidelberg.«

»Wie Sie möchten, aber erst bekommen Sie ein kleines Präsent.« Robert holte aus der Innentasche seiner Jacke eine Brosche, so groß wie eine Streichholzschachtel. »Darf ich?«

Bevor ich Einspruch erheben konnte, steckte er sie mir an die Jacke. Nicht gerade die Art Schmuck, die ich normalerweise trug. Ein gelber Löwe, der auf den Hinterbeinen stand, mit einer Krone auf dem Kopf und roten Krallen, als hätte er sich die Nägel lackiert.

»Unser Wappentier, der Kurpfälzer Löwe. Der König der Tiere. Stolz und mutig wie wir Kurpfälzer.«

»Danke, sehr hübsch«, log ich, um meinen Stadtführer nicht gleich zu enttäuschen. »Ich dachte schon, hier wäre der Wolf das Wappentier.«

Ich hatte es mehr zu mir selbst gesagt, aber Robert hörte anscheinend sehr gut.

»Wölfe haben wir natürlich auch. Allerdings in einem anderen Stadtteil, in Schlierbach. Dort gibt es den Wolfsbrunnen, an dem ein Wolf eine Frau getötet haben soll.«

»Ach, wirklich?« Das hätte ich jetzt nicht unbedingt wissen müssen.

»Den sollten Sie sich unbedingt noch anschauen. Das ist sehr hübsch dort. Ein Ort für Romantiker.«

»Ja, das ist bestimmt hochromantisch, wenn Frauen zerfleischt werden.«

Mein Schicksal, wenn ich Frau Mooser richtig verstanden hatte.

»Nein, nein, so war das nicht gemeint. Das ist nur eine Sage. Angeblich hat eine Wölfin dort eine Seherin getötet. Heute haben wir hier in der Region keine Wölfe mehr.«

»Muss auch nicht sein«, murmelte ich.

Wir gingen los und bogen in die Hauptstraße ein. Robert putzte sich die Nase, die rötlich schimmerte und aussah, als hätte man sie mit Sandpapier angeschliffen. Der einzige kleine Makel an diesem Mann.

»Dafür haben wir aber einen wilden Gesellen«, sagte er. »Schon gesehen?«

Mit bernsteinfarbenen Augen?

»Ich …« Nein, den konnte er unmöglich meinen. »Ich weiß nicht.«

»Waren Sie schon auf der Alten Brücke?«

»Ja, da bin ich schon gewesen. Meinen Sie einen Mann, der aussieht wie Robinson Crusoe? So ein älterer Herr mit Bart?«

»Nein, ich rede von unserem Fluss, dem Neckar. Der Name kommt aus dem Keltischen und bedeutet so viel wie ›wilder Geselle‹. Oder unser Kettentier? Schon schreien gehört? Schließlich sind Sie fast Nachbarn.«

Ich schüttelte den Kopf. Aber zu Papageien, gefräßigen Wölfen und wilden Gesellen passten Kettentiere sicher gut. Was für eine Stadt! Wen wunderte da noch, dass ich in einen Mordfall verwickelt worden war, sobald ich den Zug verlassen hatte.

»Es ist ein riesiges Kalb mit glühenden Augen und Ketten um den Hals. Um Mitternacht läuft es mit einem furchtbaren Gebrüll durch die Kettengasse.«

Was sollte das werden? Märchenstunde für Touristen? Robert schien auf jeden Fall sehr erpicht darauf, mir zu zeigen, was er alles wusste.

»Das Einzige, was ich gehört habe, waren ein paar Betrunkene.«

»Ja, das ist gut möglich.« Mein Stadtführer verzog das Gesicht. »Ehrlich gesagt, gibt es kein Kettenkalb. In der Kettengasse gab es mal einen Brunnen, bei dem der Eimer an einer Kette runtergelassen wurde. Das war das Gerassel, das aus der Gasse kam. Heute könnten wir so ein Kettenkalb allerdings gut brauchen. Vielleicht hätten wir dann manche Probleme in der Altstadt nicht.«

»Was denn für Probleme?«

»Ach, lassen Sie uns doch lieber mit Heidelbergs Vorteilen anfangen. Um es mal kurz zusammenzufassen: Heidelberg ist die schönste Stadt Baden-Württembergs. Außerdem können wir alles außer Hochdeutsch, aber das wissen Sie sicher schon aus dem Fernsehen.«

Na, der war ja ganz schön überzeugt von seinem Heidelberg. Wenn das wahr wäre, hätte ich jetzt keinen Stress. Dann gäbe es längst ein Medikament gegen Alzheimer, und zwar »made in Heidelberg«, und niemand wäre deshalb hinter mir her.

»Alzheimer können Sie aber auch nicht heilen, oder?«

»Noch nicht, aber auch auf diesem Gebiet haben wir ganz ausgezeichnete Wissenschaftler. Allein im Fachbereich Medizin hatten wir schon vier Nobelpreisträger. Wie viele hat denn der Ort, aus dem Sie kommen?«

Robert zwinkerte mir zu. Sehr witzig. Bei uns gab es nicht mal mehr eine Arztpraxis im Umkreis von dreißig Kilometern.

»Nicht ganz so viele.«

»Sie haben natürlich recht, alles können wir nicht. Aber fast alles. Ich kann Sie zum Beispiel auf den nächsten, sagen wir mal … fünfhundert Metern ins Gefängnis bringen, und wenn Sie dort für all Ihre Sünden gebüßt haben, besorge ich Ihnen anschließend eine neue Seele.«

»Ins Gefängnis? Wofür denn?«

Meine Stimme musste sich ein klein wenig panisch angehört haben. Auf jeden Fall hatte mein Stadtführer wohl bemerkt, dass ich seinen Vorschlag nicht sehr witzig fand.

»Nur keine Sorge. Das ist ein Gefängnis, aus dem man jederzeit wieder herauskommt. Die Tür steht offen. Kommen Sie, ich zeige es Ihnen.«

Er bog in eine kleine Straße mit dem Namen »Augustinergasse« ein, an deren Ecke eine Marienfigur hoch oben in einer Mauernische mit entrücktem Blick ins Leere schaute. Einige Meter weiter wies ein nackter Engel auf einem Plakat den Weg zum »Karzer«.

»Eines der wenigen Gefängnisse, bei dem man Eintritt bezahlen muss. Ich geh mal zwei Tickets holen.«

Robert verschwand in einem Ladeneingang. Ich nutzte die Gelegenheit, um mich zu vergewissern, dass mein Verfolger mir nicht auf den Fersen war. Eine Frau trippelte in kleinen Schritten die Gasse hinunter, mit einem winzigen Hund an der Leine. Am Ende der Gasse, an der Ecke zur Hauptstraße, stand ein Mann mit dem Handy am Ohr. Hatte ich den nicht gestern vor der Pension gesehen? Lederjacke und dunkle Haare. Oder sah er ihm nur ähnlich? Einfach der gleiche Typ? Ich wusste es nicht. Ich hatte den Eindruck, mir selbst nicht mehr trauen zu können. Wahrscheinlich kam mir jeder bekannt vor, wenn ich ihn nur lange genug anschaute.

Ein junger Kerl mit Haaren im Rastalook bog auf seinem Rad in die Gasse ein und fuhr so nah an mir vorbei, dass ich unwillkürlich einen Schritt zurücktrat. Ich geriet ins Stolpern, und fast wäre ich hingefallen, wenn nicht jemand direkt hinter mir gestanden hätte.

»Hoppla.« Es war Robert. »Hier, Ihre Eintrittskarte fürs Gefängnis. Können wir am Ende abrechnen.«

Er drehte sich um und ging in den Innenhof, in dem wohl der Eingang zum Karzer sein musste. Weshalb hatte er so nah hinter mir gestanden? War der etwa an meinem Rucksack gewesen?

Hastig nahm ich den Rucksack ab. Der Reißverschluss war zu.

»Kommen Sie?«, rief Robert und sah so überhaupt nicht nach ertapptem Dieb aus, dass ich mich schämte. »Hier geht es lang.«

Ich fühlte mich von allem und jedem verfolgt, genau wie Hugo es gesagt hatte. Jetzt reichte es schon, dass jemand hinter mir stand, und ich wurde misstrauisch. War ich dabei, den Verstand zu verlieren?

Ich folgte Robert in ein altes Treppenhaus, dessen Wände über und über bemalt waren. Dann schaute ich in die Vergangenheit der Heidelberger Studenten und in die Zukunft, die mir drohte, wenn Frau Mooser die ganze Wahrheit erfahren sollte: in eine karge vergitterte Zelle. Auch hier waren die Wände bis auf den letzten Zentimeter bemalt. Überall sah man Schattenrisse, die Silhouetten von Männerköpfen, die meisten mit einer Kappe oder Mütze.

»Das ist der sogenannte Karzer, das war einmal das Gefängnis für Studenten. Allerdings wird es seit 1914 nicht mehr genutzt. Die Universität war früher selbst dafür zuständig, Studenten für ihre Vergehen zu bestrafen. Dafür brauchte man diese Arrestzellen. Teilweise gab es sogar Platzprobleme, denn Studenten hatten wir hier in Heidelberg immer jede Menge. Angefangen hat es mal mit sechzig, heute sind es über dreißigtausend.«

Robert erzählte von Studentenverbindungen, verbotenen Fechtkämpfen, für die es vierzehn Tage Karzer gab, und dem ehemals beliebten Sport der Studenten, auf dem Nachhauseweg nach reichlich genossenem Alkohol die Schweine aus den Ställen zu lassen, der Anlass für die Redewendung »die Sau rauslassen«. Ich aber hörte vor allem etwas anderes. Ein leises, dumpfes Klingeln, das aus meinem Rucksack kam.

»Was glauben Sie«, fragte Robert und zeigte auf das Fenster der düsteren Zelle, »warum wurden die Gitter angebracht?«

»Entschuldigung«, sagte ich und holte mein Handy aus dem Rucksack.

Auf dem Display stand »Unbekannt«, genau wie gestern, als Ranietzky angerufen hatte. Fünfzigtausend Euro. Eine Menge Geld. Es klingelte immer noch.

»Wollen Sie nicht rangehen?«, fragte Robert.

Doch noch während ich darüber nachdachte, hörte das Klingeln auf. Erleichtert steckte ich das Handy in meine Jackentasche.

»Also, warum sind hier Gitter vor den Fenstern?«

Robert wartete auf eine Antwort. Ich zuckte mit den Schultern.

»Damit niemand ausbrechen kann?«

»Würde man denken, ja. Aber die hier sollten vor allem verhindern, dass etwas hereinkam: Alkohol. Zwei Flaschen Bier am Tag waren im Karzer erlaubt. Der Rest wurde nachts reingeschmuggelt. Ob das Vergittern der Fenster besonders effektiv war, weiß ich nicht. Hier gibt es angeblich irgendwo auch ein paar Zeilen an der Wand, in denen sich einer der Insassen darüber beschwert, dass der Sektkühler fehlt.«

Wenn das eben Ranietzky gewesen war, was würde er tun, wenn ich seinen Anruf einfach ignorierte?

»... sogar Russen. Oft sehr wohlhabend. Allerdings landeten sie auch schon mal hier im Karzer, wie man an dem Graffito von Protop...«

Ob dieser Ranietzky das so einfach hinnehmen würde?

»Ist etwas?«, wollte Robert wissen.

»Wieso?«

»Sie wirken so abwesend. Interessiert Sie der Karzer nicht? Wir können auch gern direkt weitergehen.«

»Doch, sicher, ich musste nur gerade an etwas denken. Was war mit den Russen?«

Robert zeigte auf den Schattenriss eines Kopfes mit hellblauer Mütze.

»Das Konterfei des Gregor von Protopopoff. Für viele Russen war Heidelberg Anfang des 20. Jahrhunderts die wissenschaftliche Hochburg schlechthin. Berühmte russische Wissenschaftler haben hier gearbeitet. Zum Beispiel Mendelejew, ein brillanter

Chemiker, der das Periodensystem der Elemente erstellt hat. Und natürlich waren auch etliche russische Studenten hier. Oft gut betucht. Genau wie Gregor von Protopopoff, der aus dem russischen Adel kam.«

Und, so verriet es die Schrift daneben, im Jahr 1906 fünf Tage im Karzer verbracht hatte.

»Er starb vier Jahre nach seinem Karzeraufenthalt und hat der Universität Heidelberg und seiner studentischen Verbindung mehr als eine Million Rubel hinterlassen. Doch bevor das Erbe ausgezahlt wurde, kam der Erste Weltkrieg, und man hat nie eine Kopeke davon gesehen.«

Russische Wissenschaftler in Heidelberg. Vielleicht war das der Grund für den Zettel mit dem russischen Namen in Frau Köllns Handtasche. Ein russischer Kollege, mit dem sie über das Heuschnupfenmittel sprechen wollte. Wie hatte noch der Name auf dem Zettel gelautet? Semikolon? Nein, das konnte nicht sein. Semjonow?

»Wissen Sie zufällig, ob es hier in der Gegend einen Wissenschaftler mit dem Namen Semjonow gibt? Jemand, der im Bereich Alzheimer forscht?«

»Semjonow? Nein, nie gehört. Interessiert Sie das, die Alzheimer-Forschung? Sind Sie zum Kongress hergekommen?«

»Woher wissen Sie etwas über diesen Kongress?«

Robert sah mich verwundert an.

»Dass der hier stattgefunden hat, ist doch kein Geheimnis. Vor allem nicht, nachdem diese Frau umgebracht wurde. Eine ganz berühmte Wissenschaftlerin. Kannten Sie sie vielleicht?«

Seine Frage klang belanglos. Fast schon zu belanglos. Ich schaute hoch in das Calvin-Klein-Gesicht. Robert lächelte, unbefangen, sympathisch. Wie jemand, der einfach neugierig auf andere Menschen war. Was war ich nur für eine paranoide Kuh.

»Nein, die kannte ich nicht. Ich bin auch nicht zum Kongress hergekommen. Ich brauchte einfach nur einen Tapetenwechsel. Mein Freund hat mich verlassen.«

Warum nicht einmal die Wahrheit sagen? Die war schrecklich genug und doch harmloser als alles, was bisher hier in Heidelberg geschehen war.

»Das tut mir leid«, sagte Robert.

»Mir auch.«

Einen kurzen Moment standen wir da und schauten stumm in die karge Zelle, bis Robert das Schweigen mit einer höflichen Frage beendete.

»Gefällt Ihnen Heidelberg?«

»So viel habe ich ehrlich gesagt noch nicht davon gesehen. Die meiste Zeit war ich krank. Dass ich nach Heidelberg gehen sollte, war die Idee meiner Tante. Sie meint, in Heidelberg hätten sie die Romantik sozusagen gepachtet und …«

… ich würde mich in einen Stadtführer verlieben. Nein, das sollte ich jetzt nicht erzählen, das wäre superpeinlich.

Doch Robert hakte nach. »Und was?«

»Dass ich hier eben viel Ablenkung hätte.«

»Und, wie sieht es aus mit der Ablenkung? Haben Sie schon ein paar Leute kennengelernt?«

»Nicht viele. Nur meinen Mitbewohner, und der hat einen Hygienefimmel.«

»Oh, das kann ganz schön nerven. Ich hatte mal eine Freundin, die ständig hinter mir hergeputzt hat. Einmal die Socken falsch abgelegt, und schon gab es Krach.«

Er hatte mal eine Freundin. Das hieß, er hatte sie nicht mehr. Aber hieß das auch, dass er jetzt keine hatte? Wie blöd. Was machte ich mir darum Gedanken? Ich würde sowieso bald nicht mehr hier sein.

»Nur Ihren Mitbewohner haben Sie kennengelernt? Sonst noch niemanden?«

»Und einen Professor.«

»Kein Wunder«, sagte Robert. »Davon haben wir hier jede Menge.«

Aber natürlich musste ich gleich einen kennenlernen, der dubiose Geschäfte betrieb.

»Wie hieß er denn?«

»Das habe ich schon wieder vergessen.« Lieber das Thema wechseln, bevor ich Robert mehr erzählte, als gut war. »Wissen Sie eigentlich was ›Kesste‹ sind? Diese kleinen Klümpchen im Saumagen?«

»Kesste? Sie meinen sicher ›Keschde‹. Das sind Kastanien. Sehr gut, Sie haben also schon das berühmte ›Kanzler-Schnitzel‹ gegessen.«

»Nein, das war kein Schnitzel, das war was anderes.«

»Schon klar. ›Kanzler-Schnitzel‹ oder ›Kanzler-Steak‹ heißt der Saumagen nur, weil Helmut Kohl damit immer die Staatsgäste beglückt hat. In der Pfalz gibt es sogar jedes Jahr einen internationalen Saumagen-Wettbewerb. Da werden jede Menge Variationen vorgestellt und prämiert. Mit Wild, Trüffeln, angeblich sogar mit Fisch.«

»Super.« Das interessierte mich nicht die Bohne. »Gehen wir jetzt zum Bus?«

»Zumindest in die Richtung. Wie wäre es noch mit einem Blick in die Alte Aula? Die ist gleich hier um die Ecke. Ein absolutes Prunkstück der Universität. Dort könnten Sie sich auch die Porträts des Kurfürsten Ruprecht I. und des Markgrafen Karl Friedrich von Baden ansehen. Nach den beiden hat unsere Uni ihren Namen, die Ruprecht-Karls-Universität.«

Wieder klingelte mein Handy. Als ich es aus der Jackentasche hervorholte, sah ich gleich, dass auf dem Display genau das stand, was ich befürchtet hatte: »Unbekannt«. Das war bestimmt Ranietzky.

Ich hätte das Handy ausmachen können, aber ich stand da und starrte darauf, als wäre es eine Kugel, in der ich meine Zukunft sehen konnte. Wenn ich nicht ranging, würde Ranietzky dann vor lauter Frust zur Polizei gehen und erzählen, ich hätte ihm für eine Million Frau Köllns Geheimrezept verkaufen wollen? Was sollte ich tun?

Das Raunen kam aus der finstersten Ecke des Karzers. Vielleicht auch aus dem schwärzesten Teil meiner Seele.

Geh ran, Mila. Man kann doch mal hören, was der Mann will.

13

»Ich geh mal eben raus zum Telefonieren. Kleinen Moment, ja?«

Ich lief die Treppe hinunter. Wenn ich unten angekommen war und es bis dahin aufgehört hatte zu klingeln, dann würde ich das Handy ausstellen und Ranietzkys Anrufe ignorieren. Egal, was dann passierte. Aber es klingelte weiter, bis ich im Hof stand.

»Ja, Mila Böckle?«

Er war es, genau wie ich vermutet hatte. Ranietzky hielt sich nicht lange mit Höflichkeiten wie »Hallo« oder »Guten Tag« auf.

»Ich erhöhe. Sechzigtausend. Mein neues Angebot«, sagte er. »Zehntausend Euro zusätzlich, das lässt sich doch sehen, oder?«

Sollte ich mich zum Schein auf sein Angebot einlassen, ihn für ein paar Tage hinhalten, damit er gar nicht auf die Idee kam, zur Polizei zu gehen? Wäre das nicht besser, als ihn abzuweisen und zu verärgern?

»Also, was sagen Sie zu sechzigtausend?«

Erst mal sagte ich gar nichts.

»Sechzigtausend Euro sind ein sehr gutes Angebot. Überlegen Sie nur, wie lange Sie dafür arbeiten müssen. Was haben Sie in Ihrem Kaff für einen Stundenlohn bekommen? Acht fünfzig oder weniger?«

Es waren keine acht fünfzig gewesen. Offiziell schon, auf der Abrechnung hatte es am Ende immer ganz gut ausgesehen. Aber Papier war eben geduldig.

»Wissen Sie, warum manche Menschen im Leben weiterkommen und andere nicht, Frau Böckle? Die, die weiterkommen, nutzen ihre Chancen. Die greifen zu und machen was draus.«

Da hatte Ranietzky den Nagel auf den Kopf getroffen. Genau so lief es. Sarah hatte ihre Chance ergriffen und mir Jens weggeschnappt. Meine beste Freundin. Aber ich Idiotin hatte gedacht, so etwas würde nur in Tante Flos Filmen passieren. Arne hatte seine Chance ergriffen, als er mir mit seinem Märchen vom kranken Hund zweihundert Euro abgeluchst hatte. Die hatten zugegriffen.

»Machen Sie etwas draus, Frau Böckle. Die ewig Zögerlichen,

aus denen wird nie was. Kein Erfolg im Leben, keine Anerkennung. Was wollen Sie, Besitzerin eines Cafés werden oder arbeitslos in einem kleinen Nest sitzen?«

»Keine Sorge, das werde ich schon nicht.«

Weil ich nicht mehr nach Ülske zurückkehren würde. Aber vielleicht würde ich arbeitslos in Neuseeland sitzen. Frau Köllns Geld reichte gerade für das Flugticket. Dann hatte ich dort noch längst keine Arbeit. Wie sollte ich die erste Zeit überstehen? Was, wenn ich nun auch in Neuseeland keinen Job fand? Ich hatte keine Ausbildung, sondern gleich nach der Schule im Laden angefangen, nur vorübergehend, zur Aushilfe. Daraus waren fast fünfzehn Jahre geworden. Ich kannte auch keinen Russen, der mir eine Million Rubel vererben würde. Dafür hatte ich die besten Voraussetzungen, um im Alter in der Mülltonne vor dem Discounter nach Pfandflaschen zu suchen.

»Nun sagen Sie doch endlich einmal was!«, hörte ich Ranietzkys drängende Stimme. »Oder haben Sie schon verkauft?«

Sechzigtausend Euro würde ich mir nie im Leben mit ehrlicher Arbeit zusammensparen können. Nicht mal zehntausend. Das hier war wahrscheinlich meine erste, einzige und letzte Chance, zu Geld zu kommen.

»So schweigsam, Frau Böckle? Was wollen Sie noch? Reicht Ihnen das immer noch nicht?«

Sollte ich ihm sagen, dass ich nur eine Handtasche hatte, von der ich nicht wusste, ob darin etwas Interessantes zu finden war? Ihn fragen, ob er auch dafür zahlen würde? Eine Wundertüte, vielleicht für die Hälfte?

»Also, ich weiß nicht.«

»Was heißt denn ›ich weiß nicht‹? Sie bekommen den Hals nicht voll, was?«

»Ich habe doch überhaupt nichts gesagt, ich weiß nur nicht …«

»Passen Sie lieber auf, Sie wären nicht die Erste, die an ihrer Gier verreckt.«

»Ich bin nicht gierig.«

»Sechzigtausend sind wirklich ein gutes Angebot. Das sollte reichen. Je mehr man sich in den Schlund stopft, desto größer wird die Gefahr, daran zu ersticken.«

»Sie versuchen doch die ganze Zeit, mir etwas in den Hals zu stopfen.«

»Also gut.« Schlagartig wurde Ranietzky wieder freundlich. »Wir wollen uns nicht streiten. Überlegen Sie doch einmal: Von dem vielen Geld können Sie sich auch noch ein hübsches kleines Auto kaufen. Und schon bald eröffnen Sie Ihr Café, mit allem Drum und Dran.«

»Ich … ich habe nur …«

»Was haben Sie, meine Liebe?«

Einen russischen Artikel und einen russischen Namen auf einem Zettel. Und allerlei Kram, der zwar Frau Kölln gehörte, den man aber in jeder Handtasche fand. Wenn ich Ranietzky die Tasche anbot, dann hatte ich die Grenze überschritten. Ein für alle Mal. Ich war kein guter Mensch, allein wegen der ganzen Lügerei nicht. Aber richtig schlecht war ich auch nicht. Bis jetzt.

»Geben Sie mir einfach, was Sie haben. Sie werden sehen, das ist die richtige Entscheidung. Denken Sie doch an das glückliche Lächeln Ihrer Kunden, wenn der herrliche Duft von frischem Gebäck durch Ihr Café zieht! Greifen Sie zu, solange das Angebot steht, dann wird alles gut, meine Liebe.« Er klang wie der Wolf, der Kreide gefressen hatte. »Zehntausend für einen kleinen roten Flitzer, fünfzigtausend für den Start Ihres Cafés. Zusammen sechzigtausend. Ein hübsches Sümmchen.«

Aber was, wenn etwas schiefging? Die Zellen in einem wirklichen Gefängnis waren sicher nicht so hübsch bemalt wie die im Karzer. Und es gab bestimmt auch keine zwei Flaschen Bier am Tag.

»Wir können beide nur voneinander profitieren. Eine Win-win-Situation. Das heißt, dass wir beide gewinnen«, erklärte Ranietzky. »Es gibt nur Gewinner. Keiner verliert.«

»Ich weiß, was eine Win-win-Situation ist.«

»Natürlich wissen Sie das, natürlich. Ich sehe es schon vor mir, ein Schild auf dem steht ›Café Böckle‹. Alles ist machbar. Aber man muss auch das Geld dafür haben. Wer nicht zugreift, der verliert. So ist das im Leben, meine Liebe.«

Meine Liebe, meine Liebe. Ich war nicht *seine Liebe.*

»Für Sie liegt ein Goldbarren auf der Straße. Wer wäre denn

so dumm, ihn nicht aufzuheben? Trauen Sie sich! Greifen Sie zu! Sie sind doch eine aufgeweckte Frau. Jemand, der weiß, wo es im Leben langgehen soll.«

Ranietzky redete mit mir, als wäre ich eine Kuh, die er mit einem Büschel Gras in den Schlachthof locken könnte. Nachdem er mich eben noch beschimpft hatte, schmierte er mir nun Honig ums Maul. Ich hörte ihn weiter- und weiterreden, mit seiner widerlich säuselnden Stimme. *Meine Liebe, meine Liebe, meine Liebe.*

Impulsiv zu sein hat auch eine gute Seite. Manche Entscheidungen treffen sich ganz von allein, ohne dass der Kopf großartig dazwischenfunkt. Vielleicht lag es daran, dass Ranietzky mir mit seiner falschen Art so zuwider war. Vielleicht war es auch der letzte Rest Anstand, den ich noch besaß. Trotz Scheckkartenbetrugs, unterschlagener Handtaschen und Lügen seit dem Kindergartenalter. Aber das würde ich nicht tun. Dann hätte ich endgültig die Seite gewechselt. Ich würde mich nicht am Tod anderer bereichern wie ein Leichenfledderer. Das, was ich getan hatte, war schon schlimm genug.

»Ich habe nichts zu verkaufen.«

Ich hörte Ranietzky mühsam unterdrückt schnauben.

»Seien Sie doch nicht so dumm. Das Glück ist Ihnen doch direkt vor die Füße gefallen. Was wollen Sie noch mehr? Verkaufen Sie, Frau Böckle. An mich. Alles andere wird Ihnen nicht bekommen.«

»Lassen Sie mich in Ruhe.«

Eine Gruppe Chinesen strömte in den Hof, laut schwatzend und lachend. Der Mann, der die Gruppe anführte, blieb genau vor mir stehen.

»Here is the entrance«, brüllte er und hob einen Spazierstock mit einem gelben Band daran in die Höhe. »To the Karzer along here, please!«

Der Strom der Menschen drängte mich zur Seite, genau wie Robert, der die Treppe herunterkam und mühsam versuchte, sich gegen die anstürmenden Massen aus dem Türeingang zu kämpfen.

»Hallo?«, erklang Ranietzkys Stimme aus dem Handy. »Hallo?«

Ich drückte das Gespräch einfach weg. Ende. Aus.

»Uff«, sagte Robert, als er endlich zu mir durchgekommen

war. »Das muss ungefähr die Hälfte der drei Millionen Touristen sein, die uns jedes Jahr besuchen. Sollen wir weitergehen?«

Wir verließen den Hof, ich lief schweigend neben ihm her. Was hatte Ranietzky da eben gesagt? »Das Glück ist Ihnen doch direkt vor die Füße gefallen.« Frau Köllns Handtasche war mir direkt vor die Füße gefallen. Wusste Ranietzky etwa, dass ich die Tasche am Bahnhof aufgehoben hatte? Aber dann hätte er am Bahnhof gewesen sein müssen. Oder er hatte es von jemand anderem. Von dem Mann mit den Wolfsaugen? Ranietzky hatte mich im Taxi nach Hause gebracht. Er kannte meine Adresse. In derselben Nacht hatte der Wolfsmann versucht, in der Pension einzubrechen.

Nur wenige Meter und wir waren an einem großen Platz angekommen.

»Das ist der Universitätsplatz«, erklärte Robert. »Linker Hand sehen Sie die Alte Universität. Dort hat bis heute noch der Rektor seine Zimmer. Auf diesem Platz stand früher einmal ein Kloster der Augustiner. Martin Luther hat es besucht, um seine Thesen hier zu vertreten. Kommen Sie, auf dem Platz treffen wir einen alten Bekannten wieder.«

Er ging zu einem Brunnen, der nicht weit entfernt stand. Auf einer hohen Säule aus rotem Sandstein saß ein Löwe mit einer Krone auf der Mähne, einem Zepter in der einen und einem Schwert in der anderen Pranke.

»Da ist er wieder: unser Kurpfälzer Löwe.«

Robert zeigte hierhin und dorthin, erzählte etwas von den mehreren Millionen Büchern der Universitätsbibliothek und einem weltweit einmaligen Digitalisierungsprojekt. Ich nickte in regelmäßigen Abständen, um ihm das Gefühl zu geben, dass ich zuhörte.

Über mir thronte der kraftstrotzende Löwe mit herausgestreckter Zunge, der aussah, als könnte er es mit allem und jedem aufnehmen. Es war, als würde er mir den Rücken stärken. *Gut gemacht, Mila. Lass die Finger von solchen miesen Geschäften.* Leider hatte er auch etwas zu meckern. *Aber wäre es nicht doch klüger gewesen, Herrn Ranietzky noch eine Weile hinzuhalten? Er weiß, wo du wohnst. Was machst du denn, wenn er gleich in deinem Zimmer sitzt, wenn du zurückkommst? Mir würde nichts passieren, ich habe ein paar ordentliche Pranken. Aber du?*

»Wollen wir?«, fragte Robert. »Das ist nicht weit. Es gibt verschiedene Sorten. Da werden wir schon etwas Passendes für Sie finden.«

Die Schlinge um meinen Hals zog sich immer mehr zu. Der Mann mit den Wolfsaugen. Ranietzky, der mir Übles prophezeite. Ich konnte nicht länger warten, ich musste aus Heidelberg verschwinden. Heute noch. Frau Mooser würde leider auf meine weitere Anwesenheit verzichten müssen. Am besten, ich fuhr vom Bahnhof aus direkt nach Frankfurt zum Flughafen. Es ging nicht mehr um Neuseeland oder um ein Café. Es ging nur noch darum, heil aus dieser Stadt herauszukommen.

Wie in Trance folgte ich Robert die Hauptstraße entlang, bis wir an einer Bäckerei mit einem offenen Ladenbereich zur Straße hin stehen blieben.

»Möchten Sie eine helle oder eine dunkle?«, wollte Robert wissen.

»Was denn?«

»Die Seele für Sie. Hell oder dunkel?«

Ich verstand kein Wort. War das hier eine Art Ablasshandel? Und das, wo Luther ganz in der Nähe dagegen gewettert hatte?

»Ich würde Ihnen erst einmal die klassische Variante empfehlen.«

Sie lagen hinter der gläsernen Theke: Seelen mit Oliven und Käse oder die »Allgäuer Variante«, wie das Schildchen darunter verriet, mit Kümmel und Salz. Knusprige, platt gedrückte Baguettes. Nur viel kleiner, nicht einmal halb so groß.

»Die haben wir von den Schwaben übernommen. Früher wurden sie nur an Allerseelen gebacken, als eine Opfergabe für die Toten. Daher wohl auch der Name.« Robert reichte mir meine frische Seele, eingepackt in eine Tüte. »Böse Zungen behaupten, diese Allerseelengaben wären einmal so groß wie ein normales Brot gewesen. Dass sie heute aussehen wie ein lang gezogenes Brötchen, hätte man der schwäbischen Sparsamkeit zu verdanken.«

Durch das Papier konnte ich das feste Gebäck fühlen. Meine neue Seele. Ich würde sie verwahren bis in alle Ewigkeit. Und wenn ich irgendwann einmal, vielleicht doch in Neuseeland, in meiner Küche saß und eines meiner Enkelkinder mich fragte, warum ich diesen alten harten Brotknochen nicht endlich wegwarf, dann würde ich alles erzählen. Von der ermordeten Frau Kölln und von der Versuchung, der ich widerstanden hatte, sodass ich mir eine neue Seele verdient hatte, eine helle mit nur wenigen dunklen Kümmelkrümeln darauf.

»Ich möchte jetzt zum Bahnhof fahren.«

»Was halten Sie davon, wenn wir erst noch einen Kaffee zusammen trinken? So viel Zeit haben wir noch.«

»Eigentlich möchte ich lieber zum Bahnhof.«

»Nur ein paar Meter weiter ist ein Café, das es schon seit über hundertfünfzig Jahren gibt. Wir haben einige solcher alten Cafés. Wenn wir schon hier sind, sollten Sie sich zumindest eines mal ansehen. Vielleicht bekommen Sie ein paar Ideen für Ihr eigenes Café.«

Mein Café? Was wusste der von meinem Café?

»Woher wissen Sie das?«

»Was denn?«

»Dass ich ein Café aufmachen will. Woher wissen Sie das?«

Als ich mit Ranietzky telefoniert hatte, war Robert noch im Karzer gewesen. Von dem Gespräch konnte er unmöglich etwas mitbekommen haben.

»Aber davon haben Sie doch selbst gesprochen.« Auf Roberts Stirn tauchten einige kleine Querfalten auf, als dächte er nach. »Als wir eben zum Karzer gingen.«

Hatte ich das? Hatte ich das wirklich? Ich konnte mich nicht erinnern. Ich erzählte viel, wenn der Tag lang war. Manchmal zu viel, um alles zu behalten. Vor allem, wenn ich aufgeregt oder nervös war, mein Dauerzustand seit meiner Ankunft in Heidelberg. Vielleicht hatte ich darüber gesprochen.

»Wenn ich darf, lade ich Sie ein.«

Roberts Lächeln ließ keinen Zweifel daran, dass er sich freuen würde, wenn ich sein Angebot annahm. Was sollte er auch mit dieser Geschichte zu tun haben? Ich hatte ihn doch selbst gebucht.

»Danach fahren wir auch gleich zum Bahnhof«, versprach er.

»Also gut. Aber nur ein ganz kurzer Abstecher.«

Noch eine halbe Stunde mit meinem schönen Stadtführer, bevor ich die Stadt verließ. Ein Abschiedstrunk in einem Heidelberger Traditionscafé. Wenigstens das.

»Können wir ein Foto machen? Eins von uns beiden? Für meine Tante?«

Ich musste Tante Flo mitteilen, dass ich das Land verlassen würde. Einfach so wegzugehen, das konnte ich ihr nicht antun. Nach den Filmen, die sie sich den ganzen Tag über ansah, würde sie glauben, Jack the Ripper hätte mich erwischt und meine Überreste im Schlossgraben verscharrt.

Ich sprach die nächste junge Frau an, die an uns vorbeikam, und bat sie, mit meinem Handy ein Foto von uns zu machen. Die Bilder waren perfekt. Robert sah darauf so saugut aus, dass Tante Flo die Spucke wegbleiben würde.

»Ich schick das nur eben weg.«

Es gab eine App, mit der ich Fotos von meinem Handy aus gleich als Postkarte versenden konnte, mit einem kurzen Text dazu. »Liebe Flo, habe mich verliebt«, schrieb ich. »Er kommt aus Neuseeland. Gehe mit ihm dorthin. Melde mich wieder. Mila«. Jetzt noch das Foto aus dem virtuellen Album wählen. Da war es schon. Robert und ich in der belebten Heidelberger Fußgängerzone. Im Hintergrund waren einige Passanten zu sehen. Ich stutzte, fuhr mit den Fingern über das Display und vergrößerte den Ausschnitt so weit es ging. Wieder ein Gesicht, das ich glaubte, schon gesehen zu haben. Auf dem Bild war es kaum zu erkennen. Aber diesmal war es ein Gesicht, das mir ausnahmsweise einmal keine Angst machte.

»Gibt es da etwas Besonderes zu sehen?«, fragte Robert, der sich über meine Schulter beugte. »Außer uns beiden?«

»Nein. Ich dachte nur, ich hätte jemand Bekanntes auf dem Bild entdeckt.«

»Jemanden aus Heidelberg?«, wollte Robert wissen.

»Ich habe mich bestimmt getäuscht.«

Das wäre ein zu großer Zufall. Das konnte nicht sein. Trotzdem schaute ich mich um, nur um festzustellen, dass ich keine Menschenseele kannte.

»Kommen Sie. Das ›Schafheutle‹ ist gleich da hinten.«

Das Café lag wirklich nur ein paar Meter entfernt. Wir betraten es über einen Verkaufsraum, in dem es verführerisch nach Schokolade roch. Gleich strebte Robert in den hinteren Teil, in dem ein Wintergarten lag und durch dessen Glasfront man auf eine Rasenfläche schaute, umgeben von Rabatten mit Sommerblumen in allen Farben. Wir fanden einen freien Platz mit Blick ins Grüne, ich hängte meine Jacke über die Stuhllehne und schob den Rucksack unter den Tisch, zwischen meine Füße.

Ich hatte gar keine Chance mehr, mich wegen Ranietzky oder dem Wolfsmann zu ängstigen, denn Robert fragte mir Löcher in den Bauch. Wann ich angekommen wäre, wann ich wieder abreisen würde, wie meine Tante hieß und ob ich wirklich außer meinem Mitbewohner und diesem Professor noch niemanden kennengelernt hätte, wo doch die Kurpfälzer so offene und freundliche Menschen wären.

»Auch wenn sich der Dialekt nicht unbedingt danach anhört«, sagte er entschuldigend.

Als sein Handy klingelte, nutzte ich die Gelegenheit, um die Toilette zu suchen. Gegenüber der Garderobe fand ich, verborgen hinter einer hüfthohen Mauer, eine Treppe, über der ein großes Messingschild aus vergangenen Zeiten den Weg wies: »Toiletten – Telefon – Zigaretten«.

Die Treppe führte in die Tiefe und beschrieb am Ende eine Biegung. Dahinter lag ein kleiner Flur, in dem ein Tischchen mit Plastikorchidee und Lehnstuhl verriet, dass hier jemand nach dem Rechten sah, auch wenn der Platz im Moment verwaist war. Einige Münzen in einem Glasaschenbecher erinnerten daran, dass ein kleiner Obolus eine nette Anerkennung für Sauberkeit und genügend Toilettenpapier war.

Aber meine Geldbörse war im Rucksack. Und der Rucksack mitsamt Frau Köllns Tasche darin stand oben unter dem Tisch! Wie konnte ich nur so unvorsichtig sein? Ich drehte mich um, hastete die ersten Stufen hoch und prallte fast mit einem Mann zusammen.

»Entschuldigung«, stieß ich erschrocken aus und wollte mich vorbeidrängen. Doch mein Gegenüber hielt mich fest.

»Endlich!«, flüsterte er. »Endlich habe ich Sie gefunden.«

14

Allein am Blau seiner Augen hätte ich meinen Sitznachbarn aus dem Zug überall wiedererkannt. Augen, die für mich auf immer mit dem Bericht über Neuseeland, Freiheit und einem Neuanfang verbunden sein würden. Es war also kein Irrtum, als ich eben geglaubt hatte, ihn auf dem Foto zu erkennen.

»Hallo, das ist aber ein Zufall«, sagte ich und versuchte, mich aus seinem Griff zu winden.

»Zufall?« Er stemmte den anderen Arm gegen die Wand, wie eine Schranke, die mich daran hindern sollte, an ihm vorbeizulaufen. »Das ist kein Zufall!«, sagte er leise. »Ich habe Sie überall gesucht.«

»Lassen Sie mich vorbei!«

»Sagen Sie mir die Namen! Wer hat Carolina Kölln umgebracht? Wer war es? Ich will die Namen wissen!«

Mit gehetztem Blick schaute er die Treppe hoch, wo jede Minute ein Gast auftauchen konnte.

»Sie wissen, wer es war! Sie sind eine von ihnen! Sie haben ihre Tasche mitgenommen. Ich habe Sie am Bahnhof gesehen. Ich habe gesehen, wie Sie mit der Tasche abgehauen sind! Los, sagen Sie mir die Namen!«

Ich hätte nur schreien müssen, dann wäre wahrscheinlich das ganze Café zusammengelaufen. Doch ich war so erschrocken, dass ich mich von ihm an die Wand drängen ließ.

»Ich habe mit ihrem Tod nichts zu tun. Ich habe nur die Tasche aufgehoben und wollte sie bei der Polizei abgeben, aber man hat mich beschimpft. Deshalb habe ich sie mitgenommen.« Ich hatte den Eindruck, um mein Leben reden zu müssen. »Ich kannte Frau Kölln nicht. Ich wusste nicht einmal, wer sie war. Ich bin da einfach reingeraten. Das war ein Zufall. Nur ein dummer Zufall.«

Er zögerte, dann endlich ließ er meinen Arm los, stand aber immer noch so nah vor mir, dass ich nicht einfach weglaufen konnte.

»Ich habe gesehen, wie Sie mit der Tasche zu dem Polizisten gegangen sind. Ich habe mich die ganze Zeit gefragt, was das sollte.« Er wich ein wenig zurück. »Ich weiß nicht mehr, wer in diesem Scheiß-Spiel gut oder böse ist. Vielleicht tue ich Ihnen unrecht. Oder Sie lügen.«

»Ich lüge nicht. Ich schwör's.«

Sein zweifelnder Blick suchte in meinem Gesicht nach der Wahrheit.

»Wie dumm müsste ich denn sein, um mit Frau Köllns Tasche unter dem Arm zum erstbesten Polizisten zu gehen, wenn ich etwas mit ihrem Tod zu tun hätte? Ich bin doch nicht völlig dämlich. Ich bin zu dem Polizisten hin, weil ich die Tasche abgeben wollte. Ich weiß nichts über diesen Mord, gar nichts.«

»Haben Sie die Tasche noch? Haben Sie den Stick?«

»Was für einen Stick denn?«

Die Wut verschwand aus seinem Gesicht. Mit einer erschöpft wirkenden Geste fuhr er sich durch die Haare.

»Wissen Sie eigentlich, in welcher Gefahr Sie sind, wenn Sie die Tasche noch haben?«

Das wusste ich leider nur zu gut.

»Wenn Sie die Tasche haben, gibt es noch eine Chance auf Gerechtigkeit. Helfen Sie mir, dann helfe ich Ihnen!«

Er schaute hoch zur Treppe. Seine Stimme wurde noch ein wenig leiser.

»Allein können Sie denen nicht entkommen. Die werden Sie töten. Sie werden Ihnen die Tasche abjagen, und danach werden sie Sie umbringen wie Carolina Kölln. Wer ist der Typ, mit dem Sie durch die Stadt laufen? Kennen Sie den? Sind Sie sicher, dass er nicht …«

Eine alte Dame erschien oben an der Treppe und suchte offensichtlich nach Zeitungen, die dort wie in einem Weinregal in Röhren in der Wand steckten. Sie zog eine heraus, schaute sich das Titelblatt an, schob sie wieder zurück und zog die nächste heraus.

Sie hatte uns bemerkt und wohl auch, dass irgendetwas nicht stimmte. Vielleicht, weil sie mein verängstigtes Gesicht gesehen hatte.

»Ist alles in Ordnung, junge Frau?«

»Ja, ja.« Ich bemühte mich um ein Lächeln. »Danke.«

Doch ihre Frage reichte, um mich zu befreien.

»Also dann, noch eine schöne Zeit in Heidelberg«, sagte mein Zugnachbar und verschwand in Richtung Toiletten.

Ich stieg die Stufen hoch, nickte der Frau im Vorbeigehen zu und ging zurück zu Robert. Der stand über den Tisch gebeugt und nestelte an meiner Jacke herum. Als er mich sah, machte er ein Gesicht, als hätte ich ihn bei irgendetwas erwischt.

»Ihre Brosche war lose«, erklärte er entschuldigend. »Unser Wahrzeichen dürfen Sie auf keinen Fall verlieren. Das bringt Unglück.«

Ich war froh, mich setzen zu können. Was würde dieser Mann jetzt tun? Zur Polizei gehen? Aber das hätte er schon vor Tagen machen können. Wenn er denen eine Personenbeschreibung von mir gegeben hätte, säße ich längst hinter Gittern.

Gott sei Dank stand mein Rucksack noch genau so da, wie ich ihn abgestellt hatte. Trotzdem nahm ich ihn auf den Schoß, zog den Reißverschluss auf und tat, als suchte ich etwas. Da war der Pulli. Darunter konnte ich das weiche Leder der Tasche fühlen. Ein Stein fiel mir vom Herzen.

»Haben Sie vielleicht ein Taschentuch?«, fragte ich.

»Wenn Sie möchten, können Sie auch ein Pflaster bekommen.« Robert holte ein Päckchen Taschentücher aus seiner Jacke. »Als Stadtführer habe ich immer ein Notfallset dabei. Für laufende Nasen, gegen Blasen an den Füßen, und wenn es regnet, helfe ich gern auch mit einer Plastikhaube aus.«

Von meinem Platz aus konnte ich die Brüstung sehen, hinter der sich der Treppenabgang zu den Toiletten verbarg. Ein dunkler Haarschopf tauchte auf. Ohne auch nur einmal in meine Richtung zu schauen, ging der Mann, der mich eben noch bedrängt hatte, zu einem Tisch in der Nähe der Garderobe und setzte sich.

»Mein nächster Termin hat gerade abgesagt«, erklärte Robert. »Ich habe also jede Menge Zeit. Wenn wir unsere Führung ein wenig ausdehnen, natürlich kostenfrei für Sie, ersparen Sie mir, allein zu Hause zu sitzen. Wir könnten noch zum Schloss hochfahren, und ich zeige Ihnen unser Riesenfass. Da passen über zweihunderttausend Liter rein. Unvorstellbar, was?«

Was für einen Stick sollte ich haben? Ein Stick, das konnte doch nur ein USB-Stick sein. Was sonst?

»Im Moment wohnt darin ein Student. Er hat sich aber schon bei der Stadt beschwert, weil es im Fass so laut ist, wegen der ganzen Touristen, die zur Besichtigung kommen.«

Ob er glaubte, Frau Kölln hätte ihre Unterlagen auf einem Stick gespeichert? Hatte er deshalb danach gefragt?

»... spielt auch eine Blaskapelle drin. Und im Sommer füllen wir es mit Wasser auf und veranstalten darin die Schloss-Wasserspiele. Mit nackten Badenixen. Letztes Jahr war da gerade Barack Obama hier, und ich musste ihm meine Badehose leihen, damit er mitmachen konnte.«

Robert lehnte sich zurück und verschränkte die Arme.

»Sie hören mir überhaupt nicht zu. Kein Wort haben Sie mitbekommen, oder?«

»Doch, sicher. Sie haben von Ihrer Badehose erzählt.«

»Stimmt, das war das Wichtigste von allem. Ich habe eine sehr schöne Badehose, schwarz mit blauen Streifen.«

Er hörte sich ziemlich beleidigt an.

»Tut mir leid. Ich war in Gedanken.«

»Was gibt es denn, das Sie so nachdenklich macht?«

Eine Handtasche, die mir nicht gehörte. Einen Mord.

Wie lange hatte mich ein Mann nicht mehr so angesehen, wie es Robert gerade tat? So, als läge ich ihm wirklich am Herzen? Jens schon ewig nicht mehr. Schon lange, bevor Sarah in unserem Bett gelegen hatte.

»Irgendetwas bedrückt Sie doch, Mila. Ständig denken Sie an etwas anderes. Und die Kaffeetasse in Ihrer Hand zittert, als wären wir in Sibirien. Was ist los?«

Ich sah aus den Augenwinkeln, wie meine Zugbekanntschaft wieder aufstand und sich die Jacke zuknöpfte. Dann ging er. Robert drehte sich um und verfolgte meinen Blick.

»Kennen Sie den?«

»Nein«, sagte ich.

Nun war er fort, und ich wusste nicht einmal seinen Namen.

»Also, was ist los? Haben Sie Kummer?«

»Ich denke nur manchmal an meine Tante. Ihr ging es nicht gut, als ich weggefahren bin.«

»Das tut mir leid. Was hat sie denn?«

»Ich glaube, es ist das Herz.«

»Wir haben ausgezeichnete Herzspezialisten in Heidelberg.«

»Bestimmt.« Ich hob die Kaffeetasse an. Meine Hand zitterte tatsächlich.

»Oder ist es vielleicht Ihr Herz, dem es nicht gut geht? Noch Liebeskummer wegen dem Ex?«

»Manchmal.«

»Ja, wir Männer können angeblich richtige Scheusale sein. Was hat er Ihnen angetan? Ständig wegen der Socken genörgelt oder Schlimmeres?«

Vielleicht hätte ich mir alles von der Seele geredet und mich von Robert trösten lassen. Hätte ich nicht gerade mit jemandem gesprochen, der mir versichert hatte, dass man versuchen würde, mich zu töten. *Wer ist der Typ, mit dem Sie durch die Stadt laufen?* War Robert nicht extrem neugierig für einen Stadtführer?

Die Serviererin trat an den Tisch, mit einem Cellophantütchen, in dem eine einzelne Praline war.

»Das soll ich Ihnen geben. Von einem Herrn. Mit schönen Grüßen.«

Sie stellte es neben meine Kaffeetasse auf den Tisch. Erst jetzt sah ich, dass nicht nur eine Praline darin war, sondern auch ein Zettel.

»Sieht aus, als hätten Sie einen Verehrer«, bemerkte Robert. »War das eben doch ein Bekannter?«

Ich schüttelte den Kopf.

»Wollen Sie es nicht aufmachen? Da steckt noch ein Gruß oder so etwas drin.«

Ich starrte auf das Tütchen.

»Das wäre ja noch schöner, dass Sie jemand anbaggert, während ich mit Ihnen am Tisch sitze. Ich schlage vor, ich mache es auf, esse die Praline, und die kleine Botschaft werfen wir weg, falls es etwas Nettes ist.«

Schon streckte Robert die Hand aus, doch ich war schneller.

»Ich mach das schon.«

Aus dem Tütchen stieg der gleiche Schokoladenduft, der den Verkaufsraum im Eingangsbereich füllte. Es war kein Zettel darin, es war der Teil einer kleinen Papierserviette.

Ich faltete sie auseinander und hielt sie unter die Tischkante, sodass Robert nicht sehen konnte, was darauf stand. Es waren nur drei Zeilen, in einer eilig dahinfliegenden Schrift:

»14.00, Krypta der Jesuitenkirche.
Helfen Sie mir, dann helfe ich Ihnen!
Leon«

»Und?«

Roberts Hals schien mehrere Zentimeter länger geworden zu sein. Schnell ließ ich die Nachricht in meiner Hosentasche verschwinden.

»Er schreibt, ich hätte ihm gefallen.«

»Nur das? Will er Sie nicht wiedersehen?«

»Anscheinend nicht.«

»Hat er wenigstens seine Telefonnummer dazugeschrieben?«

»Nein, keine Telefonnummer und auch keine Adresse.«

»Lassen Sie mich mal sehen. Ich habe einen Kurs in Graphologie belegt, ich kann Ihnen sagen, was Sie von diesem Kerl zu halten haben. Ob er ein verkappter Prinz ist oder ein Serienkiller, der in Cafés Jagd auf hübsche Frauen macht. Das sieht man an den Überlängen. Wenn Sie mir den Zettel zeigen, dann erkläre ich es Ihnen.«

Ich hielt Robert die Praline hin. »Wollen Sie die jetzt essen?«

»Wenn ich die Botschaft vom Serienkiller nicht sehen darf, will ich auch keine Praline. Was machen wir zwei Hübschen jetzt? Auf zum Bahnhof und zur größten Pferdeskulptur der Welt? Kommt gleich nach dem Trojanischen Pferd. Unseres hat allerdings keine kampflustigen Griechen im Bauch.«

Ich konnte mit diesem Mann nicht mehr durch die Stadt laufen. Es war wie bei einem Kippbild, bei dem die hübsche Frau mit dem Federhut sich in eine hässliche Alte mit einer dicken Warze auf der Nase verwandelt, wenn man einen anderen Punkt fixiert. Der nette Stadtführer, der, wenn das Bild kippt, zu einem der Wölfe wird? Hatte ich mit ihm wirklich über mein Café gesprochen? Wenn ich es Robert nicht selbst erzählt hatte, gab es nur eine Möglichkeit, woher er davon wissen konnte: Ranietzky.

Auf keinen Fall konnte ich mit Robert zum Bahnhof fahren und am besten noch die Tasche vor seinen Augen einschließen. Nie und nimmer.

»Weshalb sehen Sie mich so an?«, fragte Robert.

»Wie denn?«

»Als wäre ich das Kettenkalb persönlich.«

Ich hatte ihn nicht selbst angerufen. Robert hatte mich angerufen, nachdem ich mich mit meinem Handy bei der Agentur gemeldet hatte, die Stadtführungen vermittelte. Ranietzky hatte mein Handy in seinen Fingern gehabt, als es im Taxi verloren gegangen war. Konnte er es manipuliert haben? Heute war alles möglich, man musste sich nur gut genug auskennen. Eltern, die ihre Kinder jederzeit orten konnten, eifersüchtige Partner, die Gespräche mithörten und die SMS lasen, ohne dass der andere etwas davon mitbekam.

»Ich musste nur daran denken, dass meine Tante glaubt, jeder Heidelberger Stadtführer sei in Wirklichkeit etwas anderes«, sagte ich. »Ein verkappter Doktor. Oder ein Krimineller.«

Da waren sie wieder, die Querfalten auf Roberts Stirn.

»Also gut.« Seine Stimme wurde ernst. »Sie haben es herausgefunden. Ich wusste, dass es nicht funktionieren würde. Ich bin einfach ein miserabler Schauspieler.«

»Wer sind Sie wirklich?«

Am liebsten hätte ich mir auf die Zunge gebissen. Wie konnte ich nur! Wenn ich ihn entlarvte, was würde mir dann blühen?

»Was glauben Sie denn, wer ich bin?«

»Keine Ahnung.«

Robert beugte sich zu mir, wie es jemand tut, der ein Geheimnis anzuvertrauen hat.

»Aber sagen Sie es nicht weiter.« Sein Gesicht war ganz nah an meinem. »Ich bin ein verzauberter Prinz. Mir gehört das Schloss mitsamt dem Riesenfass. Und um herauszufinden, ob das stimmt, müssen Sie mich wahrscheinlich irgendwann einmal küssen.«

Ich wich zurück, senkte den Blick. Doch er hatte die Angst in meinen Augen schon gesehen.

»Tut mir leid«, sagte er. »Tut mir wirklich leid. Ich wollte Sie nicht erschrecken, das war ein dummer Witz. Sie müssen mich auch nicht küssen.«

»Schon gut, schon gut. Lassen Sie uns lieber aufbrechen.«

Auf dem Weg hinaus entschuldigte Robert sich mindestens noch dreimal. Als wir in der Fußgängerzone standen, hatte ich mich wieder einigermaßen unter Kontrolle.

»Oh, da ist ja der Laden!«, sagte ich und zeigte auf das nächste Bekleidungsgeschäft. »Hier bin ich vor ein paar Tagen schon einmal vorbeigekommen. Die haben etwas, das muss ich unbedingt noch anprobieren.«

Robert folgte mir in den Laden. Scheinbar zielsicher strebte ich auf einen der Kleiderständer zu.

»Die hier. Genau die war es.«

Ich nahm eine der Blusen und ging damit durch den lang gestreckten Verkaufsraum zu den Umkleidekabinen. Als ich den grauen Vorhang hinter mir zuzog, hätte ich am liebsten losgeheult. Warum musste immer alles so kompliziert sein? Konnte ich nicht einfach nach Heidelberg kommen und mich in einen Stadtführer verlieben wie Lilo Pulver, und das war es?

»Haben Sie sie schon an?«, rief Robert von der anderen Seite des Vorhangs. »Lassen Sie mal sehen!«

»Nein, die passt nicht. Ganz unmöglich.«

Ich zog den Vorhang ein paar Zentimeter auf und hielt ihm die Bluse hin.

»Würden Sie die Verkäuferin fragen, ob es die in Hellblau gibt? Und eine Nummer größer?«

Als er verschwand, holte ich mein Handy hervor und wählte die Nummer von Rosels Pension. Ich spähte durch den Spalt im Kabinenvorhang. Robert sprach mit einer der Verkäuferinnen.

»Hallo?«, hörte ich Hugos Stimme.

»Ich bin es, Mila. Ist jemand da?«

»Ja, stell dir vor. Ich bin da, oder denkst du, du redest gerade mit einem Gespenst?«

»Sonst noch jemand?«

»Nein, warum, erwartest du Besuch? Oder wirst du mal wieder verfolgt?«

»Lass niemanden rein, hörst du? Auch keinen älteren, seriös aussehenden Herren. Egal, was man dir erzählt. Niemanden!«

»Ja, ja, ich weiß.« Hugo klang ziemlich genervt. »Am besten nageln wir die Tür zu.«

Ich lugte durch den Spalt am Vorhang. Robert kam zurück.

»Du musst mir einen Gefallen tun. Ruf bei dieser Agentur an.« Hastig flüsterte ich den Namen ins Telefon. »Frag, ob die einen Stadtführer haben, der Robert heißt. Und wenn nicht, schick mir eine SMS, schreib einfach nur ›Niete‹ oder so was. Auf keinen Fall mehr, hast du verstanden?«

»Aber …«

»Bitte, Hugo, es ist wichtig.«

Eine Hand schob sich durch den Vorhangschlitz. Vor Schreck fuhr ich zusammen. Robert stand auf der anderen Seite.

»Hier, in Hellblau.« Er reichte mir die Bluse in die Kabine. »Und eine Nummer größer.«

»Es tut mir so leid«, sagte ich laut. »Wie schrecklich.«

»Was ist denn jetzt los?«, fragte Hugo.

»Ja, natürlich komm ich sofort zurück. Bis gleich.«

Ich beendete das Gespräch, bevor Hugo sich noch mehr wundern konnte.

»Stellen Sie sich vor«, rief ich Robert durch den Vorhang zu, »mein Mitbewohner hat gerade angerufen. Seine Tante ist an der Hüfte operiert worden, und es gab Komplikationen. Es steht auf Messers Schneide, hat man ihm gesagt. Er ist völlig fertig. Er hat sogar am Telefon geweint. Ich muss sofort zurück.«

Ich raschelte und tat so, als würde ich mich wieder anziehen, dann schob ich den Vorhang auf. Robert stand da, mit einem Ausdruck im Gesicht wie die Bauern am Stammtisch, wenn der Milchpreis mal wieder ins Bodenlose gefallen war.

»Das ist aber schade«, sagte er. »Sehr schade.«

»Ja, tut mir auch leid. Ich muss jetzt los.«

»Ich begleite Sie noch. Ich gehe sowieso in die Richtung.«

Robert plauderte, als wäre er die Harmlosigkeit in Person, erzählte mir vom Heidelberger Tanztheater, vom Philosophenweg, dem schönsten Spazierweg Deutschlands, und von Handschuhsheim, dem größten Stadtteil, in dem es eine Burg mitten im Ort und einen grandiosen Posaunenchor gab. Ganz so, als wäre er begeistert von seiner Stadt. So, wie man sich einen Stadtführer vorstellte.

Wir kamen wieder am Universitätsplatz vorbei und an der Gasse mit dem Studentengefängnis.

»Jetzt werden Sie nie erfahren, warum das Pferd am Bahnhof nur drei Beine hat«, sagte er, und es hörte sich an, als hätte ich die Chance auf einen Sechser im Lotto verpasst.

»Erzählen Sie es mir doch jetzt.«

»Nein, das geht nicht. Das muss man sich schon dabei anschauen. Aber wir könnten unsere Tour morgen fortsetzen, da habe ich noch keine Termine. Dann verrate ich es Ihnen. Was halten Sie davon?«

»Wir fahren sicher zu Hugos Tante. Er wird in den nächsten Tagen bei ihr sein wollen.«

Wir waren in die Gasse eingebogen, in der Rosels Pension lag. Robert bestand darauf, dass ich nur die Hälfte des vereinbarten Preises bezahlte, weil unsere Tour ja eigentlich noch nicht zu Ende war.

»Ich habe noch etwas für Sie«, sagte er. »Aber nicht wieder erschrecken.«

Aus seiner Jackentasche zog er einen roten Taler hervor.

»Es ist ein Kuss. Einer, bei dem man sich nicht berührt«, fügte er schnell hinzu. »Ich hoffe, er ist nicht geschmolzen.«

Auf der Banderole war ein Scherenschnitt zu sehen: ein Mädchen und ein Junge, die sich küssten. Der junge Mann mit Kappe sah genauso aus wie die Schattenrisse im Karzer.

»Der Heidelberger Studentenkuss. Der ist schon über hundertfünfzig Jahre alt, ich meine natürlich das Rezept, nicht die Praline. Nougat in Zartbitterschokolade. Das haben die Studenten früher den Mädchen zukommen lassen, an die sie wegen der Anstandsdame nicht näher rankamen.«

»Danke, das ist nett von Ihnen.«

Ein Pärchen schlenderte Hand in Hand vorbei, so verliebt, dass es niemanden um sich herum zu bemerken schien. Über uns schwebten kleine Schäfchenwolken am blauen Himmel, und ein warmer sanfter Spätsommerwind wehte durch die Gasse.

»Auf Wiedersehen, Robert.«

»Das wäre schön«, sagte er.

Zum Abschied drehte er sich noch einmal kurz um und hob die Hand, dann verschwand mein schöner Stadtführer im Getümmel.

Ich suchte mal wieder nach dem Hausschlüssel. Noch bevor ich ihn gefunden hatte, piepste mein Handy.

»Niete« stand auf dem Display.

15

»Da bist du ja«, sagte Hugo, als ich die Tür aufschloss. »Was ist denn los? Was soll diese Geheimnistuerei von wegen ›Niete‹?«

Ich konnte ihn nicht einweihen. Hugo würde schnurstracks zur Polizei rennen.

»Da steckt meine Tante hinter. Ich glaube, dieser Stadtführer war gar kein Stadtführer, sondern von so einer Begleitagentur für einsame Frauen.«

»Deine Tante schickt dir einen Callboy?«, fragte Hugo fassungslos.

Ich ließ ihn im Flur stehen und lief hoch in meine Dachkammer. Hoffentlich würden er und Tante Flo sich nie im Leben begegnen. Rasch schloss ich hinter mir ab, bevor Hugo in der Tür stand, um mit mir über die zweifelhafte Moral meiner Verwandtschaft zu diskutieren.

Was war ich nur für eine Idiotin! Was wäre wohl passiert, wenn ich in dem Café nicht so schnell zum Platz zurückgekommen wäre? Rucksack ade? Ich ließ mich aufs Bett fallen. Hier in meiner Dachkammer, ohne den charmanten Stadtführer an meiner Seite, war ich mir nahezu sicher, dass ich mit ihm nicht über mein Café gesprochen hatte. Aber es musste nur einer daherkommen, der gut genug aussah und nett zu mir war, und schon glaubte ich ihm mehr als mir selbst. Wie bei Jens, als er mir ständig etwas vorgelogen hatte, warum er abends so spät nach Hause kam. Fußball mit den Kollegen, Überstunden, kein Benzin mehr.

Meine Hoffnung, unbeschadet aus Heidelberg wegzukommen, war in sich zusammengesunken wie ein Käsesoufflee im Durchzug. Es sah ganz danach aus, als hätte man mir einen falschen Stadtführer auf den Hals gehetzt. Ob Ranietzky dahintersteckte? Vorsorglich, falls ich nicht auf sein Angebot eingehen würde? Und Robert hätte mir irgendwo in einer dunklen Ecke der Stadt das Messer an die Kehle gesetzt, um herauszubekommen, wo die Tasche war. Es war nicht nur ein Wolf, der hinter mir her war.

Es war ein ganzes Rudel. Der Mann vom Bahnhof. Ranietzky. Und so wie es aussah, auch mein schöner Stadtführer.

Helfen Sie mir, dann helfe ich Ihnen! Wollte dieser Leon mir wirklich helfen? Ein Mann, den ich genauso wenig kannte wie Robert? Ich hatte im Zug neben ihm gesessen, er war mir sympathisch gewesen, das war es auch schon.

Ich holte die Serviette aus der Hosentasche. »14.00, Krypta der Jesuitenkirche.«

Was konnte ich sonst tun? Mich der Polizei stellen? Mich heulend in meinem Zimmer verkriechen und darauf warten, dass jemand kam, um mir die Tasche zu stehlen und den Hals umzudrehen? Was blieb mir noch, außer mich mit diesem Fremden zu treffen, von dem ich nicht wusste, was er eigentlich mit der ganzen Geschichte zu tun hatte?

Ich dachte so angestrengt nach, dass der dumpfe Schmerz in meinen Kopf zurückkehrte. Bis ich zu dem Schluss kam: Ich hatte keine andere Wahl. Leon, der Unbekannte aus dem Zug, war meine letzte Chance. Denn von einem war ich genauso überzeugt wie er: Sie würden mit allen Mitteln versuchen, an Frau Köllns Tasche zu kommen. Der Mann mit den Wolfsaugen, Ranietzky, Robert. Und wenn sie es geschafft hatten, dann war ich nur noch eine lästige Zeugin, die beseitigt werden musste.

Ich hätte mich ganz bestimmt in Robert verliebt, dankbar für männliche Aufmerksamkeit, Balsam für mein geschundenes liebeskrankes Herz. Leon hatte mich davor bewahrt.

Aber wenn ich mich mit ihm traf, dann bestimmt nicht mit Frau Köllns Tasche im Rucksack. So dumm, sie einfach mitzunehmen, würde ich nicht noch einmal sein. Bei meinem Versuch, sie verschwinden zu lassen, war ich keinen Schritt weitergekommen. Jetzt hatte ich eine Stadtführung gemacht, war dabei fast in mein Unglück gelaufen, aber die Tasche hatte ich immer noch. Wohin damit?

Ich grübelte und grübelte. Zum Glück erinnerte ich mich, dass ich einen guten Trick, wie man Dinge verschwinden ließ, zur Genüge von der Arbeit im Laden kannte: Man zerlegt sie in ihre Einzelteile. Natürlich konnte niemand das Bastelset mit vier Scheren und zwei Tuben Kleber bei mir an der Kasse vorbeischmuggeln, dafür war es zu groß. Aber wenn man die Sachen aus der Verpackung herausnahm und in die Hose steckte, klappte das wunderbar.

Es war keine optimale Lösung, vor allem, weil ich Angst hatte, ich könnte vergessen, was alles in Frau Köllns Handtasche gewesen war, aber in meiner Not war es die einzige, die mir einfiel.

Als ich auf Zehenspitzen zum Badezimmer schlich, saß Hugo in seinem Zimmer vor dem PC, die Tür einen Spalt offen. Ich schob das kleine Döschen mit den Süßstoffpillen in den Medikamentenschrank, hinter die Packung mit den Halsschmerztabletten, das Nageletui und den Lippenstift legte ich auf die Ablage über dem Waschbecken, natürlich auf die Seite, unter der nicht Hugos Namensschildchen klebte. Frau Köllns Kuli steckte ich zu den anderen Stiften, die unten im Flur neben Telefon und Notizblock griffbereit in einem gepunkteten Becher standen, und den Schlüsselbund hängte ich ans Schlüsselbrett, das zum Glück sowieso überquoll.

Ich würde nur das mit aus dem Haus nehmen, was mich verraten könnte, das, wodurch ein direkter Bezug zu Frau Kölln herstellbar war, wenn es gefunden wurde: ihre Visitenkarten, den Umschlag mit den Kongressunterlagen, das Adressbuch und die Geldbörse. Diese Sachen konnte ich gut in den Taschen meiner Jacke verstauen. Das Geld rollte ich zu Bündeln und stopfte es in meine Hosentaschen. Zur Beruhigung steckte ich auch noch das Pfefferspray ein.

Frau Köllns leere Handtasche hängte ich unten an die Garderobe, sodass sie unter dem Wust von Jacken und Mänteln verschwand, und nahm dort auch gleich mit, was ich noch brauchen würde.

Das Internet verriet mir, dass die Jesuitenkirche ganz in der Nähe lag. Bevor ich um Viertel vor zwei mitsamt vollgepacktem Rucksack das Haus verließ, schrieb ich Hugo einen Zettel und legte ihn auf den Küchentisch: »Bin shoppen, Mila.«

Dann öffnete ich die Haustür. Es musste sein. Ich wusste nicht, was ich sonst tun sollte. Meine letzte Chance. Meine einzige Chance. Vielleicht war es auch mein Untergang, aber eine andere Möglichkeit hatte ich nicht mehr.

Das Pfefferspray in der Jackentasche fest umklammert, schaute ich die Gasse lang. Ein Paar kam vorbei, sie zierlich und brünett, er groß, blond gelockt und breitschultrig wie Herkules. Meine Leibgarde, auch wenn sie nichts davon wussten. Ich fragte sie nach dem Weg und ging dabei neben ihnen her, so nah, dass die Frau mir einen skeptischen Blick zuwarf. Es war mir egal. Hauptsache, es sah nicht so aus, als wäre ich allein unterwegs.

Die beiden bogen oben an der Ecke in dieselbe Richtung ab, in die auch ich gehen musste. Ich lief weiter neben ihnen her, erzählte, was mir gerade einfiel, wie ein einsamer Mensch, der verzweifelt Anschluss sucht. Beim nächsten Lokal verabschiedete ich mich und verschwand auf der Toilette. Als ich nach einer Weile das Restaurant wieder verließ, trug ich Rosels Sommermantel über meiner Jacke und ein fliederfarbenes Kopftuch. Den leeren Rucksack hatte ich unter dem Waschbecken stehen lassen.

Ganz die bummelnde Touristin, sah ich hier und dort ins Schaufenster, vor allem, um zu prüfen, ob sich hinter mir in der Scheibe nicht jemand spiegelte, vor dem ich doch besser die Flucht ergreifen sollte. Inzwischen schienen noch mehr Menschen unterwegs zu sein als am Vormittag. Ich lief eine Gasse hinunter, in der ein marokkanisches Einrichtungsgeschäft und ein arabisches Restaurant einen Hauch von Orient verbreiteten, dann stand ich vor dem großen roten Sandsteinbau.

Kurz bevor es zwei Uhr wurde, zog ich das schwere hölzerne Portal der Kirche auf. In dem lichten Raum ragten weiß gestrichene Säulen in die Höhe, als hätten die Erbauer eine Verbindung bis zur Himmelspforte schaffen wollen. Ganz vorn in Altarnähe saß eine Frau in einer der Holzbänke, ein Paar stand an der Seite und betrachtete eine Figur mit goldenem Strahlenkranz um das gesenkte Haupt. Sonst war die Kirche leer.

Die Treppe, die zur Krypta hinunterführte, fand ich gleich links vom Eingang. Ich schaute hinab. Sie endete vor einer offen stehenden Gittertür. Langsam stieg ich die Stufen hinunter und gelangte in einen Raum mit einem niedrigen Gewölbe, an dessen Seitenwänden Lampen ein schummriges Licht abgaben. Eigentlich waren es zwei Räume, der, in dem ich stand, und einer, der noch dahinterlag, verbunden durch einen schmalen Übergang. Im hinteren Raum schimmerte ein riesiger Steinklotz im Dämmerlicht, ein Altar mit einigen Stühlen darum. Zu den Seiten hin weitete sich dieser Raum, sodass er den Grundriss eines Kreuzes haben musste, aber da dort nirgends Licht brannte, lagen die Nischen rechts und links des Altars in völliger Dunkelheit.

Meine Angst blies sich auf wie ein Geist aus der Flasche. Eine Krypta, das war doch eine Grabkammer? Was ließ ich mich in ein Grab locken? Ich sollte verschwinden, solange ich es noch konnte. Doch ein Flüstern aus der Dunkelheit hielt mich zurück.

»Ich bin hier hinten. Kommen Sie!« Aus der Nische neben dem Altar tauchte Leons Kopf auf. »Sind Sie allein?«

»Ja, bin ich.«

Ich ging in den zweiten Raum hinein. Leon zog mich in die Nische, runter auf schmale Holzbretter, die als Sitzgelegenheit längs der Wand befestigt waren.

»Sie sind doch allein, oder?«

»Ja, sicher.«

»Was war das für einer, mit dem Sie durch die Stadt gelaufen sind?«

»Ein Stadtführer. Zumindest dachte ich das.«

»Er hat hinter Ihrem Rücken jemandem ein Zeichen gegeben, bevor Sie in das Café gegangen sind.«

Also doch. Ich weiß nicht, warum, vielleicht weil ich so angespannt und fertig war, auf jeden Fall war ich mal wieder kurz davor, loszuheulen.

»Seitdem ich in dieser verdammten Stadt bin, werde ich verfolgt, bedroht und belogen«, brach es aus mir heraus. »Als ob mein Leben vorher nicht schon beschissen genug war.«

»Verfolgt und bedroht? Dann haben Sie die Tasche also noch?«

Ich spürte Leons warmen Körper neben mir und roch den holzigen Duft seines Aftershaves.

»Haben Sie sie noch?«

Sollte ich diesem Mann, den ich kaum kannte, vertrauen oder nicht? Aber eigentlich hatte ich mich doch schon entschieden. Sonst würde ich wohl nicht neben ihm in dieser Grabkammer sitzen. Ich wusste, ich lieferte mich ihm aus, wenn ich zugab, die

Tasche zu haben. Hier gab es kein Entrinnen für mich. Aber es gab auch keinen anderen Weg.

»Ja, ich habe sie noch.«

»Ich wusste nicht, ob Sie in den Mord an Frau Kölln verwickelt sind oder nicht. Aber ich habe die ganze Zeit gehofft, dass es nicht so ist«, flüsterte Leon. »Ich stand bei Starbucks hinter der Scheibe, als ich Sie auf der Hauptstraße gesehen habe. Im ersten Moment dachte ich, ich hätte Halluzinationen. Ich hatte nicht mehr daran geglaubt, Sie noch zu finden. Wie heißen Sie eigentlich?«

»Mila. Genauer gesagt: Milena. Böckle.«

Hätte er im Zug besser zugehört, dann wüsste er es jetzt.

»Ich bin Leonhard Hirzler«, sagte er. »Ich habe versucht, Frau Kölln zu beschützen. Deshalb bin ich ihr hinterhergereist. Ich wusste, dass sie in Gefahr ist. Aber ich hätte niemals damit gerechnet, dass man sie einfach in aller Öffentlichkeit töten würde.«

Sein Handy leuchtete in der Dunkelheit auf. Ich sah seinen Finger auf das Display tippen, dann erschien ein Foto. Ein Mann, vielleicht Anfang dreißig, mit dunklen Haaren, vor einem atemberaubenden Bergpanorama. Er lachte in die Kamera. Neben ihm Leonhard Hirzler, beide in knöchelhohen Schuhen und mit Stöcken in der Hand.

»Das hier, das war Erik Lüschke, mein bester Freund. Mein allerbester Freund. Von Kindheit an. Es ist das letzte Bild von mir und Erik. Da waren wir auf einer gemeinsamen Tour in den Dolomiten. Danach bin ich für einige Monate beruflich nach Kanada gegangen. Als ich zurückkam, war er tot.«

»Erik Lüschke? Der war doch Mitarbeiter bei Frau Dr. Kölln?«

»Ja, er war bei ihr angestellt.«

Noch einmal tippte Leon auf das Display. Ein anderes Foto tauchte auf: Menschen standen in einer Runde, feierlich gekleidet, mit einem Sektglas in der Hand. Eine der Personen auf dem Bild kannte ich: Es war Frau Dr. Kölln. Neben ihr, diesmal allerdings mit ernstem Gesicht, derselbe Mann, den ich eben gesehen hatte.

»Erik ist in ihrem Labor verbrannt.«

Die tragische Geschichte von Frau Köllns Mitarbeiter, die ich schon kannte. Aber es war etwas anderes, ein Gesicht vor Augen zu haben, als davon im Internet zu lesen.

»Das tut mir leid«, sagte ich.

»Ich bin mir sicher, dass auch Erik ermordet wurde. Von denselben, die Frau Kölln auf dem Gewissen haben. Er hat mir oft von seiner Arbeit erzählt. Irgendwann rief er an und war völlig fertig. Er hätte großen Mist gebaut, und das könnte ihn seine Stelle kosten. Aber er würde es wiedergutmachen. Erik hat nichts Konkretes gesagt, nur Andeutungen gemacht. Und ich, ich war zu weit weg und zu beschäftigt, um für ihn da zu sein. Kurz darauf starb er.«

Leon hielt einen Moment inne.

»Erik war ein toller Kerl. Der beste Freund, den man sich vorstellen kann. Und einer, der das Leben in vollen Zügen genossen hat. Ein Sportwagen, teure Urlaube, und gespielt hat er manchmal auch. Er hatte einen Haufen Schulden. Ich vermute, man hat ihn angeheuert, damit er Frau Köllns Forschungsergebnisse weitergibt. Aber er muss kalte Füße bekommen haben. Dann haben sie ihn beseitigt, damit er nicht redet, und dafür gesorgt, dass es wie ein Unfall im Labor aussieht.«

»Aber es hieß, es hätte in diesem Labor Sicherheitsmängel gegeben.« So hatte es zumindest in einem der Artikel gestanden, die ich gelesen hatte. »Die Polizei hat doch …«

»Die Polizei.« Leons Stimme klang bitter. »Wissen Sie eigentlich, worum es geht?«

»Ich denke schon. Um ein Mittel gegen Alzheimer, das Frau Kölln entdeckt haben soll.«

»Vor allem geht es ums Geld. Die Firma, die das Patent für dieses Medikament bekommt, kann sich für zwanzig Jahre auf einen Goldregen einstellen. Da fängt man beim Schmieren nicht unten an, sondern ganz oben. Es reicht schon, wenn man dafür sorgt, dass im Bericht der Spurensicherung ein paar Zeilen verschwinden.«

Ganz entfernt waren Stimmen zu hören. Oben unterhielten sich Leute, die wohl unmittelbar vor der Treppe standen. Schweigend saßen wir da und warteten, bis die Stimmen wieder verebbten.

»Frau Kölln hat alle meine Versuche, mit ihr in Kontakt zu kommen, abgeblockt. Ich glaube, sie hatte Angst, ich wäre einer von denen, die ihr Vorwürfe machen wollten«, flüsterte Leon weiter. »Wir haben uns nie persönlich kennengelernt. Sie war nicht einmal auf Eriks Beerdigung. Vielleicht war sie dort auch nicht erwünscht.«

Langsam gewöhnten sich meine Augen an die Dunkelheit. Ich konnte Leons Profil erkennen, die fast gerade Nase, seine leicht gewölbte Stirn.

»Carolina Kölln brauchte eine Firma an ihrer Seite, um die Studien durchzuführen, die für die Zulassung eines Medikaments verlangt werden. Aber sie muss für die Weitergabe ihrer Ergebnisse horrende Forderungen gestellt haben. Angeblich fünfzig Prozent der Gewinne über die gesamte Laufzeit des Patents. Mit dem Geld wollte sie ein internationales Forschungszentrum aufziehen. Erik hat mir bei einem unserer letzten Telefonate davon erzählt. Sie war von dieser Idee regelrecht besessen.«

Wieder kamen von oben Stimmen. Diesmal näherten sie sich. Leon rutschte weiter in die Nische hinein und zog mich mit. Schritte hallten auf dem steinernen Boden. Es hörte sich an, als ob es gleich mehrere Personen wären, eine Gruppe von drei, vier Leuten. Dann stand plötzlich ein Mann vor dem Altar und betrachtete das riesige Kreuz, das dahinter aufgestellt war. Ich traute mich kaum, Luft zu holen. Leon und ich drängten uns so eng es ging aneinander, um ganz von der Dunkelheit verschluckt zu werden. Der Mann bekreuzigte sich, drehte sich um und verschwand. Ein letztes leises Murmeln drang aus dem Vorraum zu uns, dann umfing uns wieder die dumpfe Stille der Grabkammer.

»Wenn Sie die Unterlagen von Frau Kölln haben, können wir den Verbrechern, die sie und Erik getötet haben, zumindest das Geschäft versauen.« Leons Stimme war noch leiser als vorher. »Und wir könnten die Unterlagen an die weitergeben, die bereit sind, etwas im Sinne von Carolina Kölln zu tun.«

»Wir«, hatte er gesagt. Als wären wir ein Team. Als würden wir hier vor dem Kreuz einen Schwur leisten, gemeinsam für die Gerechtigkeit zu kämpfen.

»Es würde mir sehr viel bedeuten. Für Erik. Ich weiß, er hätte es gewollt.«

»Aber wie wollen Sie das denn anstellen? Sie können doch nicht mit den Unterlagen …«

Plötzlich drückte Leon mir seine Hand auf den Mund, so fest, dass mein Kopf hinten vor die Wand stieß. Ich war so erschrocken, dass ich nicht einmal um mich schlug. Dann hörte auch ich es. Ein Geräusch, als ob ein kleines Steinchen unter einer Schuhsohle knirschte.

»Sie bleiben hier«, raunte Leon mir zu, so leise, dass ich ihn kaum verstand.

Er schlich an der Wand entlang und blieb hinter der Ecke stehen. Dann trat er abrupt ins Licht.

»Kann ich Ihnen helfen?«, rief er und verschwand im Durchgang.

Die Antwort klang wie das Zischen einer Schlange.

»Wo ist sie?«

»Wer denn?«

»Die Frau. Ich habe gesehen, dass sie hier runter ist.«

»Da ist niemand.«

»Du steckst wohl mit ihr unter einer Decke, was? Geh mir aus dem Weg!«

Ein dumpfes Geräusch kam aus dem Durchgang, als würde jemand mit voller Wucht auf einen Sandsack schlagen.

»Du Drecksau«, zischelte es. »Dich mach ich fertig.«

Ich hörte den röchelnden Atem, als hätte einer den anderen im Schwitzkasten, dann wieder einen dumpfen Schlag. Hinter mir spürte ich die Wand, eiskalt, wie die Hand des Todes auf meinem Rücken. Ein Scheppern. Ein Stöhnen.

Dann war es still.

16

Im Durchgang wurde etwas über den Boden geschleift. Gleich würde dieser Mann kommen, mir das Messer an den Hals setzen und aus mir herauspressen, wo Frau Köllns Unterlagen waren. So also sah mein Ende aus. Keine Kinder, die um mein Bett standen. Kein Partner, der liebevoll meine Hand hielt. Allein, erstochen in einer Grabkammer. Aber ich hatte nicht vor, diese Welt kampflos zu verlassen. Ich zog das Pfefferspray aus meiner Jackentasche. Das schleifende Geräusch kam näher. Noch ein Atemzug, dann würde ich ihn sehen können. Und er mich.

Leons Stimme erlöste mich aus meiner Todesangst.

»Pack mal mit an!«

Im Durchgang lag der Mann vom Bahnhof, die Augen geschlossen. Zwei Finger an seiner rechten Hand waren verbunden, die weißen Mullbinden mit Pflastern stümperhaft verklebt. Das Ergebnis unserer nächtlichen Begegnung an der Hoftür.

»Ist er tot?«

»Nein. Aber wir sollten uns beeilen, bevor er wieder zu sich kommt. Nimm die Füße.«

Ich hatte ihn zwar schon aus der Nähe gesehen, aber jetzt, als ich von oben auf ihn hinabschaute, war mir klar, warum ich ständig das Bild eines Wolfs vor Augen hatte, wenn ich an ihn dachte. Das Kinn mit den grauen Stoppeln war schmal und extrem kantig, seine Augen leicht schräg gestellt, das Haar kurz, dicht und grau-schwarz wie ein Fell.

»Da rüber, bis hinten an die Wand.«

Wir zogen ihn in die Nische, so weit in die Dunkelheit, wie es ging.

»Wir gehen jetzt da oben hoch, als wäre nichts geschehen«, sagte Leon. »Ganz normal. Hast du mich verstanden?«

Ich aber stand da und starrte meinem Verfolger ins fahle Gesicht. Wie unter Zwang, als müsste ich mir jede einzelne Furche darin einprägen. Er sah älter aus, als ich ihn in Erinnerung hatte, sicher Ende fünfzig, vielleicht schon an die sechzig. Er musste in der Nähe der Pension gewartet haben, um mich zu verfolgen und mir, sobald sich die Gelegenheit ergab, den Garaus zu machen.

»Das ist einer von denen, die hinter mir her sind. Er weiß, wo ich wohne. Er hat schon versucht, in die Pension einzubrechen.«

Der Mann zu unseren Füßen stöhnte leise, als käme er langsam zu Bewusstsein.

»Lass uns gehen.« Leon nahm meine Hand und zog mich fort.

Gemeinsam stiegen wir die Treppe hoch, zurück in den Kirchenraum. Niemand war mehr dort. Ich zog das Kirchenportal hinter uns zu und wünschte mir nichts sehnlicher als einen Schlüssel, mit dem ich die schwere Holztür auf ewig hätte zuschließen können.

So schnell es ohne aufzufallen eben möglich war, gingen wir die Gasse hinunter und reihten uns auf der Hauptstraße in den Strom der Menschen ein.

»Es tut mir leid. Ich habe ihn nicht bemerkt«, sagte ich, den Blick starr geradeaus gerichtet.

Leon hatte sich für mich geschlagen. Ich hatte ihn in Gefahr gebracht.

»Er muss mir von der Pension aus gefolgt sein, dabei habe ich extra in einem Lokal einen anderen Mantel übergezogen.«

»Hast du tatsächlich geglaubt, dass sich so jemand davon an der Nase herumführen lässt? Wir sollten von dieser Rennbahn verschwinden. Er wird nach uns suchen, sobald er wieder zu sich kommt.«

Inzwischen waren wir bei dem Platz mit dem Löwenbrunnen angekommen. An der Ecke lag ein Geschäft, in dessen Schaufenstern immer noch Weihnachtszeit war. Leon ging die Stufen hoch.

»Komm, hier rein.«

Im Laden führten schmale Gänge in mehrere hintereinanderliegende Räume. Je tiefer wir in dieses Labyrinth eindrangen, desto weihnachtlicher wurde es. Die Wände hingen voll mit Christbaumschmuck, tausende kleiner Figuren, Engel mit weißen Federflügeln, rotnasige Rentiere, und auf den Tischen drängten sich ganze Armeen Pfeife rauchender Holzmännchen. Der Gang wand sich um eine riesige Plastiktanne, die mehrere Meter hoch war. Hinter ihr standen wir einigermaßen verdeckt und konnten trotzdem sehen, wenn jemand von der anderen Seite kam.

»Wir bleiben eine Weile hier«, sagte Leon. »Der Kerl wird nach uns suchen, sobald er wieder bei sich ist. Wenn wir Glück haben, geht er nicht in jedes Geschäft.«

»Und wenn er doch herkommt?«

»Dann lass das meine Sorge sein.«

Ich hatte trotzdem Angst. Und gleichzeitig das unglaublich erleichternde Gefühl, in dieser elenden Geschichte endlich nicht mehr allein zu sein.

»Danke«, sagte ich. »Du hast mir wahrscheinlich gerade das Leben gerettet.«

»Schon gut. Ich hoffe nur, dass ich nie einem von denen allein begegne, die für Eriks Tod verantwortlich sind. Ich bin so wütend. So verdammt wütend. Manchmal erkenne ich mich selbst nicht mehr. Wenn ich nicht gewusst hätte, dass du um die Ecke sitzt, ich glaube, ich hätte den Kerl …«

Er sprach nicht weiter, schaute auf den Baum, der so voller Weihnachtsidylle hing, dass wohl unaussprechlich wurde, was er hatte sagen wollen.

Ich wusste, ich würde Leon enttäuschen. Ich musste die Karten jetzt gleich auf den Tisch legen. Besser, er war sich von Anfang an darüber im Klaren, dass ich nicht hatte, wonach er suchte und was er für seinen Racheplan brauchte.

»In der Tasche waren keine Unterlagen. Nur ein kleines Buch mit Adressen, ein paar Zettel und ein Zeitungsartikel. Das andere ist alles nur Alltagskram. Was man als Frau eben so in einer Handtasche hat.«

»Erik hat mir einmal erzählt, dass seine Chefin alles, was für ihre Forschung relevant war, auf einem einzigen USB-Stick gespeichert hat.«

»Es war kein USB-Stick in der Tasche. Ich habe sogar das Futter aufge…«

Von der anderen Seite kamen Leute. Leon zeigte, ganz wie der harmlose Kunde, auf einen kleinen hölzernen Engel, der mit traurigem Blick am Baum schwebte.

»Sieht dir ähnlich, findest du nicht?«

Immer wieder schwärmten neue Kunden durch den Laden. Wir prüften Nussknacker und Spieldosen, untersuchten Wichtel und silberne Glöckchen. Zweimal sprach uns eine Verkäuferin an, ob wir Hilfe bräuchten, die wir dankend ablehnten.

Eine scheinbar endlose Menschenschlange schob sich durch das Geschäft. Also unterhielten wir uns über alles, was unverfänglich war. Leon erzählte mir von Kanada, von Weißkopfadlern, Walen und Landstrichen, in denen die nächsten Nachbarn zehn Kilometer entfernt wohnen. Ich glaube, er redete deshalb so viel, weil er mich beruhigen wollte, denn jede neue Männerstimme, jedes Husten, jedes Rascheln versetzte mich in Panik.

Vielleicht waren es die vielen Engel im Laden, die uns beschützten. Der Wolf tauchte nicht auf. Es war fast eine Stunde vergangen, als wir uns wieder hinaus in die Fußgängerzone trauten. Leon nahm meine Hand, sobald wir im Freien standen.

»Wir gehen erst einmal in mein Hotel. Das ist nicht allzu weit entfernt. Jetzt schau dich nicht ständig um, dadurch fallen wir nur auf. Wir schaffen das schon.«

Ich aber fühlte mich wie ein Hase, der über einen Laufsteg gejagt wurde, während irgendwo im dunklen Publikumsraum ein Jäger mit geladener Flinte saß. Für andere sahen wir wahrscheinlich aus wie eines der Paare, die durch die Fußgängerzone schlenderten. Doch Leon hielt meine Hand so fest, dass es wehtat, sonst wäre ich wahrscheinlich im Zickzackkurs losgerannt und hätte mich in jedem Ladeneingang erst einmal wieder versteckt.

Wir kamen unbehelligt bis zum Bismarckplatz. Das Hotel lag ganz in der Nähe, an einer großen Kreuzung. Es war eines von der Art, die ich bislang nur von außen kennengelernt hatte. In der prachtvollen Eingangshalle stand hinter einer hohen Theke ein junger Mann im weinroten Jackett und nickte uns freundlich zu.

Wir fuhren mit dem Aufzug bis in die oberste Etage, wo der dicke Teppichboden auf dem Gang das Geräusch unserer Schritte verschluckte. Erst als die Zimmertür hinter uns zufiel, fühlte ich mich endlich wieder sicher. Leon ging zum Fenster, schob die Gardine ein wenig zur Seite und schaute hinaus.

»Siehst du ihn irgendwo?«

»Nein. Wenn wir Glück haben, sind wir den erst einmal los.«

»Denkst du, er ist Frau Köllns Mörder?«

»Keine Ahnung. Vielleicht ist er der Handlanger. Der für die Drecksarbeit. Die hinter den Morden stecken, die werden sich selbst nicht die Finger schmutzig machen.«

Leon zog seine Jacke aus und warf sie aufs Bett.

»Es gibt noch einen, der hinter mir her ist. Und ich glaube, die beiden hängen zusammen.« Ich setzte mich in den großen Sessel, der neben dem Bett stand. »Ein angeblicher Professor namens Ranietzky. Er hat mir Geld geboten, weil er dachte, ich hätte die Unterlagen.«

Ich erzählte Leon alles. Allerdings mit kleinen Abweichungen. Das Drama mit Jens, meinen Streit mit Tante Flo, dass ich völlig pleite gewesen und deshalb mit Frau Köllns Eintrittskarte zum Kongressabend gegangen war. Auch wie ich Ranietzky kennengelernt und wie unser Gespräch über Saumagen- und Soljanka-Rezepte zu einem unglücklichen Missverständnis geführt hatte. Und von meinem Verdacht, dass er wusste, dass ich die Tasche hatte. Nur die Geschichte mit Frau Köllns EC-Karte ließ ich weg. Ich konnte es Leon nicht sagen, ich hätte mich zu Tode geschämt.

Leon saß auf dem Bett und schaute vor sich auf den Boden. Ich war mir unsicher, ob er mir überhaupt zuhörte.

»Und du hast wirklich nur die Eintrittskarte für diesen Abend aus der Tasche genommen?«, fragte er, als ich fertig war, und schaute mich mit dem gleichen zweifelnden Ausdruck im Gesicht an wie auf der Treppe des Cafés. »Nicht auch einen USB-Stick?«

»Nein, bestimmt nicht. Es war kein Stick in der Tasche und auch keine Unterlagen. Ich schwöre es. Einige von Frau Köllns Sachen habe ich mit.«

Ich zog Rosels Mantel aus und meine Jacke, die ich darunter trug und an der immer noch Roberts hässliche Löwenbrosche hing. Neben das Notebook, das auf dem gläsernen Beistelltisch stand, legte ich die Schätze aus meinen Taschen: Frau Köllns Geldbörse, das kleine Etui mit den Visitenkarten, das Pfefferspray, den braunen Umschlag mit den Kongressunterlagen und das Adressbuch.

»Der Rest ist noch in der Pension. Im Adressbuch liegen hinten ein paar Zettel drin. Und ein Zeitungsartikel. Vielleicht hat der etwas mit dieser geheimnisvollen Substanz zu tun, nach der alle suchen.«

Doch Leon nahm als Erstes den braunen Umschlag, holte alle Papiere heraus und schaute hinein.

»Da ist kein Stick drin«, sagte ich. »Und es war auch keiner drin. Das sind die Kongressunterlagen.«

»Mir war klar, dass sie deshalb nach Heidelberg gefahren ist. Bei diesem Kongress hat sich alles getroffen, was in ihrem Forschungsbereich Rang und Namen hat.« Leon blätterte das Programmheft durch. »Einschließlich sämtlicher Pharmafirmen, die irgendwie am Thema Demenz verdienen. Aber falls sie hier verhandeln wollte, und das vermute ich, dann muss sie etwas mitgehabt haben. Erste Daten, Ergebnisse ihrer Studie. Die kaufen nicht die Katze im Sack.«

Er schaute sich jedes einzelne Blatt so sorgfältig an, als könnte ein geheimer Code darauf versteckt sein.

»Wenn wir die Unterlagen wirklich finden würden, was hast du dann vor?«

Leon antwortete mit einer Frage: »Weißt du, was das Reye-Syndrom ist?«

Ich hatte nicht den leisesten Schimmer.

»Das Reye-Syndrom ist eine sehr, sehr seltene Erkrankung. Benannt nach dem Arzt Ralph Reye, der Erste, der darüber was geschrieben hat«, erklärte er. »Degeneration der Leber, Krämpfe, Hirnödeme. Ein Viertel derjenigen, die es erwischt, stirbt daran. Die Krankheit tritt meist einige Tage nach einem fieberhaften Infekt auf. Es wird vermutet, dass der Auslöser dafür ein fiebersenkendes Medikament ist. Carolina Köllns Bruder ist daran gestorben, als er sechs war.«

Leon schaute nicht auf. Während er sprach, schien er jede Zeile des Kongressprogramms abzuscannen.

»Deshalb wollte sie dieses Forschungsinstitut gründen. Das ›Ralph-Reye-Institut‹. Erik hat erzählt, dass sie sich sogar schon die Domain dafür reserviert hatte. Es sollte ein riesiges internationales Zentrum werden, das sich vor allem mit einem beschäftigt: den unerwünschten Nebenwirkungen von Medikamenten.

Replikationen klinischer Studien, der Aufbau einer weltweiten Datenbank über bekannt werdende Nebenwirkungen, unabhängige Langzeitkontrollen. Deshalb hat sie so viel für ihr potenzielles Alzheimer-Medikament gefordert. Sie wollte den Profit aus dem System nutzen, um es damit zu kontrollieren.«

Ich wusste immer noch nicht, worauf er hinauswollte.

»Und was heißt das jetzt? Was machst du mit ihren Unterlagen?«

»Ich kann nicht ein solches Institut gründen. Aber ich kann Frau Köllns Ergebnisse an eine Firma weitergeben, die sich verpflichtet, einen satten Prozentsatz des Gewinns zu spenden, den sie damit macht. An Zentren, die sich um die Behandlung und Erforschung so seltener Erkrankungen wie das Reye-Syndrom kümmern. Die Stiefkinder der Pharma-Forschung, weil der Absatzmarkt zu klein ist. Und wenn diese Firma das nicht tut, werde ich sie auffliegen lassen und bekannt machen, dass sie von einem Mord profitiert haben.« Nun sah er doch zu mir. »Ich werde Sicherheiten einbauen, Mila. Ich weiß, was ich tue.«

»Aber es wird sich doch sowieso jeder fragen, wie die auf einmal auf diesen Wirkstoff kommen, von dem alle Welt spricht. Das muss doch auffallen.«

»Eben nicht. Frau Kölln hat es ihnen sehr einfach gemacht. Sie hat in einem Interview schon die Hälfte preisgegeben.«

»Das über Soljanka, was der Russe auf dem Teller hat und der Amerikaner nicht?«

»Genau das. Es kursierte schon vorher eine ganze Weile in der Pharma-Szene, dass sie an einem Alzheimer-Medikament arbeitet und ihre Ergebnisse sehr vielversprechend sind. Seit dem Interview kann nun jeder behaupten, er hätte aufgrund ihrer Hinweise den Wirkstoff selbst gefunden. Man wartet ein paar Monate, führt eigene Tierversuche durch. Wer will denn das Gegenteil beweisen? Im Grunde genommen hat sie sich den Strick selbst um den Hals gelegt.«

Leon steckte die Papiere zurück in den Umschlag. Er fuhr sich mit den Händen übers Gesicht. Für einen Moment tauchte ein Bild in meinem Kopf auf, wie er an einem See in Kanada kniete und seine Hände in das eiskalte Wasser tauchte. Über ihm ein Weißkopfadler und der stahlblaue Himmel.

»Wirst du nach Kanada zurückgehen, wenn das hier vorbei ist?«

»Ja, das werde ich.«

»Und was wird mit mir? Du wolltest mir helfen. Ich muss hier weg.«

»Wenn du willst, kannst du mitkommen. Irgendeinen Job werden wir für dich schon finden.«

Kanada. Neuseeland. Was machte das schon für einen Unterschied? Ich musste sowieso neu anfangen.

»Das wäre toll.«

»Ich kenne eine Reihe Leute, die etwas für dich tun könnten. Ich habe viele Bekannte in Halifax. Eine interessante Arbeit. Nur ein bester Freund, der hat dort gefehlt.« Er schluckte. »Und jetzt fehlt er für immer.«

»Du musst Erik sehr gerngehabt haben.«

»Wir haben schon als Kinder auf der Straße zusammen Fußball gespielt. In der Schule waren wir in das gleiche Mädchen verliebt. Wir sind wochenlang gemeinsam in der Welt herumgereist, haben uns einige Jahre eine Wohnung geteilt. Ich konnte Erik alles anvertrauen. Er hätte mich nie enttäuscht. Er war nur manchmal so verdammt unvernünftig. So sehr, dass ich gedacht habe, ich müsste ihm mal eine Lektion erteilen. Vor einigen Monaten hat er mich um Geld gebeten. Ich habe ihm früher immer wieder aus der Patsche geholfen, aber da dachte ich, er soll endlich lernen, für die Schulden geradezustehen, die er macht. Das war ein Fehler. Wenn jemand in Not ist, darf man nicht den moralischen Zeigefinger heben. Hätte ich ihm geholfen, wäre er vielleicht noch am Leben.«

Leon stand auf und ging zum Fenster.

»Dann hätten sie ihn nicht kaufen können«, sagte er und schaute hinaus. »Obwohl, wer weiß, was die ihm geboten haben. Da geht es um Beträge, die können wir uns kaum vorstellen.«

»Wie viel wird eine Firma an Frau Köllns Medikament verdienen? Ein paar Millionen?«

»Millionen?« Leon drehte sich zu mir, seine Mundwinkel verzogen sich zu einem bitteren Lächeln. »Da geht es um Milliarden. Um verdammt viele Milliarden. Die Rechte an diesem

Medikament zu haben, das ist wie ein Freifahrtschein zum Gelddrucken.«

»Aber die Firmen können doch nicht einfach verlangen, was sie wollen?«

»Eigentlich nicht. Besser gesagt: nicht mehr. Seit 2011 gibt es das AMNOG, ein Gesetz, nach dem der Preis für ein neues Medikament mit dem Spitzenverband der Krankenkassen ausgehandelt werden muss – falls eine Firma überhaupt nachweisen kann, dass es einen Zusatznutzen im Vergleich zu anderen Therapieoptionen hat, die schon auf dem Markt sind. Aber im ersten Jahr nach der Zulassung können die immer noch Phantasiepreise verlangen, erst nach zwölf Monaten wird verhandelt. 2014 ist ein neues Hepatitis-C-Medikament auf den Markt gekommen. Mit dem hat die Herstellerfirma im ersten Jahr fast sechs Milliarden Dollar eingefahren.«

Ich wusste nicht einmal genau, wie viel Nullen eine Milliarde hat. Bei meinem Monatsgehalt war das allerdings auch kein Thema gewesen, mit dem ich mich bisher hätte beschäftigen müssen. Leon warf einen kurzen Blick aus dem Fenster, dann schaute er wieder zu mir.

»Und nur so als Beispiel, was danach noch möglich ist, trotz Verhandlungen: Dieses Hepatitis-Medikament kostet in der Produktion um die hundert Euro für einen Therapiezyklus. Die Firma, die es herstellt, verlangt dafür vierzigtausend Euro, und das ist schon der heruntergehandelte Preis. Wie man sieht, ist es immer noch möglich, mit einem innovativen Medikament richtig abzusahnen.«

»Das nennt man dann wohl einen Blockbuster«, sagte ich.

Wieder sah ich diesen Hauch von Misstrauen in Leons Gesicht.

»Du kennst dich also doch aus?«

»Nein, aber dieser Professor Ranietzky sprach von einem Blockbuster. Ich dachte immer, bei Blockbustern geht es um Filme. So was wie ›Star Wars‹. Die Kassenschlager.«

»In der Pharmabranche ist ein Blockbuster ein Medikament, das mindestens eine Milliarde Umsatz pro Jahr bringt. Auch eine Art von Kassenschlager.«

Er kam vom Fenster zurück und setzte sich wieder aufs Bett.

»Das Problem ist, dass in den letzten Jahren bei einer Reihe von Blockbustern der Patentschutz abgelaufen ist. Jetzt können billige Generika produziert werden. Die Branche ist unter Druck wie nie, neue Produkte auf den Markt zu bringen. Einigen Firmen steht das Wasser bis zum Hals.«

»Dann wäre das Medikament von Frau Kölln so etwas wie der Mega-Blockbuster? ›Star Wars‹ hoch zehn?«

»So in der Art. Als Carolina Kölln anfing, darüber zu sprechen, was sie entdeckt hat, hatte das einen Effekt, als würdest du ein offenes Marmeladenglas neben einen Bienenstock stellen. Ich bin ihr seit Wochen gefolgt. Manchmal habe ich im Auto nachts vor ihrem Haus geschlafen. Ich hatte befürchtet, dass etwas passieren könnte, bevor sie zum Kongress fährt. Die, die Erik getötet haben, um an das Medikament zu kommen, mussten unbedingt verhindern, dass sie hier verkauft.«

Leon hatte inzwischen Frau Köllns Geldbörse ausgeleert und alles, was darin war, auf den Tisch gelegt. Nun zog er die Visitenkarten aus dem Etui.

»Sie wird die Unterlagen bei sich gehabt haben. Sie müssen in der Tasche sein. Was die Sicherheit ihrer Daten anging, war die Kölln angeblich extrem vorsichtig.« Er schaute in das Etui, als könnte dort allen Ernstes etwas versteckt sein. »Wenn die Polizei etwas gefunden hätte, wäre das längst durch die Medien gegangen, bei dem Druck, den die deshalb bekommen.«

Er schob die Visitenkarten wieder in das Etui zurück, nahm das Adressbuch und blätterte es so behutsam durch, als wäre es tausend Jahre alt und könnte im nächsten Moment zu Staub zerfallen.

»Was denkst du, Leon, wenn man wüsste, was sie mit dieser Anspielung auf das russische Essen gemeint hat … wenn man die Substanz kennen würde, mit der sie das Heuschnupfenmittel versetzt hat, das wäre doch die Grundlage für alles, oder?«

»Ja, das wäre die Basis. Der Startpunkt.« Leon hatte die Zettel aus dem Adressbuch herausgenommen und hielt das bräunlich angelaufene, immer noch zerknitterte Stück Papier mit der Telefonnummer und dem Namen darauf in der Hand, das in Rosels Biotonne geraten war.

»Das ist im Müll gelandet«, erklärte ich, bevor er sich wunderte.

»Im Müll?«

»Ja, ich hatte den Zettel weggeworfen.«

»Du hast Dinge weggeworfen, die in der Tasche waren?«

Seine Stimme klang so entsetzt, als hätte ich die Kronjuwelen der Queen im Sperrmüll entsorgt.

»Nein, nein. Nur den Zettel. Das war ein Versehen. Sonst ist alles da. Der Zeitungsartikel, der hinten im Adressbuch lag, ist übrigens auf Russisch. Vielleicht hat er etwas mit der Sache zu tun.«

»Auf Russisch?«

Rasch faltete Leon ihn auseinander. Die alte lachende Frau und der vor Glück strahlende Junge kamen zum Vorschein. Er drehte den Artikel, um zu lesen, was auf dem Rand geschrieben stand.

»›Hier die Geschichte, wie alles begann. Aus einer Ausgabe der Tretjakowskaja Prawda. Ich dachte, du freust dich darüber! Gruß, Erik‹ … Ja, das ist seine Handschrift. Ohne Zweifel.«

Leon schaute nach, ob auf der Rückseite etwas vermerkt war. Doch sie war leer.

»Carolina Kölln war mehrfach in Russland und hat dort mit allen möglichen Leuten gesprochen, die mit den ersten Studien über dieses Heuschnupfenmittel zu tun hatten.« Er strich die Kopie des Zeitungsartikels glatt, als ließe er sich dadurch besser lesen. »Erik hat erzählt, dass sie von einer dieser Reisen ganz euphorisch zurückkam und bald darauf mit ihren Tierversuchen begonnen hat.«

»Ich habe eine Freundin, die Russisch spricht«, sagte ich. »Vielleicht kann sie das übersetzen.«

»Wir sollten lieber nach dem USB-Stick suchen.«

»Es war aber keiner in der Handtasche.«

»Das weißt du vielleicht nur nicht. Es wäre besser, wir könnten noch einmal nachsehen.«

»Lass uns doch erst einmal versuchen, mit dem weiterzukommen, was wir haben.«

Denn wie sollten wir an die Tasche kommen? Die hing in der Pension an der Garderobe, und vor der Pension trieb sich wahrscheinlich ein ganzes Rudel Wölfe herum.

Ich suchte nach meinem Handy, in dem ich Katjas Adresse

gespeichert hatte, und fand es nicht. Ich hatte es mal wieder vergessen. Bestimmt lag es noch in der Pension. Leon gab mir seines. Zum Glück bekam ich Katjas Nummer über die Auskunft.

Ich versuchte es immer wieder. Als Katja endlich ranging, erzählte sie mir, dass sie zwar Russisch sprechen, jedoch nicht lesen konnte. Aber ihre Mutter würde mir bestimmt helfen, zu der wollte sie sowieso gleich fahren, weil sie jetzt Feierabend hatte und noch abholen musste, was die beim Discounter für sie gekauft hatte.

Leon sah mich die ganze Zeit an, während ich telefonierte, als versuchte er, mich mit Blicken dazu zu bringen, das Ganze zu beschleunigen. Ich einigte mich mit Katja darauf, dass ich den Text abfotografieren und ihr mailen würde. Zum Glück wollte sie nicht wissen, wozu ich die Übersetzung brauchte.

»Hast du es gehört?«, fragte Katja stattdessen. »Das mit deinem Chef und der Maria? Sie ist bei ihm eingezogen und steht jetzt im Laden. Ich sag dir, der lässt sie garantiert umsonst schuften. Und zur Belohnung darf sie ihm dann abends noch das Essen kochen und die Unterhosen bügeln. So ein Arsch.«

Was Letzteres anging, pflichtete ich Katja bei, weil es nichts als die Wahrheit war. Dass Maria jetzt im Laden stand und sich ausbeuten ließ, wunderte mich nicht. Maria war seit vielen Jahren Witwe, einsam, und hatte ein Selbstbewusstsein, das so klein war, dass sie noch mit Hut unter einem geschlossenen Scheunentor herlaufen konnte.

In der Zeit des Wartens studierten Leon und ich alle Zettel, die hinten in Frau Köllns Adressbuch gelegen hatten. Aber auch er konnte nichts Besonderes an Reinigungsmärkchen, Einkaufslisten und Glückskeksbotschaften entdecken.

Ab und zu ging er zum Fenster und beobachtete die Straße. Wir hörten, wie auf dem Flur Menschen miteinander sprachen, und hielten den Atem an. Aber es passierte nichts. Kein Klopfen, kein Poltern an der Tür. Als es draußen wieder still war und Leon in den Flur schaute, um sicherzugehen, dass alles in Ordnung war, nahm ich sein Handy vom Glastisch.

»Ich schau mal eben in meine E-Mails«, erklärte ich und suchte im Internet nach dem »Ralph-Reye-Institut«. Eigentlich glaubte ich ihm. Aber ich war einfach zu oft reingefallen. Tatsächlich öffnete sich eine Website, auf der stand: »Hier finden Sie in Kürze nähere Informationen über das Ralph-Reye-Institut. Bitte haben Sie noch etwas Geduld.« Ich weiß nicht, wie Leon es mitbekommen hat, vielleicht konnte er das Display sehen, als er sich wieder auf das Bett setzte.

»Die Geschichte ist genau so, wie ich sie dir erzählt habe«, sagte er.

Ich schämte mich so sehr, dass ich gleich bis über die Ohren rot anlief.

»Und ich habe keinen Stick aus der Tasche genommen.«

Leon lächelte, zum ersten Mal seit unserer gemeinsamen Zugfahrt.

»Du bist misstrauisch, ich bin misstrauisch. Sieht aus, als wären wir uns ziemlich ähnlich.«

Ich wollte das Handy zurück auf den Tisch legen, doch im gleichen Moment klingelte es. Es war Katja.

»Ich geb dir dann mal meine Mama«, meldete sie sich.

Natürlich wollte die als Erstes wissen, warum ich mich denn plötzlich für russische Zeitungsartikel interessierte.

»Ich wohne in einer Pension mit einem jungen Mann zusammen. Der promoviert über russische Bräuche und meint, da stünde vielleicht etwas drin, was er für seine Arbeit brauchen kann«, log ich. »Er hat mich gebeten, ihm zu helfen.«

»Ist er nett, der junge Mann?«, fragte Katjas Mutter.

»Oh ja, sehr. Wir verstehen uns blendend. Er ist bald fertig und hat auch schon einen ziemlich guten Job in Aussicht. So ein Typ wie der Henning, weißt du.«

Henning war Bademeister, sah aus, als spielte er eine Hauptrolle in »Baywatch«, und war jeden Sommer die Attraktion im regionalen Freibad.

»Das freut mich, Mila.«

Katjas Mutter arbeitete in der gleichen Bäckerei wie die Cousine von Jens. In spätestens zwei Tagen würde er Bescheid wissen.

Leon, der mithörte, machte eine ungeduldige Handbewegung.

»Was steht denn in dem Artikel?«, fragte ich.

»Das ist rührende Geschichte, Mila. Musste ich weinen, als ich gelesen habe. Aber geht nicht um einen Brauch. Geht um ein Wunder.«

»Hat jemand sein Gedächtnis wiedergefunden?«

»Sein Gedächtnis? Nein, ist was viel Besseres, Mila. Viel besser.«

17

»Hier steht: ›Das Wunder von Kostroma: Wolodja lebt. Zwei Tage war der kleine Wolodja verschwunden, jetzt kann seine Großmutter ihn endlich wieder schließen in Arme.‹ Ist das nicht schön, Mila? Stell dir vor, er war in einen Brunnen gefallen. Du kennen Kostroma, Mila?«

»Nein, kenne ich nicht.«

»Ist eine schöne Stadt, eine sehr schöne Stadt. Ist Stadt, wo Wolga und Fluss Kostroma kommen zusammen in ein Bett.«

»Sie soll übersetzen, was da steht«, flüsterte Leon mir zu.

Doch Katjas Mutter hatte ihn gehört.

»Ist jemand da?«

»Ja, der Mann, von dem ich erzählt habe. Was steht denn nun in dem Artikel?«

»Also, Familie von Wolodja hatte schon Hoffnung aufgegeben, dass der kleine Wolodja noch lebt. Wolodja ist nicht von Spielen heimgekommen, und Familie hat Schlimmes befürchtet. Sie haben ihn gesucht, überall. Dann ist Wolodjas Großmutter ganze Nacht und ganze Tag über gelaufen und hat gerufen und gebetet, und dann hat sie gehört ein Weinen von ganz weit weg.«

Katjas Mutter putzte sich die Nase.

»Da war großes Loch. Das war alter Brunnen, zugewachsen mit Gestrüpp, und Wolodja war in der Nähe spielen, und der Ball ist gefallen in Brunnen, und Wolodja wollte Ball holen und ist selbst gefallen in Brunnen. In Brunnen war unten noch bisschen Wasser drin, und Wolodja hat die ganze Zeit gestanden in Wasser. Jetzt sind alle glücklich und Wolodja besonders, weil er nicht in Schule muss gehen die nächsten Tage, darf er noch zu Hause bleiben bei seiner Babuschka.«

»Steht da irgendetwas drin über Essen?«

»Essen?«

»Ja, hat sie ihm vielleicht etwas gekocht? Irgendetwas Besonderes?«

»Nein, hier steht nichts über Essen. Aber seine Babuschka hat ihm bestimmt was Gutes gekocht. Steht drin, dass Anisja, das ist Wolodjas Babuschka, schon ihren Bruder nicht mehr hat. Der Bruder ist verrückt geworden, weil seine Frau gestorben ist bei Unfall. Seitdem lebt verrückter Bruder in Krankenhaus. Wäre zu schlimm, wenn Anisja jetzt auch noch hätte verloren den Enkel.«

»War es das?«

»Ja, da steht nur noch, Wolodja freut sich auf Ferien. Seine Mama und er machen weite Reise, zu Onkel Sascha nach Deutschland. Hat Wolodja, als er in Brunnen gestanden ist, immer an die Ferien bei Onkel Sascha gedacht, hat ihm geholfen bei Wachbleiben, sonst wäre er umgefallen und bestimmt ertrunken. Schöne Geschichte. Ist aber schon eine alte Geschichte, Mila. Die Zeitung ist von August von drei Jahre her.«

»Und unter dem Bild, was steht da?«

»›Große Liebe: Kleiner Wolodja und seine Babuschka Anisja Iwanowa. Anisja hat zu Gott gebetet, und Gott hat erhört ihr Gebet. Will sie danken dafür Gott viele Mal.‹«

»Das ist alles?«

»Ja, das ist alles. Geht gut aus, Mila. Und bei dir? Geht gut aus? Ist der Mann bei dir guter Mann?«

Ich drehte mich um, damit Leon mein Gesicht nicht sah. Die Frage war mir peinlich. Als Nächstes würde sie wissen wollen, wann wir heiraten würden.

»Alles prima. Und vielen Dank fürs Übersetzen.«

»Deine Tante ist sehr traurig, weißt du.«

»Ja, ich weiß, seit Tante Almas Tod geht es ihr nicht gut.«

»Nein, ist traurig wegen dir. Aber Heidelberg ist gute Stadt für die Liebe, Flo hat es mir erzählt. Gute Stadt für dich, Mila.«

»Ja, bestimmt. Vielen Dank noch mal.«

Ich gab Leon das Handy zurück.

»Und jetzt?«, fragte ich.

»Keine Ahnung.« Er starrte auf das Blatt, als stünde dort, irgendwo verborgen, die Antwort auf alle Fragen. »Was haben wir? Eine alte Frau, dem Bild nach muss sie sicher über siebzig sein. Mindestens.«

Ich ahnte, worauf er hinauswollte. »Die Alzheimer hat?«

»Wäre doch möglich, wenn mit dieser Geschichte alles begann.

Eine alte Frau, die Symptome der Erkrankung zeigt. Ihr Enkel fällt in einen Brunnen, der offensichtlich nicht mehr genutzt wird, eine Art Biotop …«

»Du meinst, es hat etwas mit dem Brunnen zu tun? Der kleine Wolodja bringt seiner Großmutter eine Handvoll Brunnenkresse mit, die sie sich über den Salat streut, und hinterher erinnert sie sich wieder an alles, was sie vergessen hatte?«

»So ähnlich«, sagte Leon nachdenklich. »Vielleicht geht es nicht um Kresse, sondern um den wiederentdeckten Brunnen. Wasser, mit dem man Tabletten schluckt. Dieses russische Medikament gegen Heuschnupfen, das sind Tabletten.«

»Wir müssen unbedingt herausfinden, was da noch passiert ist. Wir könnten doch alle Iwanows in Kostroma anrufen, bis wir bei den richtigen gelandet sind, und nachfragen.«

»Ich glaube nicht, dass wir damit weit kommen«, entgegnete Leon. »Soviel ich weiß, ist Kostroma eine Großstadt. Und Iwanow ist in Russland ein Name wie bei uns Müller oder Schmitz.«

»Und wenn wir versuchen, über die Zeitung, über diese Prawda, an die Adresse von der alten Frau zu kommen?«, schlug ich vor.

Doch die Internetseite der Tretjakowskaja Prawda, auf der wahrscheinlich irgendwo auch deren Telefonnummer zu finden war, stellte schon die erste Hürde dar: Sie war auf Kyrillisch. Bei der Telefon-Auslandsauskunft hatten wir mehr Glück und bekamen eine Nummer in Moskau genannt. Leon ließ sich gleich weiterverbinden. In Moskau war es jetzt neunzehn Uhr, also drei Stunden später als bei uns, doch wie erwartet war man bei der Tretjakowskaja Prawda fleißig bei der Arbeit. Es dauerte eine Weile, dann meldete sich eine Frauenstimme auf Russisch.

»Hello, my name is Hirzler«, versuchte Leon sein Glück. »I'm calling from Germany, I have a question concerning an old article in your newspaper …«

Er fragte sich durch, ich hörte mit. Wir wurden verbunden, landeten bei einer anderen Stimme, die irgendetwas sagte, das wir nicht verstanden, und schließlich bei einem jungen Mann, der Englisch sprach.

Leon konnte mindestens so gut lügen wie ich. Er erzählte dem jungen Mann eine herzzerreißende Story von seinem Großvater, der gerade verstorben sei und in dessen Nachlass er das Bild einer bildschönen jungen Frau gefunden habe, auf dessen Rückseite der Name »Anisja« stand. Dieses Bild sei an einen Artikel aus der Tretjakowskaja Prawda geheftet gewesen, in dem Anisja Iwanowa samt Enkel Wolodja abgebildet waren und auf dessen Rand sein Großvater vermerkt habe, dass diese Frau einmal die große Liebe seines Lebens gewesen sei, der er ein Fotoalbum und einige andere persönliche Erinnerungsstücke vermachen wolle. Leider hätte er nirgendwo in den Unterlagen seines Großvaters einen Hinweis auf die Adresse der einstmals so schönen und immer noch geliebten Anisja gefunden. Ob die Zeitung die Adresse wohl hätte? Vielleicht wüsste der Journalist, der damals den Artikel verfasst hatte, wo sie wohnt?

Leon gab den Titel des Artikels und das Erscheinungsdatum durch. Der Mann bei der Moskauer Zeitung hörte sich ein wenig zögerlich an. Er müsse das recherchieren, das würde dauern. Leon drängte, es sei alles sehr eilig, weil er selbst bald verreisen müsse und vorher den Nachlass seines Großvaters regeln wolle. Ja, er schicke eine E-Mail, versprach der junge Mann schließlich, ob heute noch, das könne er nicht sagen.

Als das Gespräch beendet war, wussten wir nicht mehr als vorher. Aber es gab Hoffnung. Als hätten wir ein Samenkorn in die Erde gelegt und warteten auf Regen und Sonnenschein. Leon war die Anspannung anzumerken. Er stand auf, lief zum Fenster, leerte in einem Zug die Hälfte der Wasserflasche, die auf dem kleinen Glastisch stand, und lief noch ein zweites Mal zum Fenster, bevor er sich endlich wieder setzte.

»Wir sollten uns nicht darauf fixieren«, sagte er. »Diese Geschichte, das ist nur eine Spur. Wir müssen in verschiedene Richtungen denken. Nicht, dass wir etwas übersehen. Was genau war sonst noch in der Tasche? Du hast gesagt, Alltagskram. Was meinst du damit, Frauenalltagskram?«

»Ein Lippenstift, ein Nageletui mit einer Schere und einer Feile und ein kleines silbernes Döschen mit Tabletten. Aber das war Süßstoff. Und ein Kuli.«

»Was für ein Kuli?«

»Ein stinknormaler Kuli, mit Mine und Feder und allem, was dazugehört. Das war kein Stick, ganz sicher nicht. Ich habe ihn auseinandergeschraubt. Genau wie den Lippenstift.«

»Am besten wäre es, wir würden den Lippenstift und diese Süßstofftabletten, die noch in der Pension sind, in ein Labor schaffen und prüfen, ob es wirklich ist, was es zu sein scheint. Wir müssen alle Möglichkeiten ausschöpfen. Du musst unbedingt die restlichen Sachen holen.«

Mir schnürte es den Hals zu.

»Der Mann aus der Krypta wird bestimmt irgendwo in der Nähe der Pension auf mich warten. Ich gehe da nicht mehr hin zurück. Nie mehr.«

»Wir dürfen nichts unversucht lassen.«

»Lass uns doch abwarten, bis wir diese Anisja gefunden haben. Hast du übrigens den Glückskeksspruch gesehen? Möglicherweise bedeuten die chinesischen Zeichen auf der Rückseite etwas ganz anderes als die Übersetzung, die draufsteht. Vielleicht ist das eine chemische Formel. Wir sollten jemanden finden, der uns die Schriftzeichen übersetzt.«

Leon durchschaute mein Ablenkungsmanöver leider sofort.

»Ich kann verstehen, dass du Angst hast, Mila. Aber ich werde auf dich aufpassen. Ich verspreche es dir.«

Der gute Freund, auf den man sich verlassen kann. Der auf einen aufpasst, wenn man in Schwierigkeiten ist. Aber das gelang eben nicht immer. Sonst wäre Erik Lüschke jetzt nicht tot. Diesmal war ich es, die aufstand und aus dem Fenster sah, aus Angst, Leon könnte in meinem Gesicht lesen, was mir gerade durch den Kopf ging.

»Ich habe einen Mietwagen, der steht unten in der Garage. Wir fahren bis vor die Haustür. Ich komme auch mit rein.«

Tu das bloß nicht! Dort lauert die Gefahr, sagte mir meine innere Stimme. *Der Wolf hat es auch geschafft, in Großmutters Haus zu kommen, um Rotkäppchen zu fressen. Einmal hat Leon dich retten können, aber jetzt wissen sie, dass du einen Beschützer hast.*

»Später. Ich gehe erst, wenn wir wissen, was es mit dem Zeitungsartikel auf sich hat.«

Vom Fenster aus konnte ich über die breite Straße sehen, auf den gegenüberliegenden Häuserblock, in dem anscheinend allerlei Geschäfte und Lokale waren. Dort stand eine Frau, ein wenig rundlich, mit dunklen Haaren und einer Plastiktüte in der Hand. Sie sah Frau Mooser verblüffend ähnlich. Ich trat so nah an die Scheibe, dass ich fast mit der Nase daranstieß.

»Was ist denn?«, wollte Leon wissen.

Doch das Phantom auf der anderen Seite war in der Passage des Häuserblocks verschwunden. Ich konnte Leon schlecht von Hauptkommissarin Mooser erzählen. Dann würde ich auch erzählen müssen, warum ich sie kannte. Dass sie in der Pension aufgetaucht war, weil ich eine Mütze gestohlen und die EC-Karte aus Frau Köllns Handtasche benutzt hatte, um mir einen Kredit zu gewähren.

»Nichts, alles in Ordnung.«

Die Polizeidirektion konnte nicht sehr weit entfernt sein. Auch eine Kommissarin hatte mal Feierabend und musste etwas einkaufen. Kein Grund, die Beziehung zu Leon mit übereilten Geständnissen zu belasten.

»Mila, wir brauchen die Sachen aus der Pension. Bitte!«

»Ich geh aber nicht. Erst, wenn wir über die andere Schiene nicht weiterkommen.«

»Also gut, warten wir erst einmal, ob der von der Zeitung sich heute noch meldet.« Leon hielt die Zettel aus Frau Köllns Adressbuch hoch wie ein Bündel Wettscheine. »Komm doch her zu mir. Wir sehen alles noch einmal durch.«

Als ich mich neben ihn auf das Bett setzte, legte er ganz kurz die Hand auf meinen Rücken. Eine Berührung wie ein Glas kühles Wasser an einem heißen Sommertag.

»Keine Angst, Mila, hörst du? Wir beide, wir bringen das hier zu Ende, und dann gehen wir nach Kanada. Halifax ist eine tolle Stadt, es wird dir dort gefallen. Und der kanadische Ahornsirup ist einfach einmalig. Okay?«

Ich nickte.

»Also, lass mal sehen. Was steht auf diesem Kekszettel? ›Es gäbe kein Glück, hätte das Unglück nicht geholfen.‹ Dann müssten wir beide wahrscheinlich in Zukunft ziemlich viel Glück haben, was? Also, der sieht so original nach Glückskeks aus«, sagte Leon, »ich glaube nicht, dass das eine vielversprechende Spur ist. Den legen wir mal hinten an. Was haben wir noch?«

»Was hältst du hiervon?« Ich hielt ihm den verknitterten Zettel hin, den Hugo aus der Biotonne gerettet hatte. »Die Telefonnummer von einem Alexander Semjonow. Und dann dieses ›F2, 29; Ma.‹, sieht doch aus wie ein Code, oder?«

»Ein Code?« Leon nahm mir den Zettel aus der Hand. »Nein, das ist kein Code. Kennst du Mannheim, die Quadratestadt? Liegt gerade mal zwanzig Kilometer entfernt.«

»Nur vom Durchfahren mit dem Zug.«

»In der Mannheimer Innenstadt gibt es keine Straßennamen, sondern eine Kombination aus Buchstaben und Zahlen, die den Häuserblock und die Hausnummer angibt. Ähnlich wie bei den Feldern auf einem Schachbrett. Wenn man es nicht weiß, kann das ziemlich verwirrend sein. Ich war vor Jahren mal dort und habe ewig gebraucht, bis ich gefunden hatte, wo ich hinwollte.«

»Du meinst, das ist eine Adresse in Mannheim?«

»Möglich. Vielleicht hatte Frau Kölln vor, sich hier mit diesem Alexander zu treffen, und hatte deshalb seine Adresse in der Tasche.« Leon hielt mir das Handy hin. »Finde es heraus, Sherlock Holmes!«

»Ich? Wieso ich?«

»Weil Frauen harmloser wirken. Ruf an und frag diesen Alexander, ob er Carolina Kölln kennt. Du wärst eine gute Freundin und auf der Suche nach ihr.«

»Wie unauffällig. Ich glaube nicht, dass jemand, der hier in der Region lebt, noch nichts von dem Mord gehört hat. Frau Köllns Tod ging doch durch alle Medien.«

»Aber du warst in der letzten Woche im Ausland, weißt von nichts und kannst sie nicht erreichen, obwohl du dringend etwas mit ihr besprechen musst.«

»Und woher soll ich seine Nummer haben?«

»Die hat sie bei dir liegen lassen, mitsamt ihrem Adressbuch. Bevor du ins Ausland geflogen bist.«

Diesmal dauerte es nicht so lange wie bei der Moskauer Zeitung, bis jemand abhob. Wieder war eine Frau am Apparat, der Stimme nach vielleicht um die vierzig oder fünfzig. Doch die hier sprach zum Glück Deutsch.

»Ja, Sabine hier.«

»Mein Name ist Mila Ülske«, sagte ich, mich daran erinnernd, dass ich seit dem Kongressabend ein Pseudonym für heikle Situationen hatte. »Bin ich dort richtig bei Alexander?«

»Ja, der wohnt hier.«

»Das ist doch F2, 29 in Mannheim, oder?«

»Wenn die Hausnummern nicht heimlich über Nacht geändert wurden, ist das hier F2, 29«, kam es etwas genervt vom anderen Ende. »Wollen Sie ihn sprechen?«

»Ja, bitte.«

Ich konnte hören, wie der Hörer abgelegt wurde, doch es dauerte keine fünf Sekunden, dann kehrte Sabine schon wieder zurück.

»Mir ist gerade eingefallen, der ist gar nicht da. Der ist heute nach Berlin.«

»Wann kommt er denn wieder?«

»Weiß ich nicht, da müsste ich mal einen von den anderen fragen.«

Im Hintergrund klapperte Geschirr, man hörte ein Gewirr von Stimmen, als stünde das Telefon in der Küche, in der man gerade beim Abendessen oder Feiern zusammensaß.

»... einer von euch, wann ... wiederkommt?«, hörte ich sie fragen.

»... ist eben zum Bahnhof ... Paul, wenn du jetzt nicht aufhörst ... gib mir mal den Wein rüber ... der Sascha bleibt vier Wochen ...«

»So in vier Wochen«, teilte Sabine mir schließlich mit. »Er ist gerade weg, nach Berlin, und von da aus fährt er zu seiner neuen Flamme.«

»Haben Sie seine Handynummer?«

»Nein, habe ich nicht. Er hat nur vorübergehend ein Zimmer hier gemietet«, sagte Sabine, wohl um mir zu erklären, dass sie mit dem Untermieter nicht allzu viel verband.

Als ich das Gespräch beendete, sah ich auf dem Display neben dem Symbol für die E-Mail eine kleine rote 1.

»Da ist eine Mail angekommen!«

Leon riss mir das Handy fast aus der Hand. Während er die

Nachricht las, zogen sich seine Augenbrauen immer mehr zusammen.

»Scheiße«, fluchte er und pfefferte das Handy auf den Tisch, sodass es über die Glasplatte rutschte, auf der anderen Seite hinunterfiel und auf dem Teppichboden landete. Dann verschwand er im Bad.

Ich hob das Handy auf und las, was auf dem Display stand: »Sorry, we have no further information about Anisja Iwanowa or her grandson. The journalist, who wrote the article, has left us last year. T.P.«

Keine Adresse von Anisja. So schnell war das Pflänzchen Hoffnung wieder verdorrt. Wie es aussah, würden wir nie erfahren, ob der kleine Wolodja und seine Großmutter etwas mit Frau Köllns Entdeckung zu tun hatten.

Doch die Gedanken in meinem Kopf wanden sich wie ein Lindwurm in seiner Höhle. Das Stimmengewirr aus der Küche, irgendwo in der Quadratestadt ... *gib mir mal den Wein rüber ... der Sascha bleibt* ... Menschen, die an einem Tisch saßen, gemeinsam tranken und aßen. Wie beim »Traumschiff«, wenn alle bei der festlichen Gala darauf warteten, dass Sascha Hehn, der Kapitän, sein Glas erhob und eine Rede hielt. Eine Szene, die ich in den letzten Wochen dank Tante Flo gleich mehrfach gesehen hatte.

Tante Flo schwärmte so sehr für Sascha Hehn, dass sie mir manchmal schon beim Frühstück, wenn ich mich noch schlaftrunken nicht zur Wehr setzen konnte, alles über ihren Sascha aus irgendwelchen Illustrierten vorlas. Warum Saschas Freundin ihn nicht zu den Dreharbeiten begleitete und dass Sascha eigentlich nicht Sascha, sondern Alexander hieß, sich als Künstler aber für die Kurzform seines Namens entschieden habe. Sascha würde auch viel besser zu einem Mann wie ihm passen, meinte Tante Flo damals, und ich vermutete sehr, dass sie dabei an irgendeine Szene dachte, als der schöne Sascha noch im Schulmädchen-Report mitspielte.

Alexander. Kurzform Sascha. Ich hatte nach einem Alexander gefragt und im Stimmengewirr aus der Küche den Namen Sascha gehört. Sascha. *Onkel Sascha.* Frau Kölln hatte den Artikel vom kleinen Wolodja in ihrer Handtasche gehabt. Auch die Adresse von Wolodjas Onkel?

Natürlich konnte es in dieser Wohnung in der Quadratestadt auch einen Sascha geben. Einen Alexander und einen Sascha. Ich rief ein zweites Mal bei Sabine an.

»Hier ist noch einmal Mila Ülske. Sagen Sie, der Alexander, der bei Ihnen wohnt, nennt der sich auch Sascha?«

»Ja, aber Alexander steht immer auf der Post. Er ist nicht da, das habe ich doch schon gesagt. Was wollen Sie denn von ihm?«

Ich erzählte Sabine, dass ich nur ganz sichergehen wollte, den richtigen Herrn Semjonow gefunden zu haben, da ich einer Freundin bei der Suche nach einem russischen Bekannten helfen würde. Sabine wusste nicht viel über Alexander, genannt Sascha. Er lebte seit drei Monaten in der WG, weil seine Frau ihn rausgeschmissen hatte. Aber dass er aus Russland kam, das wusste sie, aus einer Stadt mit einem Namen, den sie nicht behalten hatte.

»Heißt die vielleicht Kostroma?«, fragte ich.

»Ja, das kann gut sein. Irgendwas mit K.«

Als Leon wieder aus dem Bad kam, googelte ich gerade die Verbindungen der Bahn. Leon setzte sich zu mir.

»Du musst die restlichen Sachen holen, Mila. Alles andere macht keinen Sinn. Wir brauchen die Tasche. Du hast bestimmt etwas überse…«

»Ich glaube, ich weiß, wo Onkel Sascha ist«, unterbrach ich ihn. »Wolodjas Onkel. Der in dem Zeitungsartikel erwähnt wird. Der, zu dem Wolodja die weite Reise in den Ferien machen durfte.«

Leon sah mich an, wie Hugo es manchmal tat. Den Kopf leicht schräg gelegt, mit einem Blick, als hätte ich den Verstand verloren.

»Onkel Sascha alias Alexander Semjonow ist in Mannheim. Aber …«, ich sah auf meine Uhr, »… in genau fünfundzwanzig Minuten wird er in den Zug steigen und von dort verschwinden.«

18

Wir rasten über die Autobahn Richtung Mannheim. Leon fuhr so nah an den Wagen vor uns heran, dass ich für einen Moment dachte, wir würden ungebremst hineinrauschen. Rechts und links lagen Felder mit braunen Schollen, im Nordosten zog sich eine Hügelkette am Horizont entlang, sanft geschwungen wie die Schmuckreihe in einem Schönschreibheft.

Es war eine Ahnung, ungreifbar, nicht in Worte zu fassen. Wie das Gewitter, das in der schwülen drückenden Sommerluft zu spüren ist und die hektisch flatternden Schwalben am Himmel in die Tiefe zwingt: Wenn wir Wolodjas Onkel verpassten, die Geschichte von Anisja nicht erfahren würden, dann hatten wir verloren.

Leon wollte nicht nach Mannheim fahren, weil wir nur Zeit verschwenden würden. Leon glaubte, Frau Köllns Geheimnis wäre in der Tasche. Ich hatte gedrängt, es wenigstens zu versuchen. Dafür musste ich Leon versprechen, dass ich in die Pension gehen würde, um Frau Köllns restliche Sachen zu holen, wenn wir über Wolodjas Onkel nicht weiterkamen.

Endlich scherte der Wagen vor uns ein. Leon beschleunigte und zog vorbei.

»Das schaffen wir nicht mehr«, sagte er.

»Fahr einfach.«

Am Ende der Autobahn staute sich der Verkehr, mehrere Spuren liefen zusammen. Autos drängten von der einen Seite zur anderen, um auf die richtige Abfahrt zu gelangen, nach Ludwigshafen oder zu einer geheimnisvoll klingenden »Eastsite«. Wir fuhren weiter geradeaus, an einer Wiese vorbei, auf der sich mehr Kaninchen tummelten als auf einem Acker voll zarter Salatpflänzchen. Weiter ging es im stockenden Feierabendverkehr.

Im Internet war für den Zug eine Verspätung angezeigt. In manchen Dingen war die Bahn eben doch verlässlich. Als das Bahnhofsgebäude mit der gläsernen Kuppel zu sehen war, waren allerdings seit unserem Start in Heidelberg schon über dreißig Minuten vergangen. Wir fuhren in das Parkhaus unter dem Bahnhof und hielten vor einem Zugang, der direkt ins Gebäude führte. Ich sprang aus dem Wagen und rannte los, stürmte den Gang entlang, durch den man zu den Gleisen gelangte. Zwei Stufen auf einmal nehmend hastete ich die Treppe hinauf. Der Zug stand noch da. Um die offenen Türen scharten sich die einsteigenden Menschen.

Wie sollte ich jemanden finden, von dem ich nicht wusste, wie er aussah?

»Alexander Semjonow!«, rief ich, so laut ich konnte. »Ich suche Alexander Semjonow!«

Köpfe drehten sich zu mir, fragende Gesichter, doch niemand schien sich angesprochen zu fühlen. Also lief ich weiter am Gleis entlang, rief immer wieder Alexander Semjonows Namen, verfluchte die Bahn, die Züge einsetzte, die kilometerlang waren, und sah voller Entsetzen, wie immer mehr Menschen darin verschwanden.

»Alexander Semjonow! Alexander Semjonow!«

Der Mann hatte den Fuß schon am Einstieg, als er sich zu mir drehte. Unsere Blicke trafen sich über die Köpfe der Menschen hinweg.

»Sind Sie Alexander Semjonow?«

In der Reisetasche, die er in der Hand hielt, hätte man problemlos ein Kleinkind transportieren können. Sie passte zu dem Mann, der sich durch die Menschentraube zu mir drängte. Er war so groß, dass ich zu ihm hochschauen musste, mit dunklem Haar und ersten silbergrauen Fäden an den Schläfen.

»Was wollen Sie?«, fragte er.

»Ich muss dringend mit Ihnen sprechen. Es geht um Anisja Iwanowa und ihren Enkel, Wolodja.«

»Was haben Sie mit Anisja zu tun?«

»Anisja Iwanowa, sind Sie mit ihr verwandt? Ist Wolodja Ihr Neffe?«

Der große Mann musterte mich mit unverhohlenem Misstrauen.

»Was haben Sie mit ihr zu tun?«, fragte er noch einmal.

Aus den Augenwinkeln sah ich Leon, der über den Bahnsteig auf uns zugelaufen kam.

»Ich selbst nichts. Aber es gab da einen Vorfall mit dem kleinen Wolodja, als er in den Brunnen gefallen ist. Ich muss Sie dazu unbedingt etwas fra…«

Das Signal kündete die Abfahrt des Zuges an.

»Mein Zug fährt jetzt.« Alexander Semjonow drehte sich um, gerade als Leon abgehetzt bei uns ankam.

»Nun warten Sie doch!« Leon hielt den Mann am Ärmel fest. »Ich bezahle Ihnen eine Fahrkarte für den nächsten Zug. Wohin Sie auch wollen.«

Alexander Semjonow schüttelte seinen Arm, als wäre Leons Hand eine lästige Fliege, und machte sich auf, in den Zug zu steigen.

»Bitte, helfen Sie uns!«, flehte ich. »Es sind doch nur ein paar Fragen! Bitte!«

Vielleicht hörte er am panischen Tonfall meiner Stimme, dass unser Anliegen wirklich wichtig sein musste, vielleicht war es auch die hastig hervorgebrachte Versicherung Leons, dass er ihm ein Ticket für die erste Klasse kaufen würde. Auf jeden Fall zögerte Alexander Semjonow und trat vom Zug zurück. Die Türen schlugen zu, die Wagen setzten sich mit einem leisen Rauschen in Bewegung.

»Das ist nett von Ihnen! Vielen, vielen Dank.« Ich war so erleichtert, dass ich ihn am liebsten umarmt hätte. »Gehen wir doch irgendwohin, wo wir uns in Ruhe unterhalten können.«

»Erst kaufen wir die Karte«, sagte Alexander Semjonow und marschierte los.

Wir verließen den Bahnsteig und fuhren mit der Rolltreppe hoch in die Halle. Ich bedankte mich am Anfang der Rolltreppe, am Ende der Rolltreppe und oben in der Halle, bis Alexander Semjonow ein unfreundliches »Schon gut« knurrte. Als der Fahrkartenautomat das Ticket ausgespuckt hatte, setzten wir uns in eines der Cafés, in denen die Reisenden sich bei Cappuccino und Croissant die Wartezeit vertrieben. Leon nickte mir zu, was wohl hieß, dass ich anfangen sollte.

Ich holte den Zeitungsartikel heraus und legte ihn auf den Tisch.

»Wir haben diesen Artikel gefunden und würden gern wissen, was damals passiert ist. Ist dieser Junge Ihr Neffe?«

Alexander Semjonow nahm das Blatt und sah eine Weile auf das Foto. Dann schüttelte er langsam den Kopf.

»Nein.«

Am liebsten wäre ich unter den Tisch gekrochen. Da jagte ich Leon nach Mannheim, und er kaufte diesem Menschen für viel Geld ein Erste-Klasse-Ticket, alles nur, weil ich mir etwas zusammengesponnen hatte.

Doch Leon ließ sich nicht so schnell abwimmeln.

»Aber Sie kennen die Personen auf dem Bild?«, fragte er.

Es dauerte eine Weile, bis Herr Semjonow antwortete. Wie ein kalter Motor, der eine Weile braucht, um auf Touren zu kommen.

»Anisja ist unsere Nachbarin in Kostroma. Als Kind war ich fast immer dort. Sie war wie eine Mutter zu mir. Wolodja ist nicht mein Neffe, aber er nennt mich trotzdem Onkel.«

»Können Sie uns sagen, was genau damals passiert ist?«, fragte ich.

Er überflog den Artikel und legte ihn wieder zurück auf den Tisch.

»Steht doch drin.«

»Wissen Sie, ob Wolodja damals etwas aus dem Brunnen mitgebracht hat?«

»Keine Ahnung. Da war ich schon nicht mehr dort. Ich habe hier geheiratet.«

»Aber vielleicht haben Sie einmal mit jemandem über den Vorfall gesprochen? Sie haben doch sicher noch Kontakt zu Ihren Angehörigen aus Kostroma. Oder zu Anisja.«

»Klar.«

Mir war inzwischen auch etwas klar. Alexander Semjonow hatte sich zwar davon abhalten lassen, in den Zug zu steigen, das hieß aber noch lange nicht, dass er vorhatte, uns irgendetwas mitzuteilen. Vielleicht hätten wir seine Fahrkarte doch erst nach dem Gespräch kaufen sollen.

»Bitte, Herr Semjonow! Hat Wolodja etwas aus dem Brunnen mitgebracht? Das ist wichtig für uns!«

Ich wusste, dass nichts zu der geheimnisvollen Substanz in Frau Köllns Tasche war. Es gab keine Unterlagen, auch wenn Leon es nicht wahrhaben wollte. Es gab wahrscheinlich nur eine

Chance, dass Frau Köllns Entdeckung nicht verloren ging, und das war herauszufinden, womit sie dieses Heuschnupfenmittel versetzt hatte. »Wie alles begann« stand am Rand des Artikels, den Carolina Kölln bei sich gehabt hatte. Den Anfang zu finden, das, womit alles begonnen hatte, das war die einzige Chance.

Wolodjas Beinahe-Onkel sah mich an, als hätte ich die dümmste Frage aller Zeiten gestellt. »Was mitgebracht? Was soll er denn aus dem Brunnen mitgebracht haben? Ein Fahrrad?«

»Nein, ich meine eher etwas Essbares.«

»Bestimmt nicht.«

»Was ist mit dem Brunnen passiert? Hat man ihn wieder in Betrieb genommen?«

»Sie meinen, ob das Wasser aus dem Brunnen wieder gebraucht wird?«

»Ja, genau das.«

»Wissen Sie, was man im Brunnen gefunden hat? Nein? Dann sage ich es Ihnen: Skelette. Kleine, große. Einen ganzen Haufen Knochen. Und ein paar halb verweste Kadaver. In der Umgebung ist immer wieder mal was verschwunden. Ziegen, Hunde, Katzen. Einfach nicht mehr aufgetaucht, von einem Tag auf den anderen. Die lagen alle da drin.«

»Hat denn niemand von dem Brunnen gewusst?«

»Kann mich nicht erinnern, dass jemals drüber gesprochen worden wäre. Die Leute dachten, die Baba Jaga wäre schuld dran, dass so viel Viehzeug verschwand. Sie haben geglaubt, sie hätte in der Gegend ihre Hütte.«

»Die Baba Jaga? Wer ist das?«

»Eine alte böse Frau, so eine Art Hexe. Sie fliegt in einem Mörser und wohnt in einer Hütte, die auf Hühnerbeinen steht. Der begegnet man besser nicht. Auf ihrem Gartenzaun tanzen die abgenagten Schädel von denen, die sie gefressen hat.«

»Wir haben auch so eine, die hat sich auf Kinder spezialisiert. Allerdings hat ihr Haus keine Hühnerbeine, es ist aus Brot und Lebkuchen, und die Fenster sind aus Zuckerguss. ›Hänsel und Gretel‹, kennen Sie das?«

Neben mir räusperte sich Leon, wahrscheinlich, um mich davon abzuhalten, mit Herrn Semjonow eine Plauderei über russische und deutsche Hexen anzufangen. Aber Alexander Semjonow hatte wohl sowieso nicht vorgehabt, auf meine Frage zu antworten. Er trank seinen Kaffee und wischte anschließend mit der Handkante die Tropfen von der Tischplatte.

»Wird der Brunnen denn jetzt wieder benutzt oder nicht?«, versuchte ich mein Glück noch einmal.

»Würden Sie Wasser aus einem Brunnen trinken wollen, der voll mit Kadavern ist? Wo Ihr Lieblingshund oder Ihre trächtige Katze drin verreckt ist?«

Ich stellte mir den kleinen Wolodja vor, der bis zu den Knien in einer dunklen Brühe stand, mit einem stinkenden aufgeblähten Tierkörper neben sich.

»Armer Wolodja«, sagte ich. »Das muss schlimm für ihn gewesen sein.«

»Das Bild da …«, Alexander Semjonow deutete auf den Artikel, »… das ist gelogen. Gestellt, für die Zeitung. Wolodja war krank, als er da rauskam. Der Ausschlag, den er von dem Wasser an seinen Beinen hatte, hat ihm die Haut weggefressen. Im Bett hat er gelegen, ein paar Wochen lang, und jeden Tag geweint.«

»Und der Brunnen? Gibt es den noch?«

»Sie haben ihn zugeschüttet. Bis obenhin.«

Kein heilendes Wasser aus verborgenen Tiefen, das die Wirkung eines Heuschnupfenmittels auf wundersame Weise verändert haben könnte. Nichts. Null.

»Und Ihre Nachbarin Anisja«, fragte ich, »hatte die vielleicht Probleme mit dem Gedächtnis?«

»Nein.«

»Ich meine, hat sie sich irgendwie verändert, nachdem Wolodja aus dem Brunnen gerettet wurde?«

»Ja.« Alexander Semjonow kippte den Rest seines Kaffees runter, als wäre es ein Schnaps. »Sie hat den ganzen Tag gebetet, ist zur Kirche gerannt und hat Kerzen angezündet. Wie das die Alten so machen, wenn sie denken, Gott hätte seine Finger im Spiel gehabt. Sie hat es bei Gott wieder abgearbeitet, ihr Geld verteilt und sich um die Verrückten gekümmert.«

»Was meinen Sie damit, um die Verrückten? Menschen, die Probleme mit dem Gedächtnis haben?«

»Verrückte eben.« Die graublauen Augen des Mannes wanderten von mir zu Leon. »Was soll die Fragerei eigentlich?«

»Es geht darum, dass eine Frau, eine Wissenschaftlerin, eine Entde…«

»Es geht darum, dass eine Wissenschaftlerin, die wir gut kennen und der wir ein wenig helfen, an einer Studie arbeitet«, fiel Leon mir ins Wort. »Über tragische Unfälle.«

»Aha. Eine Studie also. Und deshalb holen Sie mich aus dem Zug?«

»Ja, wir suchen nach besonders extremen Fällen. Unfälle, die wirklich außergewöhnlich sind. Es ist eine psychologische Untersuchung dazu, wie Menschen mit solch einem Erlebnis fertigwerden. Können wir die Adresse von Anisja Iwanowa haben? Dann würden wir uns direkt mit ihr in Verbindung setzen.«

Alexander Semjonow schaute noch einmal zu mir, dann wieder zu Leon.

»Sicher. Können Sie haben.«

Leon ging zur Theke und fragte nach Papier und Stift. Mit großer Sorgfalt schrieb Alexander Semjonow etwas auf das Blöckchen und schob es uns wieder zu.

»Es wird Ihnen nur nichts mehr nutzen. Sie kann nicht mehr reden. Anisja hatte vor zwei Wochen einen Schlaganfall. Sie ist nicht bei Bewusstsein. Und Wolodja erinnert sich an nichts mehr. Alles weg aus seinem Kopf. Ist auch gut so. Das war es dann, oder?«

Wolodjas Onkel wartete nicht auf eine Antwort.

»Also dann«, sagte er und stand auf. »Viel Erfolg bei Ihrer … Studie.«

Dann ging sie davon, die Hoffnung. Ohne sich umzuschauen, die Reisetasche über die Schulter geworfen wie einen Sack Kohle. Das konnte einfach nicht sein. Ich nahm das Blöckchen und kritzelte meine Handynummer darauf, dann rannte ich los.

»Herr Semjonow!«, rief ich. »Warten Sie!«

Ich war bei ihm, bevor er die Rolltreppe erreichte.

»Hier meine Telefonnummer. Falls Wolodja vielleicht doch etwas aus dem Brunnen mitgebracht hat und es Ihnen wieder einfällt. Und ich wollte noch sagen …« Mir war, als müsste ich mich für Leons offensichtliche Lüge entschuldigen. Dafür, dass er diesen Mann für so dumm hielt, auf seinen Mist hereinzufallen. »Es tut mir leid.«

Alexander Semjonow nahm den Zettel und steckte ihn in seine Jackentasche. »Wollen Sie wirklich wissen, was Wolodja aus dem Brunnen mitgebracht hat?«

»Ja!« Natürlich wollte ich das.

»Angst. Wolodja kann bis heute durch keinen Fluss waten, in keine Badewanne steigen, nicht ins Schwimmbad gehen. Wenn er Wasser an seinen Beinen spürt, wird er krank vor Angst, obwohl es schon so lange her ist. Er fängt an zu schwitzen und muss weinen. Angst, das hat er aus dem Brunnen mitgebracht.«

Er trat auf die Rolltreppe, drehte sich noch einmal zu mir um, während er langsam in der Tiefe verschwand.

»Die Adresse, die ich Ihnen aufgeschrieben habe, das ist ein Hotel in Kostroma. Nicht zu teuer und gut. Falls Sie mal hinfahren.«

Im Café saß Leon mit einem Ausdruck im Gesicht, den ich nur zu gut von Tante Flo kannte. Auch der Satz, der kam, als ich ihm von der falschen Adresse erzählte, hätte original von ihr sein können.

»Ich habe es doch gesagt.« Er lehnte sich zurück und verschränkte die Arme. »Nichts als vertane Zeit.«

Doch während ich bei Tante Flo daraufhin meistens schuldbewusst den Kopf senkte, weil ich wusste, dass sie recht hatte, packte mich jetzt der Zorn.

»Ich kann dir auch sagen, warum. Weil du mit deinen blöden Lügen dafür gesorgt hast, dass er dichtgemacht hat. Eine psychologische Studie! Das hätte dir niemand abgekauft, der halbwegs bei Verstand ist. Bei solchen Studien, da bekommt man einen Brief und wird freundlich zur Teilnahme aufgefordert oder so, aber bestimmt rennen einem nicht zwei Leute auf dem Bahnsteig hinterher und winken mit einem Erste-Klasse-Ticket, noch bevor man überhaupt den Mund aufgemacht hat. Das war so was von stümperhaft gelogen, so was von …«

Mir fehlten die Worte. Miserables Lügen bestraft der liebe Gott immer sofort, das wusste ich aus Erfahrung.

»Was hattest du denn vor?«, fragte Leon. »Ihm etwa die Wahrheit auf die Nase binden? Sorry, aber wir sind an einer Sache dran, die bringt ein paar Milliarden. Wir brauchen da nur noch einige Informationen von Ihnen?«

»Wenn er verstanden hätte, worum es geht, wie wichtig das für die ganze Menschheit ist, dann hätte er vielleicht anders reagiert.«

Ich war so laut geworden, dass die Frau vom Nachbartisch schon zu uns rübersah.

»Allerdings«, zischte Leon mir zu. »Dann hätte er nämlich genauso wenig das Maul aufgemacht und wäre sofort losgerannt, um herauszufinden, wer ihm für seine Informationen etwas von den Milliarden abgibt.«

»Es sind nicht alle Menschen nur auf Geld aus.«

»Wie naiv bist du eigentlich, Mila? Reicht dir nicht, was heute in der Krypta passiert ist? Die Menschen sind so, genau so. Wenn es ums Geld geht, gibt es keine Moral mehr. Es muss nur genug sein, dann schneidet dir auch der netteste Nachbar die Kehle durch.«

»Dann bin ich wohl der lebende Gegenbeweis«, zischte ich zurück. »Ich habe mich von diesem Ranietzky auch nicht kaufen lassen. Also gibt es wohl Menschen, die für Geld nicht alles tun.«

Leon drehte sich so, dass die Frau am Nebentisch nicht mehr mithören konnte.

»Du bist längst gekauft. Mit einer Reise nach Kanada, freiem Wohnen bei mir und einem Job bei einem meiner Bekannten. Das war dein Preis. Wir geben die Unterlagen nur an eine andere Firma, die damit das macht, was wir wollen.«

»Aber das … das kann man überhaupt nicht vergleichen.«

Leon trank an seinem Kaffee und stellte die Tasse ab, ohne den Blick wieder zu heben.

»Lass uns aufhören zu streiten. Das hat keinen Zweck. Wir sind alle Egoisten, jeder auf seine Weise. Dagegen kommt man nicht an. Weil es unsere Natur ist.«

Es war eine Verurteilung, die keinen Widerspruch zuließ. Und für einen Moment musste ich daran denken, was wohl geschehen wäre, wenn Ranietzky mir noch mehr Geld geboten hätte. Leon schien mir angesehen zu haben, dass er mich verunsichert hatte.

»Tut mir leid. Ich will dir nicht den Glauben nehmen, es gäbe noch was anderes als Egoisten auf dieser Welt. Freu dich dran, wenn du es kannst. Ich kann es nicht.« Er stellte seine Tasse zurück auf das kleine Tablett. »Als Erik das Geld von mir wollte, weil er so viele Schulden hatte, da habe ich ihm eine Moralpredigt gehalten. Ich habe ihm gesagt, er bekommt kein Geld von mir, weil er endlich lernen muss, die Konsequenzen seines Handelns zu tragen. Aber das war nicht der eigentliche Grund.«

Leon schaute durch die Glasfront, den Menschen hinterher, die vorbeieilten. Bis sein Blick an einem Mann haften blieb, der gegenüber dem Café stand und etwas in seiner Jacke zu suchen schien.

»Ich wollte mir einen Sportwagen kaufen.« Leon sprach so leise, dass ich Mühe hatte, ihn zu verstehen. »Ein BMW M4 Coupé. Ich hatte es schon bestellt und keinen Bock, wegen Erik darauf zu verzichten. Deshalb ist er in die ganze Geschichte hineingeraten. Wegen eines BMW-Coupés.«

Ich wusste nicht, was ich erwidern sollte. Nichts, was ihn hätte trösten können. Leon sah immer noch zu dem Mann in der dunklen Jacke, der nun mit dem Handy am Ohr langsam davonschlenderte. Sein Blick verfolgte den Fremden, bis er in der Menge verschwand.

»Lass uns fahren«, sagte er. »Wir haben noch etwas zu erledigen.«

19

Während wir schweigend nach Heidelberg zurückfuhren, entfernte sich Alexander Semjonow immer mehr ins Niemandsland. Sicher, wenn er in einigen Wochen zurückkam, würde man noch einmal versuchen können, mit ihm ins Gespräch zu kommen. Aber dann war ich wahrscheinlich tot. Vom Wolf gefressen beim Versuch, Frau Köllns Pillendöschen aus der Pension zu holen.

»Du bist so still«, sagte Leon, während er wieder einmal in halsbrecherischem Tempo überholte.

Mein Ärger auf ihn hatte sich aufgelöst wie die Rauchfahnen aus den riesigen Schornsteinen am Mannheimer Stadtrand, die sich am Himmel entlangzogen, bis sie zu einem durchscheinenden feinen Dunst wurden. Dafür war die Angst zurückgekehrt.

»Vielleicht ging es nicht um Brunnenwasser, sondern um Weihwasser. Vielleicht hat Anisja nach der Rettung von Wolodja …«

»Mila, herauszufinden, was diese Geschichte mit Frau Köllns Medikament zu tun hat, wird ewig dauern. Und wenn wir Pech haben, verläuft die Spur im Nichts. Das ist so, als würdest du eine Schrankwand kaufen, die in hundert Einzelteile zerlegt ist, dabei könntest du sie fertig aufgebaut direkt nach Hause geliefert bekommen.«

»Es ist nichts in Frau Köllns Tasche gewesen. Keine Schrankwand und erst recht keine Unterlagen.«

»Kennst du die ›Chanel 2.55‹?«

»Was soll das sein? Ein Maschinengewehr, entworfen von Coco Chanel?«

»Coco Chanel ist schon ganz richtig. Die ›2.55‹ ist eine legendäre Handtasche, die sie im Februar 1955 entworfen hat, deshalb nennt man sie die ›2.55‹. Sie hat ein Geheimfach, in dem die Chanel angeblich ihre Liebesbriefe aufbewahrte.«

»Frau Kölln hatte aber keine Chanel-Tasche.«

Leon schaute ständig in den Rückspiegel, dann scherte er abrupt vor einem kleinen weißen Auto ein, sodass der Fahrer wütend hupte.

»Was machst du denn!«

»Sehen, ob wir überholt werden. Da fährt einer schon seit Mannheim hinter uns her.«

Ein silbergrauer Ford zog an uns vorbei. Der Beifahrer hatte den Kopf so gedreht, dass man nur das schwarze Haar sehen konnte, als wäre er in ein Gespräch mit seinem Nebenmann vertieft. Mit zügigem Tempo verschwand der Wagen vor uns im Verkehr.

»Hat die Tasche einen Schultergurt?« Leon setzte erneut den Blinker. »Es gibt Taschen, da ist im Schultergurt ein kleines Fach mit einem Reißverschluss, der fällt überhaupt nicht auf, weil er genau in der Naht liegt.«

»Du bist ja ein wahrer Handtaschenfreak. Wie viele hast du denn? Lass mich raten: keine einzige? Ich hatte in meinem Leben bisher ungefähr … zwanzig, vielleicht auch ein paar mehr. Kleine, große, mit und ohne Trageriemen. Ich kenne mich mit Handtaschen aus, und ich garantiere dir, in diesem Schultergurt war kein Geheimfach.«

»Es sei denn, du hast es übersehen.«

»Habe ich nicht.« Denn ich hatte gar nicht danach gesucht. Wer vermutet schon ein Geheimfach im Tragegurt einer Handtasche? Außer Coco Chanel vielleicht.

»Ich kann verstehen, dass du Angst hast, Mila. Aber du hast es versprochen. Außerdem ist die Gleichung ganz einfach: keine Handtasche, keine Reise nach Kanada.«

»Das ist miese Erpressung. Aber ich werde sowieso nicht nach Kanada kommen, weil der nette freundliche Mann, der mir schon in der Krypta die Kehle durchschneiden wollte, an der Pension auf mich warten wird.«

»Die Stadt ist bei dem schönen Wetter voller Menschen. Da kann man nicht einfach jemanden umbringen. Die werden kein Risiko eingehen, die sind doch nicht dumm.«

»Nein, die sind raffiniert. Deshalb haben sie Frau Kölln auch mitten in einer Menschenmenge umgebracht. Denen wird schon etwas einfallen. Für dich bestimmt auch, da sie jetzt wissen, dass wir zusammengehören. Ärgerlich nur, dass wir für nichts und wieder nichts sterben werden.«

Neben uns flog die Landschaft vorbei. Felder, in denen der

Mais kopfhoch stand und auf den Häcksler wartete. Felder wie in Ülske. Aber in Ülske hatte ich wenigstens eine Chance gehabt, eines natürlichen Todes zu sterben.

»Wenn man an Gott glaubt, ist es viel einfacher. Dann gibt es jemanden, den man um Vergebung bitten kann«, sagte Leon. »Man bekommt eine Strafe auferlegt, betet seine hundert Vaterunser, und dann geht es besser. Die Alpträume verschwinden und vielleicht auch der Druck auf der Brust, der dir nachts den Atem nimmt. Aber ich glaube nicht an Gott. Ich habe niemanden, der mir meine Schuld vergibt. Ich kann nur versuchen, etwas wiedergutzumachen.«

Vor uns fuhr ein riesiger Lkw. Der Abstand zwischen uns verringerte sich in rasendem Tempo.

»Du bist meine Chance, Mila. Darauf, das Konto auszugleichen. Ich brauche dich dafür.«

»Leon, brems! Du musst –«

»Sag mir, was ich sonst tun könnte, Mila. Ich weiß es nicht.«

Statt nach vorn zu sehen, schaute er zu mir und fuhr mit ungeminderter Geschwindigkeit weiter. Das Heck des Lastwagens mit der weißen Plane und dem roten Firmenlogo flog auf uns zu wie ein riesiges Warnschild.

»Sag mir, was ich tun soll! Sag es mir!«

»Brems, verdammt noch mal!«, schrie ich. »Brems endlich!«

Im letzten Moment schaute Leon wieder auf die Fahrbahn und stieg auf die Bremse. Ich schleuderte nach vorn. Mit einem Ruck blockierte mein Gurt. Leon riss das Lenkrad herum. Für eine schreckliche Sekunde, eine gefühlte Ewigkeit lang, glaubte ich, wir würden die Mittelplanke durchbrechen und wie eine riesige Billardkugel in den Gegenverkehr schießen, um alles, was wir touchierten, mit ins Verderben zu reißen. Doch wir schlingerten an dem Lkw vorbei.

»Tickst du noch sauber? Willst du uns umbringen?«

»Es tut mir leid. Ich habe ihn nicht gesehen. Ich wollte das nicht, wirklich.«

»Fahr rechts ran. Sofort! Du hältst augenblicklich an!«

Sobald Leon auf der Standspur hielt, drückte ich den Schalter für die Warnblinkanlage. Dann lief ich um den Wagen herum.

Neben mir donnerte die Fahrzeuglawine vorbei, so nah, dass der Asphalt unter meinen Füßen vibrierte. In einem Moment, in dem der Verkehrsfluss abbrach, riss ich die Fahrertür auf.

»Los, rutsch rüber. Ich fahr weiter.«

Leon gehorchte mir wie eine Marionette. Ich reihte mich wieder in den Strom der Autos ein und fuhr so langsam, dass wir ständig überholt wurden. Aber es ging nicht anders. Meine Knie zitterten noch so, dass ich mich nicht traute, schneller zu fahren.

»Ich habe ihn umgebracht«, sagte Leon.

»Du hast ihn nicht umgebracht. Du hast vielleicht einen Fehler gemacht, aber du konntest nicht wissen, dass Erik sich mit diesen Leuten einlassen würde. Wir alle machen mal einen Fehler. Glaub mir, ich bin darin besonders gut.«

»Durch deine Fehler ist aber niemand gestorben. Weißt du, wie das ist, Mila? Es ist die Hölle. Seit Eriks Tod bin ich in der Hölle.«

Wie musste es sein, sich nachts mit dem Gedanken zu quälen, Schuld am Tod eines Menschen zu haben? Des Freundes, den man seit der Kindheit kannte. Des Vertrauten, mit dem man sein halbes Leben geteilt hatte. Wahrscheinlich war das wirklich die Hölle.

»Mila, hilf mir doch. Du kannst es, ich brauche dich!«

Seine Stimme hatte den gleichen flehenden Unterton wie die von Tante Flo, als sie in der Nacht nach Almas Tod weinend durchs Haus gelaufen war und Gott angefleht hatte, diesen dummen Irrtum doch rückgängig zu machen.

»Bitte, Mila!«

»Also gut«, sagte ich. »Wir gehen die restlichen Sachen von Frau Kölln holen. Aber wir treffen eine Vereinbarung: Wenn nichts dabei ist, keine Unterlagen, keine Informationen über dieses Medikament, dann reisen wir ab. Wir können auch noch von Kanada aus versuchen, etwas über die Sache mit Anisja und ihrem Enkel herauszufinden. Und du wirst keine Dummheiten mehr machen!«

»Danke, Mila. Danke.« Leon drehte sich zu mir. »Ich weiß auch, wie du unerkannt in die Pension kommen kannst.«

»Erst schwörst du, dass du nicht in den Neckar springst oder vor den Zug fällst und auch nirgendwo gegenfährst. Versprichst du es?«

Leon nickte.

»Sag es! Laut und deutlich!«

»Ich werde weder mich noch jemand anderen in Gefahr bringen. Ich verspreche es dir, Mila.«

Es klang so ehrlich, so überzeugend, dass es mich eigentlich hätte beruhigen sollen.

Als wir wieder im Hotelzimmer waren, telefonierte Leon unentwegt. Dabei lief er aufgedreht wie eine Spielzeugfigur vom Fenster zur Tür und wieder zurück, und die Summen, die er als Leihgebühr für das Equipment bot, das wir brauchten, wurden höher und höher. So hoch, dass er wieder einmal recht behielt: Für Geld bekam man alles, es musste nur genug sein.

Sobald klar war, dass wir starten konnten, rief ich Hugo an, um sicher zu sein, dass er zu Hause war und sich kein unerwünschter Besuch eingestellt hatte. Ich brauchte Hugo, er musste mir die Tür aufmachen, damit mein Auftritt glaubwürdig erschien.

Dann fuhren wir mit dem Aufzug runter in die Tiefgarage. Der junge Mann, dessen Ausstattung Leon gemietet hatte, wartete schon auf uns. Breit wie ein Bär, aber mit Milchgesicht, Pickeln an den Schläfen und ein paar Haaren am Kinn, die sich bei guter Pflege vielleicht einmal zu einem Bart auswachsen würden. Neben ihm stand das aufgebockte Mofa, eine schwarze Ciao, auf deren Gepäckständer ein großer schmutzigweißer Styroporkasten montiert war, in dem sich Pizzakartons stapelten.

Ich probierte den Helm an. Er war zu groß und wackelte auf meinem Kopf wie eine überdimensionale Eierschale, aber bei heruntergeklapptem Visier erfüllte er seinen Zweck aufs Beste und verdeckte mein Gesicht. Auch die knallrote Bomberjacke mit grünem Schriftzug »Cosas Pizza-Blitz«, die nach Schweiß und Nikotin roch, war mir zu groß, ebenso wie die schwarzen Lederhandschuhe.

Leon drückte dem Pizzalieferanten gleich mehrere Hundert-Euro-Scheine in die Hand.

»Ich rufe Sie an, wenn Sie die Sachen wieder holen können.«

»Dann geh ich mal was essen«, erwiderte das kaugummikauende Milchgesicht und stellte erfreulicherweise keine Fragen.

Wahrscheinlich hatte Leon auch dafür bezahlt, genau wie für das Handy, das der junge Mann uns überließ. Mit jedem seiner Schritte, die auf dem Betonboden verhallten, fühlte ich mich ein wenig einsamer, wie ein rotes Michelin-Männchen, das darauf wartete, von den Wölfen zerfetzt zu werden.

»Also«, sagte Leon, »wir fahren jetzt los. Du wirst mit dem Mofa wahrscheinlich sogar eher da sein als ich mit dem Auto. Du wartest an der Straßenecke. Ich rufe dich an, sobald ich in der Gasse bin und gesehen habe, wie die Lage ist. Weißt du noch, wie du fahren musst?«

Wir waren den Weg ungefähr zehnmal durchgegangen. Ich nickte und schaute dabei wahrscheinlich genauso unglücklich, wie ich mich fühlte.

»Danach nehmen wir den nächsten Flug nach Halifax, und wenn wir dort sind, mache ich dir Waffeln mit Ahornsirup. Wie hört sich das an?«

Er stand so nah vor mir, dass ich seinen Atem in meinen Haaren spürte.

»Zu schön, um wahr zu sein.«

»Hey.« Leon legte seine Hand unter mein Kinn, sodass ich ihn anschauen musste. »Wir schaffen das, hörst du?«

Seine Stimme klang so liebevoll, dass ich gar nicht mehr darüber nachdachte. Es war eher eine Art Reflex, als ich meine Arme um ihn legte, so wie man einen Freund zum Abschied umarmt, wenn man nicht weiß, ob man ihn jemals wiedersehen wird.

»Ja, wir werden das schaffen«, sagte ich. »Dann sind wir beide frei.«

Leon konnte sich aus seiner Hölle freikaufen, und ich würde ein neues Leben anfangen. Er zog mich an sich, nur um mich gleich darauf wieder von sich zu schieben, als wäre es etwas Verbotenes, das wir da taten. Dabei streifte meine Hand einen harten Gegenstand, der seitlich in seinem Hosenbund steckte.

»Was hast du da? Ist das eine Pistole?«, fragte ich erschrocken.

»Willst du mit Wattebällchen werfen, wenn der Kerl wieder auftaucht? Ich werde auf dich aufpassen, das habe ich versprochen. Wir müssen jetzt los. Wie lange brauchst du, um die Sachen aus der Tasche zusammenzusuchen?«

»Zehn Minuten. Maximal.«

»Komm möglichst schnell wieder raus. Pizzaboten bleiben nicht zum Teetrinken. Wenn es länger wird, und ich höre nichts von dir, komme ich und hol dich da raus.«

Das fahle Licht der Tiefgarage fiel auf Leons Gesicht, und mein Magen krampfte sich zusammen. Er sah aus wie einer der Männer in Tante Flos Filmen, der mit geladenem Gewehr auf dem Weg zu dem Café war, in dem der Mörder seines Kindes beim Frühstück saß.

Die schwarze Ciao brachte mich im Eiltempo durch den Heidelberger Stadtverkehr. In der Plöck, der engen Straße, die parallel zur Fußgängerzone verlief, kamen mir die Radfahrer entgegen wie ein Bienenschwarm. Man musste höllisch aufpassen, um nicht mit jemandem zusammenzustoßen. Ich schlängelte mich durch, bis ich in der Zwingerstraße an der vereinbarten Stelle angekommen war, dann stoppte ich und wartete auf das Klingeln des Handys.

»Du kannst kommen«, war alles, was Leon sagte. Schon hatte er wieder aufgelegt.

Ich fuhr in die Gasse hinein und verfluchte, dass ich mit dem Helm zu den Seiten hin kaum etwas sehen konnte. Einige Meter von der Pension entfernt stand eine junge Frau mit Rucksack und studierte einen Stadtplan. Sonst war niemand dort, auch Leon nicht. Aber ich war mir sicher, dass er irgendwo hier sein würde, vielleicht versteckt in einem Hauseingang.

Ich stellte das Mofa vor der Hauswand der Pension ab und holte zwei Pizzakartons aus dem Styroporkasten. Dann klingelte ich, den Helm noch auf dem Kopf. Es dauerte nur ein paar Sekunden, bis die Tür sich öffnete und ich in Hugos überraschtes Gesicht sah.

»Bei mir sind Sie falsch. Ich habe keine Pizza bestellt.«

Ich klappte das Visier hoch.

»Mach ein freundliches Gesicht und lass mich rein.«

»Du!« Hugo schaute mich entgeistert an. »Was soll das denn?«

»Lass mich rein.«

Zum Glück trat er tatsächlich zur Seite und ließ mich durch.

»Was soll die Verkleidung?«

»Ich habe einen Minijob als Pizzalieferantin«, sagte ich und zog die Tür hinter mir zu.

»Du gehst shoppen und kommst mit einem Minijob wieder zurück?«

»Ja, den hat mir mein neuer Freund besorgt. Ich ziehe bei ihm ein, dann hast du dein Reich hier wieder für dich allein. Ich brauche noch ein paar Sachen, den Rest hol ich dann ein andermal.«

»Einen Minijob und einen neuen Freund? An einem Nachmittag?«

»Den Freund kenne ich schon länger.« Ich zog den Helm ab und drückte Hugo die Pizzakartons in die Hand. »Aber heute haben wir uns zufällig in der Stadt wiedergetroffen.«

»Und dann ziehst du gleich bei ihm ein?«

»Ja, so bin ich eben. Flatterhaft wie eine Motte. Sei froh, dass du mich los bist.«

»Da stimmt doch was nicht. Was ist hier los?«

»Ich ziehe aus, das ist alles.«

»Da kümmert man sich die ganze Zeit um dich, und dann haust du einfach so ab?«

Ich ließ Hugo stehen, in der Hoffnung, dass er aus dem Flur verschwand, wenn ich ihn nicht weiter beachtete.

»Das kann doch nicht dein Ernst sein«, rief er, als ich die Treppe hochstieg.

Zum Glück kam er mir nicht hinterher.

Oben im Bad hingen eine warme Dunstwolke und der Geruch von billigem Aftershave in der Luft. Das kleine Döschen mit den Pillen stand noch genau so im Medikamentenschrank, wie ich es hingestellt hatte, und auch Nageletui und Lippenstift lagen auf der Ablage. Ich ließ alles in meiner Hosentasche verschwinden. Was noch? Hatte ich nicht noch etwas hier oben versteckt? Pillendöschen. Lippenstift. Nageletui. Und?

Mich beschlich dieses ungute Gefühl, das ich so gut aus der Schulzeit kannte. Wenn ich morgens im Bus saß und mir dämmerte, dass ich wieder einmal irgendetwas verdammt Wichtiges vergessen hatte, wie die Hausaufgaben, die ich zum dritten Mal nachholen sollte, oder Tante Flos Unterschrift unter der Fünf in

Englisch. Hatte ich etwas vergessen? Aber was? Ich schaute in den Spiegel über dem Waschbecken, der noch so beschlagen war, dass ich mein Gesicht nur erahnen konnte. Was? Es fiel mir nichts ein. Lippenstift, Nageletui und Pillendöschen, das war alles, an das ich mich erinnern konnte. Und die Sachen unten aus dem Flur.

Ich spähte ins Treppenhaus. Hoffentlich stand Hugo nicht mehr da, sonst musste ich mir etwas einfallen lassen. Aber er war tatsächlich weg. So schnell ich konnte, lief ich die ächzende Treppe wieder hinab und wühlte mich an der Garderobe durch die Jacken und Mäntel, bis ich die weiße Mauer dahinter sah. Nichts. Keine Tasche. Mit fahrigen Händen schob ich die Kleidungsstücke auseinander. Sie musste hier sein!

Wenn ich ohne die Tasche kam, würde es garantiert niemals Waffeln mit Ahornsirup für mich geben. Wo war diese verdammte Tasche? Mein Fuß stieß am Boden gegen etwas Weiches, und mir fiel ein Stein vom Herzen. Dort unten lag sie. Ich stopfte sie unter die weite Jacke des Pizzalieferanten und dankte im Stillen, dass das Milchgesicht ein paar Kleidernummern mehr hatte als ich. Dann schnappte ich mir Frau Köllns Schlüsselbund, der brav noch an dem Haken hing, an dem ich ihn aufgehängt hatte.

Doch das altbekannte Unbehagen war mir die Treppe hinab gefolgt wie ein Bonbon, das unter meiner Schuhsohle klebte. Was noch? Ich hatte doch noch etwas versteckt! Was? Den Kuli! Er war blau gewesen, das wusste ich, aber in diesem verfluchten Becher neben dem Telefon standen mindestens vier blaue Kulis. Ich nahm sie alle und wollte sie gerade einstecken, als sich eine Hand auf meine Schuler legte. Erschrocken fuhr ich herum, in der einen Hand die Stifte, in der anderen den Schlüsselbund.

Hugo stand direkt hinter mir. »Was tust du da?«

»Meine Sachen holen, hab ich doch gesagt.«

»Das sind nicht deine Sachen!«

»Doch, das ist mein Schlüsselbund. Den hatte ich ans Brett gehängt, damit ich ihn wiederfinde.«

»Und was ist das?« Hugo packte meine Hand, in der ich die Kulis hielt, und zerrte sie in die Höhe. »Das sind Rosels Stifte. Die hast du da vorn weggenommen, das habe ich genau gesehen.«

Ich versuchte, mich aus seinem Griff zu winden.

»Aber einer ist von mir!«

»Ich wusste doch, dass man dir nicht trauen kann. Das war alles nur gelogen. Du hast auch meine Mütze gestohlen und das Geld abgehoben. Bestimmt hast du dieser Frau, die ermordet wurde, schon in der Bahn die Tasche geklaut. Deshalb ist mit meiner Mütze von ihrem Konto Geld abgehoben worden. Du bist eine Diebin! Und jetzt versuchst du es schon wieder!« Hugo drehte meinen Arm um, sodass ich vor Schmerz fast aufgeschrien hätte. »Lass die Stifte los!«

Ich schlug mit der Faust auf ihn ein. Dabei flog der Schlüsselbund aus meiner Hand und fiel klirrend zu Boden. Schon bückte Hugo sich danach.

»Dann wollen wir mal sehen, ob da nicht ganz zufällig Rosels Autoschlüssel dran ist. Und morgen ist das Auto dann weg.«

Ich stieß ihn zur Seite, er stolperte nach vorn und prallte unglücklich mit dem Kopf vor die Wand. Und während Hugo sich mit schmerzverzerrtem Gesicht die Stirn hielt und ich mir den Schlüsselbund griff, verwandelte sich das ungute Gefühl in Gewissheit.

Schlüssel. Auto. Schlüsselbund. Schlüsselanhänger. Ich hatte doch etwas vergessen! Das kleine rote Auto, den Fiat 500, den ich aus Frau Köllns Tasche genommen und in meiner Dachkammer auf das Regalbrett gestellt hatte. Ich musste noch einmal nach oben. Oder sollte ich es einfach hierlassen? Aber ich hatte Leon versprochen, alles zu holen.

Hugo hatte sich wieder aufgerichtet, schien allerdings etwas angeschlagen zu sein. Er schaute mich mit leicht entrücktem Blick an. Das war meine Chance.

»Tut mir leid, Hugo. Das wollte ich nicht.«

Ich rannte an ihm vorbei, die Treppe hoch, hielt mich dabei am Geländer fest, um nicht an den runden Kanten abzurutschen. Mit der anderen Hand stopfte ich Frau Köllns Tasche, die fast unten herausgerutscht wäre, wieder unter die Jacke.

Die Tür zu meiner Dachkammer stand halb offen. Auf dem Regal war nichts mehr, außer dem verstaubten Trockenblumenstrauß. Suchend fuhr ich mit der Hand über das hölzerne Brett, stellte mich auf die Zehenspitzen und reckte mich, so weit es ging.

Die Treppe knarrte, stampfende Schritte kamen auf die Tür zu. Ein Büffel, der zum Angriff überging. Meine Fingerspitzen berührten etwas. Endlich, da war das kleine Auto.

»Und was klaust du hier noch?« Hugo stand in der Tür, den Kopf dunkelrot vor Wut.

»Nichts.«

»Zeig, was du da in der Hand hast! Los, mach sie auf!«

Ich würde nicht an ihm vorbeikommen. Hugo war zwar kein Muskelpaket, aber ich erst recht nicht, und er füllte fast die gesamte schmale Tür aus. Meine Zeit lief ab, ich musste hier raus.

»Bitte, Hugo, glaube mir, ich habe nichts genommen, was Rosel gehört. Es ist alles von mir. Nur ein paar von den Stiften unten, weil ich nicht mehr wusste, welcher davon meiner ist.«

»Dann mach die Hand auf!«

Was hatte ich für eine Wahl? Hugo nahm den kleinen Fiat und inspizierte ihn, als könnte ich darin Rosels Perlenkette versteckt haben.

»Na gut, der kann wirklich nicht von Rosel sein, die hat ja nicht mal einen PC.«

Im ersten Moment verstand ich überhaupt nicht, was Hugo da redete.

»Einen PC?«

»Ja, einen PC.« Er drehte das Auto um. Die Rückseite war schwarz. »Hier, hast du das denn nicht gesehen?« Hugo drückte auf einen winzigen hervorstehenden Knopf, der sich daraufhin zur Seite bewegen ließ und unter der Karosserie einen flachen schwarzen Stecker hervorschob. »Ich hatte mal so was als Goldbarren. Das ist ein USB-Stick.«

Er gab ihn mir zurück. Voller Ehrfurcht schaute ich auf das kleine Auto, das rot glänzend in meiner Handfläche lag und in dessen Inneren Informationen schlummerten, die mehrere Milliarden Euro wert waren.

»Hugo, danke. Du bist echt …«

Der Rest blieb mir im Hals stecken. Unten an der Haustür hatte es geklingelt.

20

Hugo hatte sich schon umgedreht, um runterzugehen, doch ich hielt ihn an seinem Pullover fest.

»Warte! Warte einen Moment. Hier!« Ich zog die Kulis aus der Jackentasche. »Ich gebe sie dir. Du kannst sie alle haben. Und die Schlüssel auch. Ich brauche sie nicht mehr, ich gehe sowieso nicht nach Ülske zurück.« Alles andere war jetzt egal, Hauptsache, ich hatte den USB-Stick. »Am besten, ich mache die Tür auf. Das ist bestimmt mein Freund, und der ist entsetzlich eifersüchtig.«

Ich drückte Hugo Stifte und Schlüsselbund in die Hand. Er runzelte die Stirn, doch er ließ mich vorbei, nur um dann hinter mir die Treppe runterzulaufen, so nah, dass er mir fast in die Fersen trat. Als meine Hand das kalte Metall der Türklinke berührte, klingelte es zum zweiten Mal. Lange und wütend.

Es war, wie ich befürchtet hatte. Draußen stand Leon, den Kragen seiner Jacke hochgeschlagen.

»Hallo Schatz, da bist du ja!«, begrüßte ich ihn. »Ich wollte gerade rauskommen.«

»Sie sind also Milas neuer Freund?« Hugo schob mich einfach zur Seite. »Kommen Sie doch rein.«

Die Tür fiel hinter Leon zu. Zu dritt standen wir in dem engen Flur. Ich sah Hugos herausfordernden Blick und wusste, dass das nicht gut gehen würde.

»Bevor Mila geht, wüsste ich nämlich noch gern, was sie da unter ihrer Jacke versteckt.«

»Was soll ich denn unter der Jacke haben?«

Doch ich hatte nicht aufgepasst. Als ich die Treppe hinuntergelaufen war, musste der Gurt von Frau Köllns Handtasche wieder unter der Jacke hervorgerutscht sein. Er baumelte bis vor meine Knie.

»Ach das, das ist nur meine Handtasche. Ich bin mit dem Mofa unterwegs, da stört sie, wenn ich sie über die Schulter hänge.«

»Ich würde sie gern sehen.«

Die Muskeln an Leons Wangen spannten sich. »Mila zeigt Ihnen gar nichts.«

Ich ahnte, was in Leon vorging. Er war so kurz davor, seiner Hölle entfliehen zu können, und dann kam Hugo, dieses nervige halbe Hemd, und machte völlig unnötige Probleme.

»Weißt du …«, ich legte beschwichtigend meine Hand auf Leons Arm, »… Hugo ist ein netter Kerl, aber er hat immer Angst, man würde ihn beklauen. Nur weil mal seine Mütze weggekommen ist.«

»Wenn es deine Handtasche ist«, konterte Hugo, »dann ist es doch kein Problem, sie mir mal kurz zu zeigen.«

»Haben Sie nicht gehört?« Leon trat so nah an Hugo heran, dass eigentlich jedem klar sein musste, es würde Ärger geben, wenn man nicht gleich die Klappe hielt. »Das ist ihre Tasche. Und die nimmt sie mit.«

Aber Hugo verschränkte die Arme und baute sich auf wie einer dieser kleinen Kläffer, die in völliger Selbstüberschätzung eine Dogge anbellten.

»Wenn es Milas Tasche ist, ist es doch kein Problem, sie zu zeigen.«

»Mila braucht Ihnen nichts zu zeigen.«

»Ist schon gut, Schatz. Ich habe alles, was wichtig ist. Hugo kann gern …«

»Sie nimmt die Tasche mit.« Leon betonte jedes Wort, als würde Hugo schlecht hören. Er ging noch ein wenig näher an ihn heran. Hugo stand nun fast mit dem Rücken an der Wand. »Es ist ihre Tasche. Welchen Teil davon haben Sie nicht verstanden?«

Ein Schweißtropfen rann mir den Rücken hinab. Ich konnte nur noch an die Waffe denken, die in Leons Hosenbund steckte.

Der kleine Köter aber kläffte weiter. »Und warum, bitte schön, kann sie dann nicht …«

Der schrille Ton der Klingel unterbrach ihn. Ich stand am nächsten zur Haustür und überlegte nicht lange. Hauptsache, hier passierte nicht gleich ein Unglück.

Ich zog die Tür auf und sah in das sympathische Gesicht einer jungen Frau. Es war dieselbe, die eben mit dem Stadtplan in der Hand auf der Gasse gestanden hatte. Sie warf die langen braunen Haare zurück und lächelte mich an.

»Hallo, ich habe gehört, das hier ist eine Pension.«

Die Frau kam mir bekannt vor. Vielleicht lag es daran, dass sie ein bisschen aussah wie Sandra Bullock.

»Meine Mutter war vor einigen Jahren hier. Haben Sie noch ein Zimmer frei?«

Die hatte der Himmel geschickt. Ein Engel mit dunklen Haaren.

»Oh, da fragen Sie am besten Herrn Benske, der ist hier zuständig.«

Schon war ich an ihr vorbei und stand draußen auf der Gasse. Leon kam gleich hinterher und ging in die andere Richtung davon, ohne noch ein Wort mit mir zu wechseln.

»Dann sind Sie Herr Benske?«, hörte ich die Stimme der Frau. »Wissen Sie, als meine Mutter damals hier war …«

Hugos Blick, den er mir über ihre Schulter hinweg zuwarf, hätte ich lieber nicht gesehen. Er war nicht wütend, nicht zornig. Eher verstört und ein bisschen traurig.

Am Mofa stellte ich mit Erschrecken fest, dass ich den Helm in der Pension vergessen hatte. Was für ein Fehler! Die ganze Maskerade umsonst! Am liebsten wäre sofort ich wieder reingerannt. Doch dann sah ich Leon, der sich zu mir umgedreht hatte. Seine Lippen formten das Wort »Hotel«.

Wahrscheinlich war es das Beste. Nichts wie weg hier. Ich ließ das Mofa an und fuhr los. Es war das optimale Verkehrsmittel, um in einer Stadt mit engen Straßen und viel zu vielen Autos zu entkommen. Schnell und wendig. Vielleicht das Einzige, mit dem ich eine Chance hatte, wenn meine Verfolger wirklich hier irgendwo waren.

Ich raste wie der Teufel durch die Plöck zurück, wich entgegenkommenden Radfahrern aus, fuhr auf den Bürgersteig, als einer dieser überdimensionierten SUVs die Fahrbahn blockierte. Um ein Haar hätte ich eine Frau mit Kinderwagen gestreift, die mir ärgerlich hinterherschimpfte. Ein Imbiss, Bäckereien, Schaufenster mit Bücherbergen und ausgedienten Zahnarztstühlen flogen an mir vorbei.

Als ich am Ende der Plöck angelangt war, schlug die Ampel am Überweg auf Rot. Ich fuhr einfach weiter und schaffte es gerade noch auf die andere Seite, bevor die ersten Autos losbrausten. Schon kam ich zu der Straße, die an die Rückseite des Hotels führte. Ich balancierte an der Schranke zur Tiefgarage vorbei und fuhr hinab in die Betonhöhle, bis zu der Stelle, an der wir das Mofa übernommen hatten. Dort stellte ich den Motor ab.

Endlich konnte ich aus dieser Jacke raus. Ich hatte so geschwitzt, dass mir der dünne Pulli darunter auf der Haut klebte. Als ich den Reißverschluss aufzog, plumpste Frau Köllns Handtasche auf den Boden. Ein Auto fuhr in die Garage. Hastig griff ich nach der Tasche und versteckte mich hinter einem Betonpfeiler. Der Wagen fuhr vorbei. Es dauerte keine Minute, dann kam Leon im dämmrigen Licht auf mich zu.

»Ich habe alles!«, rief ich ihm entgegen.

Er fasste mich am Ellbogen und dirigierte mich Richtung Aufzug.

»Lass uns erst hochgehen.«

Wie auf einer Wolke schwebte ich in den Aufzug. Kanada, Leon, der ohne Alpträume schlafen konnte, eine Zukunft. Eine Welle von Glück durchströmte mich. Vielleicht würde selbst mein Café kein Traum bleiben.

Der Aufzug hielt im Erdgeschoss, ließ einen Mann in dezent grauem Anzug herein, um ihn zwei Stockwerke höher wieder auszuspucken. Auf unserer Etage angekommen, zog Leon die Schlüsselkarte durch. Im Zimmer überreichte ich ihm feierlich Frau Köllns Tasche.

»Hier. Modell 08/15.«

Leon tat genau das, was ich erwartet hatte: Er fuhr mit den Fingern vorsichtig tastend den Tragegurt entlang, auf der Suche nach verborgenen Fächern.

»Ich habe da noch etwas.« Der kleine Fiat schlummerte in meiner offenen Hand. »Der fährt vor allem auf der Datenautobahn.«

Auch Leon brauchte einen Moment, bis er verstanden hatte, worum es ging. Es war beruhigend, nicht die Einzige zu sein, die so ein Ding noch nie gesehen hatte.

»Du meinst, das ist …«

»Ja, das ist der USB-Stick aus Frau Köllns Tasche! Dreh ihn um.«

Leon entdeckte gleich den kleinen Knopf an der Unterseite, der den Stecker zum Vorschein brachte. Als er ihn in seinen Laptop schob, leuchteten die winzigen Scheinwerfer des Fiats auf, als würde er sich freuen, endlich an die Arbeit gehen zu können.

Wir beugten uns beide über den Bildschirm. Auf dem Stick waren jede Menge Dateien gespeichert, eine trug den Titel »Kongress Heidelberg«. Leon öffnete sie, es waren mehrere Seiten Text mit Tabellen dazwischen.

»Wow, siehst du das?«, sagte er und scrollte den Text langsam runter, um ihn zu überfliegen.

Es war Frau Dr. Kölln's Manuskript für ihren Vortrag auf dem Kongress. Darin stand, was sie der Fachwelt hatte mitteilen wollen, und es erklärte, warum sie in den Interviews davon gesprochen hatte, dass man den Russen auf den Teller schauen sollte. Es ging nicht um Soljanka oder Blinis, es ging um ein Gewürz.

Ich darf Ihnen heute eine bahnbrechende Entdeckung vorstellen. Eine Entdeckung, bei der Tradition und moderne Forschung sich vereinen zum Wohle der Menschheit. Lassen Sie mich beginnen in einer Stadt in Russland, in einer Klinik, in der einige an der Alzheimer-Demenz erkrankte Patienten auf wundersame Weise ihr Gedächtnis wiedererlangten. Eine Stadt, in der Frauen eine alte Tradition pflegen: die Herstellung eines Salzes, dem von jeher eine heilende Wirkung zugesprochen wird. Ich spreche vom »Schwarzen Salz« der Frauen von Kostroma.

Ein Salz, das, wie Frau Kölln in ihrem Vortrag erklärte, nur an einem einzigen Tag im Jahr hergestellt wird, dem Gründonnerstag, und dem man eine heilende Wirkung bei allen möglichen Erkrankungen nachsagt. Um es zuzubereiten, wird Steinsalz grob zerstoßen und anschließend in einem ausgehöhlten Laib Brot über viele Stunden im Ofen gebacken, bis es eine schwarze Färbung annimmt. Und obwohl es nicht zur traditionellen Vorgehensweise gehört, gibt es Frauen, die dem Salz noch das eine oder andere beimischen, je nachdem, was ihrer Meinung nach seine Heilkräfte noch verstärken kann. Zum Beispiel Kräuter, oder, nicht ganz so traditionell, angeblich manchmal auch alte Medikamente, die sich noch im Schrank finden. Daher gibt es nicht nur ein Schwarzes Salz.

Leon fuhr mit dem Cursor weiter hinab, bis er zu einer Tabelle kam. »Effekt der Salze 1–23, kombiniert mit Antihistaminikum« stand darüber. Die Zahlen, die in der Zeile »Salz_14« standen, waren mit kleinen Sternchen versehen.

»Ich nehme mal an, jedes Salz, das hier aufgeführt ist, wurde von einer anderen Frau hergestellt«, mutmaßte Leon. »Aber es gab offensichtlich nur eines, das Effekte aufwies.« Er tippte auf den Bildschirm. »Das hier, Salz_14. Deshalb hätte Frau Kölln auf dem Kongress auch ruhig verraten können, dass es um das Schwarze Salz von Kostroma geht. Sie war die Einzige, die wusste, wie die Frau heißt, deren Salz gegen Alzheimer hilft, und die sagen könnte, was da sonst noch drin ist.«

»Anisja Iwanowa«, sagte ich. »War ihr Bruder nicht in einer Klinik untergebracht? Würde mich nicht wundern, wenn das die Klinik ist, in der die Patienten geheilt wurden.«

»Gut möglich.«

Auf dem Stick gab es noch einen ganzen Ordner mit der Bezeichnung »Herstellung von S_14«. Als Leon ihn öffnete, kamen Dateien mit Zeichnungen und Formeln zum Vorschein, die mich sehr an meinen Chemieunterricht erinnerten.

»Das muss es sein!«, sagte er. »Das ist die Zusammensetzung.«

Welch ein Glück, dass dieser kleine Fiat nicht auf Rosels Regalbrett in Vergessenheit geraten war!

»Jetzt kannst du damit machen, was du für richtig hältst. Etwas in Frau Köllns Sinne. Erik hätte sich bestimmt darüber gefreut.«

Leon schwieg. Er schien genauso überwältigt zu sein wie ich.

»Was tun wir jetzt?«

»Na, was wohl?« Leon klappte den Laptop zu. »Jetzt feiern wir. Ich geh runter in die Hotelbar und sehe zu, ob ich eine Flasche Sekt auftreiben kann.«

Er stand auf und ging zur Tür. Doch bevor er das Zimmer verließ, drehte er sich noch einmal zu mir um.

»Ich werde noch den Pizzalieferanten anrufen, damit er die Sachen holen kommt. Der will sicher Geld für seinen Helm haben. Du bleibst solange hier, okay?«

Er zögerte, stand an der Tür, wie der Typ »einsamer Cowboy« aus Tante Flos Filmen, der verhärmt und vom Leben gezeichnet durch die selbstlose Liebe einer Frau von den Fesseln seiner Einsamkeit befreit wird und ihr in kargen, ergreifenden Worten dafür dankt, bevor er zum nächsten Viehtrieb aufbricht.

Was kam jetzt? *Mila, du bist eine wunderbare Frau. Ich bin froh, dass du mit mir nach Kanada gehst.* Oder: *Mila, du hast mich gerettet. Außerdem habe ich mich in dich verliebt.* Oder einfach nur: *Mila, ich danke dir.*

Aber Leon sagte gar nichts, und die Zimmertür schloss sich hinter ihm mit einem dumpfen Geräusch.

Draußen vor dem Fenster war es inzwischen dunkel geworden, und doch war diese Stadt mit ihren ganzen Lichtern heller als Ülskes Hauptstraße, wenn die Weihnachtsbeleuchtung hing. Ich hatte immer gern in Ülske gelebt, bis auf die Tage, an denen die Bauern Gülle ausfuhren. Wahrscheinlich würde ich Deutschland vermissen, sobald ich in Kanada angekommen war.

Und Jens? Vielleicht würde ich ihn in Kanada endlich vergessen. Ich hatte in den letzten Stunden nicht mehr an ihn gedacht. Das war mir in den vergangenen drei Monaten an keinem einzigen Tag gelungen, und es tat verdammt gut. Was er wohl gerade machte? Mit Sarah bei »Marco« in der Pizzeria sitzen, so wie wir es getan hatten? Sarah, die Verräterin, mit ihren langen dunklen Haaren.

Während ich an die Verräterin dachte, fiel mir auch wieder ein, warum die Frau mit den langen dunklen Haaren, die an der Pension geklingelt hatte, mir so bekannt vorgekommen war. Nicht weil sie aussah wie Sandra Bullock. Sie hatte mich an Sarah erinnert, und ich kannte sie tatsächlich. Zumindest glaubte ich, sie schon einmal gesehen zu haben: Als ich nach der Vernehmung durch Frau Mooser in der Bäckerei gegenüber gesessen hatte, war sie aus dem Polizeigebäude gekommen. Was für ein Zufall. Oder irrte ich mich?

Draußen auf dem Flur waren Stimmen zu hören, junge Leute, die lachten. Gleich darauf wurde die Schlüsselkarte durchgezogen.

»Gab es keinen Sekt?«

Doch es war nicht Leon.

Der Mann, der hereinkam, hatte ein kantiges Gesicht, Kinn und Wangen waren von grauen Stoppeln überzogen und zwei seiner Finger verbunden. Er stellte sich breitbeinig von innen vor die Tür, eine Pistole in der Hand, die er auf mich richtete.

Der Wolf hatte mich gefunden.

»Keinen Mucks, oder du bist tot. Schreien stört in so einem feinen Hotel die Nachbarn. Und das wollen wir nicht, oder?«

Die Angst flutete über mich hinweg wie das eiskalte Wasser über den Ertrinkenden und nahm mir den Atem.

»Mit mir hast du wohl nicht gerechnet, was? Wartest du auf deinen Freund, du kleine Schlampe? Deinen netten, lieben Freund?«

Er kam näher, ich wollte zurückweichen, aber ich stand schon mit dem Rücken am Fenster. Er hielt mir seine verbundenen Finger so nah vors Gesicht, dass ich den Geruch des Heftpflasters riechen konnte.

»Siehst du das? Das hat verdammt wehgetan. Glaubst du, das lasse ich mir einfach so gefallen?«

Er trat zurück und bewegte die Pistole wie einen Laserpointer hin und her, als suchte er nach einer Stelle, an der die Kugel mich gleich treffen sollte. Ich schloss die Augen, ich wollte nicht in dieses hassverzerrte Gesicht sehen, wenn ich starb.

»Wegen dir habe ich eine Menge Ärger bekommen. Grapscht mir einfach die Tasche vor der Nase weg. So was Dreistes ist mir in meinem Leben noch nicht untergekommen. Ich könnte dich jetzt abknallen, wenn ich wollte.«

Er drückte den Lauf der Pistole unter mein Kinn. Ich spürte das kalte Metall, spürte, dass unsere Körper sich fast berührten. Sein Atem roch nach süßlichem Kaugummi und Nikotin. Angewidert drehte ich den Kopf zur Seite.

»Magst du mich nicht? Das ist aber schade.«

Ich musste die Lippen zusammenpressen, um nicht vor Angst zu schreien.

»Das machst du gut. Den Mund immer schön zuhalten. So ist es genau richtig.«

Der Druck unter meinem Kinn verschwand. Ich öffnete meine Augen erst, als ich hörte, dass er sich auf das Bett setzte.

»Immer schön die Klappe halten, oder du bist tot. Verstanden? Komm her, hier, neben das Bett. Runter auf die Knie.«

Eine kurze Bewegung mit der Waffe, und ich tat, was er wollte, kniete neben dem Bett nieder, wie die Sünderin vor dem Kreuz.

»Die Hände hinterm Rücken verschränken. So ist es brav. Kopf runter. Und schön stillhalten. Denk dran: Ich muss nur meinen Finger krümmen, und dein hübscher Kopf ist weg.«

Er lehnte sich mit dem Rücken ans Kopfteil des Bettes und schlug die Beine übereinander, als hätte er vor, sich einen netten Fernsehabend zu machen. In der einen Hand die Waffe, griff er mit der anderen tatsächlich nach der Fernbedienung, die auf dem Nachttisch lag, und machte den Fernseher an. Der konnte nur krank sein. Völlig gestört.

Ob er schon einen Mord begangen hatte, um an die Schlüsselkarte zu kommen, mit der er hier hereinspaziert war? Und eines der Zimmermädchen lag tot im Hotelkeller unter einem Berg von Bettlaken?

Aber wie hatte er uns gefunden? Es war fast unmöglich, dass er mir bei meiner Mofafahrt durch die Altstadt gefolgt sein sollte. Er musste uns schon von der Krypta aus nachgegangen sein.

Inzwischen ging mein Atem so schnell, als wäre ich beim Hürdenlauf, und doch glaubte ich, gleich ersticken zu müssen. Ich bemühte mich, nicht hörbar nach Luft zu schnappen. Was sollte ich tun? Ich musste irgendetwas tun. Leon würde gleich zurückkommen. Er würde Leon töten. Und dann mich.

Man muss nur genug bieten, dann lässt sich jeder kaufen. Leons Lebensweisheit. Ich hatte einen USB-Stick, der Milliarden wert war. Er steckte an der Seite im Laptop, und der stand hinter mir auf dem kleinen Tischchen beim Fenster.

»Ich weiß, wo die Unterlagen von Frau Kölln sind«, sagte ich mit unsicherer Stimme.

»Halt die Klappe.«

»Die Unterlagen, die in der Tasche waren.«

Vielleicht kannte er nicht einmal den Grund, warum er sie hatte stehlen sollen. Ein Handlanger, der keine Ahnung hatte.

»Die Unterlagen kann man verkaufen, da lecken sich einige Pharmafirmen die Finger nach. Ein paar Hunderttausend sind sicher für Sie drin. Wenn Sie mich freilassen, dann zeige ich Ihnen …«

»Halt die Klappe!«

Er hatte mir am Bahnhof die Tasche nicht abnehmen können. Er war weggerannt, als ich ihn beim Einbruch in die Pension überraschte. Leon hatte ihn in der Krypta niedergeschlagen. Dreimal versagt. Grund genug für seinen Auftraggeber, ihm einen Tritt zu geben? Hatte man ihn rausgeworfen? Ging es nicht um Geld, sondern um Rache? Dann gab es vielleicht nichts, womit ich ihn kaufen konnte.

»Arbeiten Sie für Ranietzky? Hat er Sie gefeuert?«

Der Mann mit den Wolfsaugen setzte sich ruckartig auf, langte zu mir rüber und riss meinen Kopf an den Haaren nach hinten.

»Hast du nicht verstanden, halt deinen Rand! Ich will Fußball gucken.«

»Tut mir … tut mir leid«, stammelte ich.

»Will ich auch hoffen.«

Er ließ mich los und nahm wieder seine Feierabend-Fernseh-Haltung ein.

Nun würde Frau Moosers Prophezeiung also Wirklichkeit werden. Der Wolf war gekommen, um seine Beute zu holen. Im Bett lag er schon, nur hatte er nicht Großmutters Haube auf, und Rotkäppchen würde nicht mit einer Flasche Wein im Korb zu Besuch kommen, sondern Leon mit einer Flasche Sekt.

Ich würde schreien, sobald ich ihn an der Tür hörte. Ihm zurufen, dass er wegrennen sollte. Selbst wenn der Wolf mich dann töten würde. Alles andere konnte nur bedeuten, dass wir beide sterben mussten.

Der Fernsehkommentator jubelte. Jemand hatte ein Tor geschossen. Vor dem Fenster fuhren die Autos los, die an der Ampel gewartet hatten. Da draußen ging das Leben einfach weiter.

Wenn man irgendwann einmal meine Leiche fand, würde Tante Flo den letzten Rest Realität loslassen. Auf immer und ewig verschwinden, bei Paramount und Goldwyn Mayer. Ich sah sie auf dem Stuhl in der Küche sitzen, wie sie mir die Haare kämmte und mir Zöpfe flocht, bevor ich zur Schule ging. Dabei hatte sie mir oft von meiner Mutter erzählt, der sie das Radfahren beigebracht hatte und die abends zu ihr ins Bett gekrochen war, wenn sie sich fürchtete. Ich konnte mich nicht mehr an meine Mutter erinnern. An keine Umarmung, keinen Gute-Nacht-Kuss. Ich hatte keine einzige Erinnerung an sie, die mich in meiner Angst hätte trösten können. Die Tränen liefen mir übers Gesicht.

»Hör auf zu flennen!«

Aber ich heulte nur noch mehr.

»Du sollst aufhören!«

»Kann ich aber nicht«, schluchzte ich.

»Mein Gott. Jetzt hör schon auf!«

»Meine Knie tun weh«, sagte ich, nur um überhaupt irgendetwas zu sagen außer: Ich will nicht sterben.

Mein Peiniger machte mit der Waffe eine Bewegung zum Sessel neben dem kleinen Tisch.

»Dann steh auf und setz dich da hin. Aber wehe, du rührst dich von der Stelle. Dann bist du tot, bevor dein Arsch vom Stuhl abgehoben hat. Verstanden?«

Ich nickte dankbar. Der Sessel erschien mir als große Belohnung. Als hätte er mir ein besonderes Geschenk gemacht, indem er mich aus dieser demütigenden Haltung entließ.

Doch noch während ich mich mühsam aufrichtete, sprang er vom Bett, riss mich hoch und nahm mich in den Schwitzkasten, sodass ich mich kaum rühren konnte. Draußen vor der Tür war jemand. Es raschelte und klapperte. Das konnte nur Leon sein.

Ich musste schreien, ihn warnen. Aber ich spürte die Pistole an meiner Schläfe und brachte keinen einzigen Ton heraus.

So schnell ging das. So schnell war man in der Welt der Egoisten gelandet.

21

Es klang, als würde Glas gegen Glas stoßen. Als stünde Leon vor der Tür, unter dem Arm eine Flasche Sekt und zwei Gläser in der einen Hand, während er mit der anderen in seinen Taschen nach der Schlüsselkarte suchte.

Doch dann klopfte es.

»Zimmerservice. Der Sekt ist da!«, rief ein Mann und klang so gut gelaunt, als würde er sich für die Gäste freuen, dass es etwas zu feiern gab.

»Hast du das bestellt?«, flüsterte mein Bewacher mir ins Ohr.

»Nein. Aber Leon wollte Sekt besorgen.«

»Sag, er soll ihn vor die Tür stellen. Los!«

Was, wenn ich es nicht tun würde? Wenn der da draußen eine Generalkarte hatte und damit hereinkam?

Wieder klopfte es. »Zimmerservice. Ihr Sekt ist da!«

»Was glaubst du, weshalb ich dir das Maul nicht gestopft habe?«, flüsterte mir der Mann mit den Wolfsaugen zu. »Damit du redest, wann ich will und was ich will, verstanden?«

Er drückte den Lauf der Waffe so fest gegen meine Schläfe, dass es schmerzte.

»Stellen Sie ihn vor die Tür«, rief ich.

»Ich brauche aber eine Unterschrift!«

»Geht gerade nicht, tut mir leid.«

»Das dauert doch nur eine Sekunde! Nur die Unterschrift und ich bin sofort wieder weg.«

»Nein, es ist jetzt wirklich ungünstig.«

»Aber es ist doch nur –«

»Stellen Sie ihn vor die Tür!«

»Also gut. Der Beleg liegt drauf. Bitte unterschreiben Sie ihn und lassen ihn im Zimmer liegen, ja?«

»Mach ich. Danke!«

Noch einmal war ein leises Klirren zu hören. Dann wurde es still.

»Brav gemacht.« Endlich ließ mein Peiniger mich los. »Da,

in den Sessel.« Er wies mit der Waffe zum Fenster. »Hände nach vorn in den Schoß, so, dass ich sie sehen kann.«

Ich gehorchte, setzte mich in den Sessel, neben das Tischchen, auf dem der Laptop stand. Als mein Blick darauf fiel, wollte ich es zuerst nicht glauben. Millimeter für Millimeter neigte ich meinen Kopf zur Seite, um besser sehen zu können. Aber ich hatte mich nicht geirrt. Der USB-Port war leer! Der kleine Fiat war weg!

»Was ist denn jetzt schon wieder?«

Vor Schreck hatte ich wohl irgendein Geräusch von mir gegeben.

»Nichts. Alles in Ordnung.«

Leon musste den Stick eingesteckt haben, als er den Laptop zugeklappt hatte. Der misstrauische Leon. Weil er dachte, ich würde im letzten Moment doch noch damit abhauen? Oder hatte er genau das befürchtet, was eingetreten war, dass uns jemand entdecken würde?

Aber es war nur gut, dass er den Stick hatte. Es war überhaupt das Beste, was passieren konnte. Vielleicht sollte ich eine zweite Chance bekommen, um zu beweisen, dass ich doch kein schlechter Mensch war. Wenn ich Leon warnte, sobald ich ihn an der Tür hörte, und er fliehen würde, konnte er seinen Plan immer noch durchziehen. Nur mit einer Änderung: Ich kam dann nicht mehr darin vor.

Das Fußballspiel war zu Ende. Reklame flimmerte über den Bildschirm. Ein traumhaft schönes Paar fuhr in einem traumhaft schönen Coupé eine traumhaft schöne Küstenstraße lang. Ich drehte meinen Arm ein klein wenig, sodass ich auf meine Uhr sehen konnte. Leon war mindestens schon zwanzig Minuten weg. Bestimmt hatte er unten in der Tiefgarage auf den jungen Mann warten müssen. Oder sie stritten, weil der zu viel für den Helm verlangte. Oder das Mofa sprang nicht mehr an, und Leon half, es wieder flott zu bekommen. Leon würde kommen. Ich wusste es.

Der Sekundenzeiger meiner Uhr bewegte sich unerbittlich im Kreis wie ein Pferd in der Manege. Aber statt gleichmäßig zu traben, lief er schneller und schneller. Fünfundzwanzig Minuten. Brauchte man fünfundzwanzig Minuten, um einem Pizzalieferanten einen Hundert-Euro-Schein in die Hand zu drücken?

Damit der Sekundenzeiger nicht noch schneller lief, starrte ich zum Fernseher. Was, wenn Leon nicht mehr kam? Wenn er mit dem USB-Stick einfach abgehauen und die Flasche Sekt sein Abschiedsgruß war? Vielleicht lag auf dem Tablett eine Nachricht: »Danke, dass du mir geholfen hast, den Rest mache ich lieber allein. Leon«. Der Gedanke gärte in meinem Kopf wie ein giftiges Gas, das in dicken Blasen blubbernd an die Oberfläche drängte.

Es gab allerdings noch einen anderen Gedanken, eine andere Erklärung, warum Leon nicht mehr auftauchte. Und die war noch viel schlimmer.

Ich versuchte, mich auf die Reklame im Fernseher zu konzentrieren. Aber die Bilder verzuckerter Sonnenuntergänge hatten keine Chance gegen die, die sich in meinem Kopf breitmachten: Leon, der von einer Kugel getroffen zu Boden sank. Leon in einer Blutlache auf dem Betonboden. Leon zusammengekrümmt im Kofferraum eines Autos.

Hatte der Mann auf dem Bett den Stick längst? Genauso wie Leons Schlüsselkarte? Vielleicht interessierte er sich deshalb nicht für Frau Köllns Unterlagen, weil er Leon auf dem Weg in die Tiefgarage abgepasst hatte. Aber warum saßen wir dann hier und warteten?

Eine überglückliche alte Frau tanzte Tango, nachdem sie ihre Knie mit einer wundersamen Schmerzsalbe eingerieben hatte. Die nächste alte Frau stand in der Apotheke vor einer Rätselwand und benannte strahlend vor Glück das Heilmittel für all ihre Plagen. Für Frau Köllns Medikament würde man keine Werbung machen müssen.

Es klopfte. Zweimal. Ich hoffte auf die freundliche Stimme des Mannes vom Zimmerservice, der gesehen hatte, dass das Tablett noch vor der Tür stand. Doch mein Bewacher sprang auf, als hätte er auf dieses Klopfen nur gewartet.

»Mach auf!«, befahl eine Männerstimme.

Ich kannte die Stimme. Diese widerliche Stimme. Es war so klar gewesen, so naheliegend. Natürlich, auf ihn hatten wir gewartet. Aber ich wollte nicht, dass es so endete.

»Was soll der Scheiß hier vor der Tür? Räum das weg!«

Ranietzky kam herein, zusammen mit einem Mann, den ich

schon einmal gesehen hatte. Es war der, der am Bahnhof mit dem Gewehr in die Bäume geschossen hatte. Aus der Nähe sah er aus wie der Zuchtbulle, dessen Foto beim alten Reschke im Silberrahmen über dem Sofa hing.

Ranietzkys Gesicht war voller hektischer roter Flecken, als hätte er sich entsetzlich aufgeregt. Er kam zu mir und hielt mir den kleinen roten Fiat vor die Nase, so nah, dass ich ihm in die Finger hätte beißen können.

»Wollen Sie mich mal wieder zum Narren halten, Frau Böckle? Das hier ist doch bestimmt auf Ihrem Mist gewachsen!«

»Wo ist Leon?«, fragte ich.

»Leon?« Ranietzky sah sich um, dann hob er ratlos die Schultern. »Ja, wo ist er denn, Ihr Freund? Wo mag er denn sein? Ihr armer, armer Freund. Er kann einem wirklich leidtun.«

»Was haben Sie mit ihm gemacht?«

Ich hatte mich nur vorgebeugt, schon stieß der Bulle mich mit solcher Wucht zurück, dass ich fast mitsamt Sessel umgekippt wäre.

»Ich habe jetzt jede einzelne Datei geprüft. Und was finden wir im Ordner ›Herstellung von S_14?‹«, fragte Ranietzky. »Nun, was, Frau Böckle?«

Ich schaute auf den Teppichboden, um nicht in sein feistes Gesicht sehen zu müssen.

»Alles über Acetylsalicylsäure. Das gute alte Aspirin. Etwas, das man in jedem Schulbuch nachlesen kann. Was soll das? Wieder mal ein kleiner Scherz? Wo ist die eigentliche Datei? Was haben Sie damit gemacht?«

Leon hätte sich den Stick niemals freiwillig abnehmen lassen. Er hätte ihn verteidigt bis zum Tod.

»Wissen Sie, Frau Böckle, als Sie auf dem Kongressabend auftauchten, dachte ich doch für einen Moment tatsächlich, Sie wären möglicherweise wirklich eine neue Mitarbeiterin von Frau Kölln. Es war für mich unvorstellbar, dass die Frau, die meinem guten Paul am Bahnhof die Beute vor der Nase weggeschnappt hatte, so dreist sein sollte, auf dieser Veranstaltung herumzustolzieren. Aber Sie waren so dreist. Dann wollten Sie mir nicht einmal verkaufen, was sowieso mir gehört. Dabei habe ich es wirklich gut mit Ihnen gemeint. Es wäre die beste Lösung für alle gewesen. Und nun das!«

Er hielt mir den Stick wieder vor die Nase, als wäre es eine faule Tomate.

»Informationen, die sich jeder Idiot aus dem Internet runterladen kann. Sie verstehen doch sicher, dass ich inzwischen ein wenig verärgert bin?«

»Was haben Sie mit Leon gemacht?«

»Wo sind die Angaben zu Frau Köllns Medikament?«

»Haben Sie ihn umgebracht?«

»Sagen Sie mir, wo die Datei ist! Sie haben sie runterkopiert und durch diesen Schwachsinn ersetzt, stimmt's?«

Leon in einer Blutlache auf dem Boden der Tiefgarage. Ich konnte an nichts anderes mehr denken.

»Ich warte auf eine Antwort!«, fauchte Ranietzky mich an.

Es war sowieso vorbei. Wozu noch reden?

»So schweigsam, Frau Böckle?«

Wenn er vorhatte, auch mich zu töten, dann sollte er sich wenigstens den Rest seines Lebens mit der Frage quälen, ob ich Frau Köllns Geheimnis beiseitegeschafft hatte.

Aber Ranietzky wurde mit einem Mal sehr freundlich.

»Ich mache Ihnen einen Vorschlag zur Güte.« Er legte eine kleine Pause ein, wie der Conferencier, bevor er den Sieger des Abends verkündet. »Wir lassen Sie mit Ihrem Freund reden. Damit Sie sehen, wie gut wir es mit Ihnen meinen. Dann dürfen Sie entscheiden, ob er am Leben bleibt oder nicht. Der Deal ist ganz einfach. Sie sprechen mit ihm, und dann teilen Sie uns mit, wo wir die Datei finden.«

Er lebte! Ich biss mir auf die Zunge, bis es wehtat, nur damit ich nicht vor lauter Erleichterung anfing, wieder loszuheulen.

»Wenn ich die Datei habe, lasse ich Sie beide gehen. Wenn ich sie nicht bekomme, machen wir alle zusammen einen kleinen Ausflug in den Odenwald.« Ranietzky lächelte und sah für einen Moment aus, als wäre er ein netter älterer Herr. »Eine landschaftlich sehr schöne Region. Nicht so überlaufen. Da gibt es Waldstücke, in denen ist eine Leiche zu fruchtbarem Humus geworden, bevor jemand vorbeikommt.«

»Also gut«, sagte ich schnell. »Wo ist er?«

»Das heißt, Sie haben die Datei!«

»Ich will mit Leon sprechen. Allein! Danach sage ich Ihnen, was mit der Datei ist.«

Ich wusste, Ranietzky würde uns nicht gehen lassen. Selbst wenn ich ihm alles hätte geben können, was er haben wollte. Aber vielleicht gab es eine geniale Lüge, die uns Zeit verschaffte – und eine Möglichkeit zu fliehen.

Wir verließen das Zimmer. Paul mit der Waffe in der Jackentasche so nah hinter mir, dass ich glaubte, sie in meinem Rücken zu spüren. Die Türen des Aufzugs schlossen sich hinter uns, und der widerlich süßliche Geruch von Pauls Kaugummi füllte den kleinen Raum. Mir wurde schlecht, kaum dass sich die Kabine lautlos in Bewegung gesetzt hatte. Wir passierten die zweite und erste Etage, doch im Erdgeschoss hielten wir, und die Türen öffneten sich. Aber es schien niemand gewartet zu haben. Ranietzky drückte ungeduldig auf den Knopf für das Untergeschoss. Nichts geschah.

»Wollten Sie in die Tiefgarage?«, rief eine Stimme von der Rezeption her. »Wir haben eine kleine Störung, das geht mit dem Aufzug zurzeit leider nicht. Sie müssen die Treppe nehmen.«

Als wir ausstiegen, umringten mich die drei Männer, als wäre ich Beyoncé und sie meine Bodyguards. In der Lobby standen jede Menge Leute, anscheinend eine ganze Reisegruppe, die gerade angekommen war. Man murmelte, lachte, schob die Koffer durch die Halle. Wir steuerten auf den Abgang zur Tiefgarage zu, aber der Mann hinter der Rezeption hielt uns auf.

»Ach, da sind Sie ja!«, rief er mir zu. »Warten Sie einen Moment!«

»Ein falsches Wort, und du bist tot«, wisperte es hinter mir.

Der Herr im weinroten Jackett kam hinter dem Tresen hervor und eilte auf uns zu. »Ist die nicht von Ihnen?«

In der Hand hielt er die Brosche mit dem Kurpfälzer Löwen, die Robert mir geschenkt hatte. Meine Jacke hing oben im Zimmer. Mit Brosche. Ohne Brosche? Ich konnte vor Angst nicht mehr klar denken.

»Ein Gast hat sie im Aufzug gefunden. Ich glaube, Sie hatten sie an Ihrem Mantel, als Sie kamen.«

Doch statt sie mir einfach zu geben, kam er auf mich zu.

»Darf ich?«

Bevor Ranietzky dazwischengehen konnte, steckte die Brosche auch schon an meinem Pulli. Ich hätte dem Mann zuraunen können: *Helfen Sie mir. Der hinter mir hat eine Waffe. Sie werden mich töten.* Die Worte lagen mir auf der Zunge. Aber ich sagte nichts von alldem, war starr vor Angst, wie die Feldmaus, über der der Bussard kreist.

»Wirklich, sehr aufmerksam von Ihnen.« Ranietzky hakte sich bei mir ein, ganz der nette Onkel. »Jetzt müssen wir aber los.«

Er nickte dem Angestellten freundlich zu und zog mich weg.

Das war es. Aus und vorbei. Ich hatte meine letzte Chance auf Rettung vertan.

In der Tiefgarage sah ich Leon im Fond eines Wagens sitzen. Paul hielt mir die Tür auf, und ich rutschte auf die Rückbank. Der Bulle lehnte sich vorn an die Motorhaube. Er würde bei uns sein, noch bevor ich die Tür aufbekommen hätte.

»Gott sei Dank, du lebst!«, sagte ich.

»Mila.« So wie Leon meinen Namen aussprach, wusste ich gleich, dass sie ihm etwas angetan hatten. Sie hatten ihn verprügelt, gefoltert. Irgendetwas, das ihn dazu gebracht hatte, hier wie eine Wachsfigur sitzen zu bleiben.

»Was haben Sie mit dir gemacht?«

»Das spielt keine Rolle.« Leon schluckte, es fiel ihm offensichtlich schwer zu sprechen. »Sie haben den Stick, Mila. Sie haben gesagt, sie bringen dich um, wenn ich ihnen den Stick nicht gebe. Aber das, was sie suchen, ist nicht drauf. Diese Datei, von der wir dachten, dass die Zusammensetzung des Medikaments drinsteht, ist ein Fake. Ein Witz.«

Leons Gesicht war leichenblass. Ich suchte seinen Blick, aber im Halbdunkel des Wagenfonds erkannte ich nichts darin. Keine Angst, keinen Schmerz, keine Hoffnung.

»Warst du das?«, fragte er. »Hast du die Sachen gelöscht? Runterkopiert und dann gelöscht?«

»Es war genau das auf dem Stick, was du gesehen hast!«

»Du hast mir die ganze Zeit erzählt, du hättest keinen USB-Stick. Dann war er urplötzlich doch da. Vielleicht waren die Infos zum Medikament die ganze Zeit darauf, und dann waren sie urplötzlich weg.«

»Ich habe dich nicht belogen. Weshalb sollte ich das denn tun?«

»Um mich benutzen zu können. Als Schutzschild gegen Ranietzky und seine Truppe. Weil du jemanden gebraucht hast, der dir hilft, aus Heidelberg wegzukommen. Um dann an den zu verkaufen, der am meisten bietet.«

»Ich schwöre dir, Leon, ich dachte, dieser kleine Fiat wäre so eine Art Spielzeugauto. Hugo hat mir erst gezeigt, dass es ein USB-Stick ist, als ich heute die Tasche geholt habe. Das musst du mir glauben! Bitte! Lass uns lieber überlegen, was wir Ranietzky erzählen. Leon!«

»Hör mir zu, Mila.« Er griff nach meiner Hand. Seine war kalt wie die eines Toten. »Es ist in Ordnung, was immer du auch getan hast. Jeder ist sich selbst der Nächste. Ich verstehe das. Aber wenn wir jetzt nicht zusammenhalten, kommen wir hier nicht lebend raus. Ranietzky wird uns beide umbringen, wenn wir ihm die Datei nicht geben.«

»Ich habe sie nicht, verdammt noch mal!« Ich wurde so laut, dass der Bulle sich vorbeugte und durch die Frontscheibe zu uns schaute.

»Die Zeit fürs Rendezvous ist gleich vorbei«, rief er und klopfte auf die Motorhaube.

»Wir haben noch eine Chance«, flüsterte ich. »Wir erzählen Ranietzky genau das, was er sowieso glaubt: Ich hätte die Datei kopiert und dann auf dem Stick gelöscht. Dann verlangen wir fünfhunderttausend Euro dafür, dass wir ihnen verraten, wie sie an die Datei kommen. Je gieriger wir sind, desto eher wird er uns glauben.«

»Und dann?«

Und dann? Ich wusste es nicht.

»Ich sag dir, was dann passiert, Mila. Sie werden einem von uns die Waffe an den Kopf halten, bis sie alles über diese angebliche

Datei wissen. Und wenn sie sie nicht finden, werden sie uns beide abknallen.«

»Aber wir gewinnen Zeit. Vielleicht gibt es irgendwann eine Möglichkeit zu fliehen. Wir können doch nicht einfach aufgeben!«

Als ich nach Heidelberg kam, hatte ich noch darüber nachgedacht, in den Neckar zu springen. Aber jetzt, wo der Tod mir ins Gesicht schaute, war es mir so klar wie noch nie: Ich wollte noch nicht sterben. Ich wollte leben. Selbst wenn ich bis ans Ende meiner Tage Liebeskummer oder Migräne haben müsste.

»Leon, bitte, lass es uns versuchen!«

Doch Leon drehte den Kopf weg.

»Ich glaube dir«, sagte er. »Ich glaube dir, dass du die Datei nicht hast. Ich habe dir die ganze Zeit geglaubt.«

Er schaute aus dem Fenster zu Ranietzky, der in ein paar Metern Entfernung stand und wartete.

»Du wolltest doch wissen, ob Ranietzky mir etwas angetan hat. Ja, das hat er.« Leon öffnete die Tür. »Er hat mir gezeigt, was für ein Mensch ich bin.«

Dann stieg er aus.

22

»Was tust du denn?«, rief ich. »Bleib hier!«

Ranietzky kam Leon entgegen. »Und?«

»Es ist genau, wie ich gesagt habe«, antwortete er. »Es gibt keine Datei.«

»Sie lügt«, schrie Ranietzky. »Das Biest lügt.«

»Nein, sie hat keine Ahnung. Jetzt glaub es mir endlich.«

Es war das gleiche Gefühl wie damals, als ich ins Schlafzimmer kam und den nackten Hintern von Sarah in unserem Bett entdeckte. Für den Bruchteil einer Sekunde hört die Welt auf, sich zu drehen. Alles steht still, und man spürt gar nichts. Doch dann, wenn die Welt sich weiterdreht und das Unfassbare sich nicht mehr leugnen lässt, zerreißt das Herz in winzig kleine Stücke.

Ich konnte jedes Wort hören, das Ranietzky hervorstieß.

»Du hast gesagt, du bekommst dieses Schaf dazu, uns freiwillig zu geben, was wir brauchen. Keine unnötige Gewalt. Ich habe mich auf dieses dämliche Schauspiel eingelassen, und jetzt? Nichts! Nichts! Nichts! Nichts!«

»Es gibt nun mal keine Datei. That's life«, sagte Leon.

»Halt die Schnauze!«, schrie Ranietzky.

Dann rastete er völlig aus, fluchte, rannte hin und her und trat vor einen Betonpfeiler. Doch sein Wutausbruch war so abrupt vorbei, wie er begonnen hatte.

»Also gut.« Ranietzky zog seine Krawatte gerade und strich sich den Haarkranz glatt. Er machte eine abfällige Handbewegung in meine Richtung. »Erledigt das. Ihr hört von mir.«

Dann ging er davon, und gleich darauf schlug eine Autotür zu.

Paul setzte sich zu mir in den Wagen, auf den Beifahrersitz.

»Fahr du, Kurt, du kennst dich hier am besten aus.«

Das Bullengesicht namens Kurt schob sich hinter das Lenkrad, und Leon kam zu mir auf die Rückbank, ohne mich anzusehen.

»Und ich habe mir extra noch eins aufs Maul geben lassen, damit die Tussi uns auf den Leim geht.« Paul schnallte sich vorschriftsmäßig an, als würden wir eine Kaffeefahrt machen. Er drehte sich zu mir. »War nicht schlecht, unsere Show-Einlage in der Kirche, was? Ich glaube, in so was bin ich richtig gut. Vielleicht gehe ich doch noch zum Theater.«

»So eine Pleite und du quatschst vom Theater.« Kurt ließ den Wagen an und drückte einen Knopf. Mit einem klackenden Geräusch verschlossen sich die Türen, damit keine Kinder aussteigen oder zum Tode Verurteilte fliehen konnten. Er sah mich über den Rückspiegel an. »Du kannst es auch nur uns sagen, was mit der Datei ist, wenn du mit dem Chef nicht verhandeln willst. Wir geben dir was ab.«

»Lass gut sein«, sagte Leon. »Sie weiß von nichts.«

»Vielleicht prüfen wir das lieber noch mal nach«, entgegnete der Bulle. »Ich kenne ein paar Sachen, da redet jeder. Paul wollte ihr sowieso noch gern ein paar Finger brechen, nicht, Paul?«

Paul grunzte etwas vor sich hin, und ich war froh, dass ich es nicht verstand. Wir glitten aus dem Parkhaus, fuhren über eine Brücke auf die andere Seite des Neckars und bogen in die Straße, die am Ufer entlangführte. Von hier aus sah man die beleuchtete Schlossruine auf halber Höhe am Berghang liegen und die Brücke mit den Türmen, die aussahen, als hätten sie sich für die Nacht Zipfelmützen übergestülpt. Eine Postkartenansicht, so idyllisch, als wollte Heidelberg sich noch ein letztes Mal von seiner besten Seite präsentieren.

Spätestens übermorgen würde Tante Flo die Karte bekommen, das Foto von Robert und mir in der Fußgängerzone, auf dessen Rückseite stand, dass ich mit meinem neuen Freund auswandern würde. Robert, mein schöner Stadtführer, den ich wohl zu Unrecht verdächtigt hatte, einer von Ranietzkys Leuten zu sein. Tante Flo würde glauben, ich wäre in Neuseeland. Hugo dachte, ich wäre bei meinem neuen Freund eingezogen. Ranietzky hätte es gar nicht besser treffen können. Niemand würde nach mir suchen.

Ich wollte Leons Stimme hören, wollte hören, ob wenigstens so etwas wie Mitgefühl oder Bedauern darin lag. Als er das Hotelzimmer verließ, hatte ich tatsächlich für einen Moment geglaubt, er wäre in mich verliebt. War das alles nur gespielt gewesen?

»Ist überhaupt etwas wahr von dem, was du erzählt hast?«, flüsterte ich ihm zu. »Irgendetwas?«

Leon tat, als hätte er meine Frage nicht gehört.

»Du hast nicht bei Starbucks hinter dem Fenster gestanden und mich per Zufall gesehen. Du hast mich die ganze Zeit verfolgt, oder?«

»War gar nicht nötig«, schaltete Paul sich ein. »Als du mit dem Chef telefoniert hast, hat irgendeiner was vom ›Karzer‹ in dein Handy geschrien. Leon ist gleich losgerannt. Weit konntest du ja noch nicht sein.«

Ich erinnerte mich an die chinesische Reisegruppe, die sich in den Durchgang drängte, den Reiseführer, der direkt vor mir stehen geblieben war. Ich hatte Ranietzky eine Abfuhr erteilt und ihm praktischerweise gleich die Info dazu geliefert, wo ich zu finden war.

Leon sollte mich anschauen. Mit mir reden.

»Bist du überhaupt Eriks Freund gewesen? Oder war das Bild von eurer Wandertour eine Fotomontage?«

Wieder quatschte Paul vom Beifahrersitz aus dazwischen.

»Sein Freund? Oh ja, und was für einer! So einen möchte ich nicht haben. Statt Frau Köllns kleines Geheimnis aus ihm herauszupressen, ist er so blöd, ihn ins Jenseits zu befördern. Du hast nur Scheiße gebaut, seitdem du dabei bist, Leon. Bloß Scheiße. Ich habe von Anfang an gesagt, dass es ein Fehler war, dich ins Boot zu holen.«

»Das stimmt nicht, oder? Leon, sag was!«, flehte ich.

»Oh doch, er hat ihn umgebracht«, lamentierte Paul. »Das muss man erst mal hinkriegen, seinen Kumpel zu grillen.«

»Halt deinen Mund.« Leons Gesicht war schneeweiß geworden.

Seine Verzweiflung über Erik Lüschkes Tod hatte sich so echt angehört. Wie konnte ich mich so täuschen lassen? Und dieser Mensch, nein, dieses Monster, hatte uns noch Sekt aufs Zimmer kommen lassen.

»Dann war der Sekt wohl der Ersatz für die Henkersmahlzeit? Eine nette Geste, bevor du mich der Meute zum Fraß vorwirfst?«

Nun sah Leon doch zu mir rüber. Das also war das Gesicht eines Mörders.

»Was für ein Sekt?«

»Deine großzügige Bestellung. Der Sekt, der aufs Zimmer kam. War der zur Feier meiner anstehenden Hinrichtung? Wie geschmacklos kann man eigentlich sein?«

»Die Pulle hätten wir mitnehmen sollen«, bedauerte Paul. »Sah aus, als wär's ein guter gewesen.«

Leon musterte mich, als hätte ich etwas ganz Verwunderliches erzählt. Dann starrte er wieder aus dem Fenster.

Ein gelbes Schild wies den Weg zu einem Ort namens »Wilhelmsfeld«. Wir bogen links ab, folgten der sanft ansteigenden Straße und ließen nach wenigen Kilometern die Häuser hinter uns. Um uns herum schien es immer dunkler zu werden.

Leon schaute durch das Heckfenster. Inzwischen war die Straße ganz schmal geworden und wand sich in spitzen Kehren den Berg hinauf. In einer der Kurven konnte ich für einen kurzen Moment die Lichter eines Autos sehen, das in einigem Abstand hinter uns fuhr. Auch Leon musste sie gesehen haben, aber es schien ihn nicht zu beunruhigen. Als er sich zu mir drehte, war die Anspannung aus seinem Gesicht verschwunden. Etwas von dem Leon, der mir von Waffeln mit Ahornsirup und einer Zukunft in Kanada vorgeschwärmt hatte, war in sein Gesicht zurückgekehrt. Vielleicht traf mich deshalb umso mehr, was er sagte.

»Weißt du, worauf ich mich freue? Wenn ich deinen Schwachsinn endlich nicht mehr hören muss.« Er äffte meine Stimme nach. »*Es lassen sich nicht alle Menschen kaufen. Wir alle machen mal Fehler.* Was für ein Gelaber.«

Paul feixte: »Hört, hört.«

»Diese selbst ernannten Gutmenschen kotzen mich an. Klar, wir geben alles an eine Firma, die den Gewinn für edle Zwecke spendet. Mila Böckle ist eine von den ganz tollen. Eine von denen, die in den Himmel kommen!« Leon schnaubte verächtlich. »Dazu wirst du bald Gelegenheit haben. Dann kannst du die da oben nerven.«

»Vorsicht«, schrie Paul, und im gleichen Moment riss Kurt das Lenkrad herum. Wie aus dem Nichts war ein riesiges Wildschwein auf der Straße aufgetaucht. Es stand einfach nur da und schaute in das Licht unserer Scheinwerfer. Wir schleuderten auf den Waldrand zu und gleich darauf wieder auf die gegenüberliegende Straßenseite. Die Böschung kam gefährlich nah. Kurt lenkte gegen, gab Gas. Der Wagen gehorchte ihm wieder.

»Mistviecher«, fluchte er.

Hinter uns drängte die ganze Rotte auf die Fahrbahn, bestimmt an die zwanzig Tiere, die aufgeregt umherliefen. Dazwischen sah man die zwei Scheinwerfer eines Wagens, die langsam verblassten, als wir weiterfuhren.

Nicht allzu lange und ein Stapel von frisch geschlagenem Holz markierte die Zufahrt zu einem breiten Waldweg. Wir bogen ein und holperten über den unebenen Boden.

»Es reicht«, sagte Paul. »Das ist weit genug weg von der Straße.«

Um uns herum stand ein Heer von Bäumen, die im fahlen Mondlicht Wache hielten. Leon zog seine Waffe aus dem Hosenbund.

»Ich übernehme das. Ihr könnt hierbleiben.« Er richtete die Pistole auf mich. »Los, raus.«

Als ich ausstieg, musste ich mich am Auto festhalten. Ich glaubte, keinen Schritt tun zu können. Doch Leon trieb mich an.

»Da lang!«

Er jagte mich querfeldein in den Wald. Um uns herum war es totenstill, nur das trockene Laub knisterte unter unseren Schritten. Das Mondlicht reichte gerade, um nicht vor den nächsten Baum zu laufen. Ein Ast zerkratzte mir das Gesicht. Ich fiel hin. Leon riss mich wieder hoch und trieb mich vor sich her wie ein Stück Vieh.

Ich war reingefallen. Wie üblich. Die weltbeste Versagerin hatte sich mit ein paar Versprechungen in den Abgrund locken lassen. Wieder so einer, der mich benutzt und belogen hatte. In mir braute sich etwas zusammen wie Lava, die sich unter der Erdkruste sammelt. Ich sah meinen Vater vor mir, der versprach, mich wieder bei Tante Flo abzuholen. Und das Foto, das ich vor nicht allzu langer Zeit im Internet entdeckt hatte. Eckfried Böckle bei der Feier zu seinem fünfundzwanzigjährigen Dienstjubiläum. Rechts im Bild: die Gattin.

Ich blieb stehen und drehte mich um.

»Du bist auch nur einer von diesen Scheiß-Lügnern!«, schrie ich Leon ins Gesicht. »Deshalb bist du so überzeugt davon, dass wir alle nur Egoisten sind. Weil du der Prototyp bist! Ich hasse dich! Ich hasse euch Lügner! Alle!«

Ich hob die Faust, um auf ihn einzuschlagen. Sollte er doch abdrücken, dann war es wenigstens vorbei. Doch Leon fing meine Hand ab.

»Geh weiter!«, herrschte er mich an.

»Schieß doch! Los, schieß doch!«

»Geh weiter, Mila. Die Geschichte ist noch nicht zu Ende.«

Ich stand so nah vor ihm, dass ich sein Gesicht im Mondlicht sehen konnte.

»Was soll das heißen? Was hast du vor?«

»Geh einfach weiter.«

Die Hoffnung flammte in mir auf wie trockenes Stroh, an das man einen Bunsenbrenner hält.

»Dreh dich um und geh weiter!«

Ich tat, was Leon von mir wollte. *Die Geschichte ist noch nicht zu Ende.* Würde er mich gehen lassen? Vielleicht war er deshalb so gemein zu mir gewesen, damit die anderen nicht auf die Idee kamen, dass ich ihm etwas bedeutete. Damit er mit mir in den Wald gehen konnte und nicht Paul. Weil er mich laufen lassen würde.

Nach etwa hundert Metern tat sich zwischen einer Gruppe hoher Bäume eine Lichtung auf.

»Setz dich da hin«, sagte Leon. »Da, an den Baumstamm.«

Zwischen den Wurzeln des Baumes war der Waldboden weich und trocken. Es roch nach Harz und frischem Tannengrün. Leon setzte sich neben mich und lehnte sich an den Stamm. Er zog die Beine an, legte den Kopf zurück und schaute in den schwarzblauen Himmel, an dem tausende silberner Punkte glitzerten.

»Das hier ist ein guter Platz, Mila. Ich kann es spüren.«

Er saß so nah neben mir, dass sich unsere Schultern berührten. Als wären wir Freunde. Oder ein Liebespaar.

»Ich werde dir erzählen, wie es war. Ich bin ein Lügner, das stimmt. Aber ich habe dich nicht nur belogen. Ich will, dass du die Wahrheit kennst.« Leon deutete mit der Waffe in den Sternenhimmel.

»An dem Abend, an dem Erik starb, war es auch so klar. Ranietzky wollte Frau Köllns Unterlagen, um sie selbst weiterzuverkaufen. Dazu hat er sich an das schwächste Glied in ihrem Umfeld rangemacht. Und das war ich, Eriks missratener Freund. Ich bin der mit den Schulden. Ein BMW-Coupé, das ich mir nicht leisten konnte, pokern, Koks. Irgendwann stand Ranietzky bei mir vor der Tür. Er hatte in Eriks Leben herumgeschnüffelt und war auf mich gestoßen. Er wusste alles über mich, vor allem, dass mir das Wasser bis zum Hals stand. Er bot mir dreihunderttausend, wenn ich es schaffen würde, über Erik an die Forschungsergebnisse heranzukommen.«

Ich hörte ein Motorengeräusch. Es war viel zu weit weg, als dass es sich gelohnt hätte, zu schreien. Auch Leon schien etwas gehört zu haben. Er hielt einen Moment inne, doch dann sprach er weiter.

»Ich war bei Erik zum Essen. Dabei habe ich den Schlüssel zum Labor gestohlen. Er muss es bemerkt haben, kaum dass ich zur Tür heraus war. Ich war gerade erst im Labor, da kam er auch schon. Wir sind aufeinander losgegangen, und er ist mit dem Kopf auf eine Kante gestürzt. Sofort war überall Blut. Es ging so schnell, als ob es nur so aus ihm herausliefe.«

Was sollte das werden, Leons große Beichte? Ein letztes Geständnis. Und dann?

»Ich habe ausgeschüttet, was da rumstand, und das Feuerzeug drangehalten. Dann bin ich raus, ohne Unterlagen. Ranietzky hat mir trotzdem so viel gezahlt, dass ich aus den Schulden raus war, dafür habe ich bei ihm weitergemacht. Ich sollte hier am Bahnhof über mein Handy das Startsignal geben, wann es losgehen konnte. Als die Kölln dann tot auf dem Boden lag …«

Leon verstummte. Gleich würde er mich gehen lassen. Er wollte nur noch sein Gewissen erleichtern. Er brauchte jemanden, der ihm zuhörte. Bestimmt würde er mich danach gehen lassen.

»Sobald ich die Augen schließe, sehe ich Erik in seinem Blut liegen. Oder die Kölln am Boden. Die Nächte sind das Schlimmste. Ich kann sie spüren. Ich weiß, dass die beiden da sind. Einfach nur da. Als würden sie darauf warten, dass ich das wieder in Ordnung bringe.«

»Dann tu es. Lass mich gehen.«

Doch Leon schien mich gar nicht zu hören.

»Als die Kölln dort lag, da habe ich mir geschworen, dass ich nicht mehr mitmache. Ranietzky ist der Teufel. Die Versuchung. Er bringt dich dazu, das Schlechteste zu tun, was in dir steckt. Aber jetzt versaue ich ihm die Tour.«

Langsam fing ich an zu verstehen. Natürlich, Ranietzky wäre niemals so ausgerastet, wenn er eine Chance gewittert hätte, doch noch an Frau Köllns Geheimnis zu kommen. Leon hatte Ranietzky nichts von dem Schwarzen Salz gesagt. Ranietzky wusste nichts von Anisja Iwanowa.

»Ich habe Ranietzky an der Stelle getroffen, an der es ihm am meisten weh tut«, sagte Leon. »Bei seiner Gier.«

»Dann hast du die Formel für Aspirin auf den Stick kopiert? Das ist nicht Frau Köllns Datei, oder?«

»Die Datei.« Leon lachte. Ein leises Glucksen, das tief aus seinem Inneren kam.

Der Wind trug Stimmen zu uns, aus der Richtung, in der das Auto stehen musste. Bestimmt wurden Paul und Kurt langsam unruhig, weil Leon nicht zurückkam.

»Ranietzky hat die Unterlagen nicht bekommen. Das war doch, was du wolltest. Du hast es geschafft. Erzähl den beiden anderen, du hättest mich umgebracht. Schieß einmal in die Luft und lass mich gehen. Bitte, Leon!«

Doch Leon legte den Arm um meine Schultern und zog mich noch näher an sich heran. Ich wollte mich herauswinden und aufstehen, aber er richtete die Waffe auf mich. Es war nur ein einziges Wort, mit einer Entschiedenheit gesprochen, die all meine Hoffnung zunichtemachte. Mein Todesurteil.

»Nein.«

Paul und Kurt würden nach uns suchen. Sie würden uns Seite an Seite an einen Baum gelehnt finden, wie ein Liebespaar. Sie würden uns erschießen.

»Was soll das werden? Willst du die beiden herlocken und sie dann umbringen? Du hast doch gegen zwei keine Chance!«

»Ich werde die Konten ausgleichen. Jeder bekommt, was er verdient.«

Sie kamen, ich konnte sie hören, auch wenn sie sich ganz offensichtlich bemühten, leise zu sein. Aber es knisterte und raschelte, als wären die Wildschweine uns gefolgt.

»Hörst du das?«, flüsterte ich. »Das sind sie. Schieß in die Luft, dann denken sie, du hast mich umgebracht. Tu doch irgendetwas!«

Doch Leon blieb ganz ruhig. Er legte den Kopf wieder zurück und schaute in das Sternenzelt.

»Für manche ist der Himmel da oben. Oder auf einer traumhaften Insel mit Palmen und ewiger Sonne. Oder bei irgendeinem Gott, den niemand kennt. Mein Himmel ist da, wo es keine Träume mehr gibt. Wenn ich nicht mehr in den Spiegel sehen und mich vor mir selbst ekeln muss. Das ist mein Himmel.«

»Wenn Paul und Kurt uns finden, dann –«

»Weißt du, wo wir hier sind, Mila?«

»Wir sind im Wald und werden sterben, wenn du jetzt nicht etwas tust!«

»Wir sind genau vor der Himmelspforte.«

Das Knistern wurde lauter. Es schien von überall zu kommen.

»Endlich«, sagte Leon. »Ich habe mir gedacht, dass sie sich von so ein paar Schweinen nicht aufhalten lassen.«

Ich konnte sie mehr erahnen als wirklich sehen. Überall zwischen den Baumstämmen erkannte ich ihre Umrisse. Männer mit dicken Westen und Waffen im Anschlag. Eine Stimme hallte durch den Wald.

»Legen Sie die Pistole auf den Boden und heben Sie die Hände hoch.«

Eine Gestalt löste sich aus dem Halbkreis. Langsam und bedächtig, als gelte es, ein verschrecktes wildes Tier nicht in die Flucht zu treiben. Als sie in vier, fünf Metern Abstand vor uns stehen blieb, erkannte ich sie. Es war Frau Mooser.

»Legen Sie die Waffe vor sich auf den Boden«, sagte sie. »Dann lassen Sie die Frau gehen.«

»Haben Sie Ranietzky?«, rief Leon.

»Ja, den haben wir festgenommen. Lassen Sie Frau Böckle gehen, dann können wir uns über alles unterhalten.«

»Sie haben wohl gedacht, ich hätte Sie nicht bemerkt. Aber ich bin nicht blöd. Mir war schon in Mannheim klar, dass Sie hinter uns her sind. Im Bahnhof, auf der Autobahn, im Hotel.

Ich habe es gleich gewusst. Das mit dem Sekt waren Sie auch, oder? Erzählen Sie ihr das! Sie denkt, ich wäre geschmacklos.«

»Ja, das waren wir. Wir haben versucht, in den Raum zu kommen, ohne dass Frau Böckle dabei Schaden nimmt.«

»Ranietzky ist an allem schuld. Paul hat auf die Kölln geschossen, aber er ist nur Ranietzkys Marionette.«

»Lassen Sie uns das in meinem Büro besprechen. Ranietzky wird seine Strafe bekommen. Aber dafür brauchen wir Ihre Aussage. Sie wird wichtig sein, um ihn verurteilen zu können.«

»Er wollte nicht nur die Unterlagen, er wollte auch der Einzige sein, der das Wissen über dieses Medikament besitzt. Die Kölln durfte mit niemandem mehr verhandeln können. Der Mord an ihr, das war seine Idee. Aber ich habe Erik in seinem Blut liegen lassen. Ich war das. Das war meine Idee.«

Ich traute mich nicht, Leon anzuschauen. Aber ich konnte hören, dass er weinte.

»Ich habe nicht einmal seinen Puls gefühlt, bevor ich das Labor angesteckt habe. Vielleicht hat er noch gelebt, und ich habe ihn bei lebendigem Leib verbrennen lassen.«

»Aber das ist allein Ihre Angelegenheit«, sagte Frau Mooser ruhig. »Lassen Sie Frau Böckle los, sie hat damit nichts zu tun. Dann reden wir weiter.«

»Nein!«, schrie Leon. »Wir gehen zusammen von hier weg. Ich habe Mila versprochen, dass ich sie mitnehme. Ich lasse sie nicht allein. Mila kommt mit.«

Er hielt mir die Pistole direkt vor die Stirn. Sein Finger am Abzug krümmte sich.

»Wir beide, wir gehen jetzt. Wir gehen in den Himmel.«

Dann zerriss ein Schuss die sternklare Nacht.

23

Ein Ruck ging durch Leons Körper. Seine Hand sank herab, dann drehte er den Kopf zu mir, ganz langsam, wie in Zeitlupe.

»Mila, ich …«

Jemand packte mich von hinten und zog mich von Leon fort. Zwei Männer beugten sich über ihn. Sie legten ihn auf die Seite. Ich sah das dunkle Blut auf seinem hellen Hemd.

»Alles in Ordnung?« Frau Mooser stand neben mir.

Ich nickte, unfähig, auch nur ein Wort herauszubringen.

»Kommen Sie.« Sie nahm mich am Arm und führte mich fort, sodass ich nicht mehr sehen konnte, was mit Leon geschah. »Wir kümmern uns um ihn. Die Kollegen bringen Sie zum Wagen.«

Wie betäubt lief ich zwischen den beiden Polizisten her. Der Schuss, der Leon getroffen hatte, schien in meinem Kopf alles ausgelöscht zu haben. Ich spürte nichts als eine dumpfe Leere. Von überall her tauchten Lichter auf, eine Invasion riesiger Glühwürmchen. Rufe hallten durch die Nacht, Männer mit orangefarbenen Jacken und einer Trage kamen uns durch den Wald im Laufschritt entgegen.

Das Auto von Paul und Kurt stand auf dem Weg, mit weit offenen Türen. Dahinter parkten ein silbergrauer Ford und ein dunkler Passat, mehrere Polizeiautos, und als Letztes ein Rettungswagen, zu dem sie mich führten.

Jemand untersuchte mich, dann ließen sie mich im Fond eines Polizeiwagens Platz nehmen. Eine junge Frau in Uniform blieb daneben stehen. Ab und zu drehte sie sich um und sah nach mir, als wollte sie sichergehen, dass ich nicht doch noch zusammenklappte.

Ich weiß nicht, wie lange ich dort gesessen habe. Mir kam es vor wie eine Ewigkeit, in der ich im Niemandsland war. Keine Gefühle, keine Gedanken, nichts. Jemand setzte sich zu mir, fragte etwas, und ich antwortete wie ein Computer, der ein Programm abspielt, wenn man auf die passenden Tasten drückt.

Erst nachdem wir zurück in Heidelberg waren, kam ich allmählich wieder zu mir. Sie hatten mich auf die Polizeidirektion gebracht, in ein Büro gesetzt und gesagt, ich sollte warten. Auf der Fensterbank standen der kleine Kaktus und die Pflanze mit den gelb-grünen Blättern neben dem rosa Schweinegießkännchen. Ich saß wieder in Frau Moosers Zimmer, als wäre ich beim Monopoly-Spiel eine Runde weitergezogen, nur um wieder auf dem Feld zu landen, auf dem der Mann mit Trillerpfeife und blauer Uniform den Weg ins Gefängnis wies.

Die Tür stand offen, sodass ich auf den Flur sehen konnte. Trotz der späten Zeit herrschte eine Betriebsamkeit wie in einem Ameisenhaufen. Ich hörte Stimmen aus den Zimmern. Eine junge Frau mit Papieren in der Hand eilte vorbei und verschwand im Raum gegenüber. Es war die Dunkelhaarige, die aussah wie Sandra Bullock und ein bisschen wie Sarah. Die Frau, die an Rosels Pension geklingelt und damit dafür gesorgt hatte, dass Leon und ich an Hugo vorbeikamen.

Sie war nicht die Einzige, die ich wiedererkannte. Ab und zu ging jemand vorbei, den ich schon einmal in der Stadt gesehen hatte oder im Hotel, in der Lobby, im Aufzug. Ich hatte mir nichts eingebildet, ich litt nicht unter Verfolgungswahn. Die Polizei musste mich die ganze Zeit überwacht haben.

Jemand lief über den Flur, dann stockte sein Schritt.

»Hallo, Mila«, hörte ich eine vertraute Stimme. »Da sind Sie ja.«

Vor mir stand Robert, mein Stadtführer.

»Wie geht es Ihnen?« Er hatte die Ärmel hochgekrempelt und sah so aus, als würde er hierhergehören.

»Also sind Sie doch kein Stadtführer.«

»War ich so schlecht? Dabei habe ich die ganze Nacht gelernt.«

»Was sollte das?«, fragte ich entgeistert.

»Wir hatten ziemliche Probleme mit der Technik und mussten ein wenig nachbessern. Eigentlich hätte alles über Ihr Smartphone laufen können, aber das haben Sie ständig liegen lassen. Wir haben Ihnen übrigens einen neuen Akku spendiert.« Er schenkte mir ein Lächeln, smarter als das von Hugh Grant und Daniel Craig zusammen. »Außerdem haben wir natürlich gehofft, Sie erzählen mir vielleicht etwas, das Sie Frau Mooser nicht erzählen wollten. Deshalb haben wir uns erlaubt, Ihren Termin für die Stadtführung abzusagen und das selbst zu übernehmen.«

Deshalb hatte er auch von meinem Café gewusst. Sie hatten mich überwacht und abgehört. Man hatte mich belogen und betrogen. Alle. Selbst die Polizei. Mir fehlten die Worte.

»Ich bin übrigens Roland. Roland Alsberger. Frau Moosers Assistent, aber ›Mädchen für alles‹ passt wahrscheinlich besser.«

Robert hieß also Roland. Mein Stadtführer war ein Kripobeamter.

»Frau Mooser ist noch im Krankenhaus. Es wird noch dauern bis zu Ihrer Vernehmung.«

»Ist sie bei Leon? Wie geht es ihm?«

»Ich weiß es nicht.«

Die Bilder aus dem Wald kehrten zurück, als hätten sie hinter einer Mauer nur darauf gewartet, über mich herzufallen, sobald die ersten Risse im Putz auftauchten. Ich sah Leon, der neben mir zusammensackte, den Blutfleck auf seinem Hemd.

Warum war ich nicht bei ihm geblieben? Ich hatte mich einfach wegbringen lassen. Leon würde vielleicht sterben, und ich würde nie mehr erfahren, was er mir hatte sagen wollen.

»Er wollte mir noch etwas sagen. Vielleicht geht es um das Medikament von Frau Kölln. Ich muss unbedingt zu ihm.« Ich stand auf. »Bitte, ich muss ihn sehen!«

»Er ist bewusstlos. Er war es schon oben im Wald.«

Erst jetzt sah ich den Schmutz an Rolands Schuhen, und mir wurde klar, dass auch er dort gewesen sein musste. Eine der dunklen Gestalten mit dicker Weste.

»Frau Mooser wird mit ihm sprechen, wenn es möglich ist.«

»Ihr wird er nichts sagen. Aber mir! Sie müssen mich zu ihm bringen!«

»Das geht nicht.«

»Aber wenn er stirbt, dann weiß niemand mehr, was mit der Datei von Frau Kölln passiert ist. Ich muss ihn sehen! Ich muss!«

Sonst würde Leon vielleicht sterben, und ich war nicht bei ihm. Egal, was da im Wald passiert war, ich wollte nicht, dass er starb. Die Tränen schossen mir in die Augen.

»Bitte! Bringen Sie mich zu ihm!«

Doch anstatt mich vorbeizulassen, nahm mein falscher Stadtführer mich in seine Arme.

»Schon gut«, sagte er leise. »Schon gut.«

Er hielt mich einfach nur fest, und die Tatsache, dass jemand da war, dessen Hemd ich vollheulen konnte, führte dazu, dass ich erst recht weinen musste.

Es dauerte eine ganze Weile, bis ich mich wieder halbwegs beruhigt hatte. Roland ging hinaus, um mir Taschentücher und einen Kaffee zu holen. Für einen Moment überlegte ich, einfach aus dem Gebäude zu laufen und das Krankenhaus zu suchen, in dem Leon lag. Aber ich wusste, dass ich wahrscheinlich nicht mal bis zur Flurtür kommen würde.

Als Roland zurückkehrte, legte er eine Packung Papiertücher auf den Schreibtisch und hielt mir einen Kaffeebecher hin.

»Kann ich die Brosche wiederhaben? Den Kurpfälzer Löwen?«

Er sah wohl den verständnislosen Ausdruck in meinem Gesicht, während ich die hässlichste Brosche aller Zeiten von meinem Pulli löste.

»Den anderen haben wir schon.«

»Den anderen?«

»Den an Ihrer Jacke im Hotelzimmer.« Er nahm mir die Brosche aus der Hand. »War nur zu Ihrem Schutz. Ohne den hätten wir Sie nicht so schnell orten können.«

»Ist das ein Sender oder so was?« Sollte ich jetzt etwa dankbar sein? »Und der Vorschlag, Sie zu küssen, um herauszufinden, ob Sie sich dann in einen Schlossherrn verwandeln, war das auch nur zu meinem Schutz?«

Jemand räusperte sich. Es war ein Räuspern, so laut wie ein Donnergrollen. Hauptkommissarin Maria Mooser stand in der Tür.

»Alsberger, wie nett, dass du dich um Frau Böckle kümmerst.« Sie kam herein und hängte ihre Jacke an den Haken hinter der Tür. »Sicher wissen Sie inzwischen auch, Frau Böckle, dass Herr Alsberger mein Mitarbeiter ist. Und mein Schwiegersohn ist er übrigens auch. Er ist glücklich verheiratet mit meiner Tochter Vera. Oder, Alsberger? Sagst du Mengert Bescheid, dass wir gleich mit der Vernehmung anfangen können?«

Mein schöner Stadtführer verschwand mit hochrotem Kopf, während Frau Mooser in der Schublade ihres Schreibtischs herumkramte und schließlich eine angebrochene Tafel Schokolade herauszog.

»Auch was?«

Ich schüttelte den Kopf.

»Wissen Sie, was ich als Erstes machen werde, wenn ich in Pension gehe? Den Jagdschein. Und dann erschieße ich so viele Wildschweine, bis der Rest, der übrig bleibt, sich mit seinem Rüssel nicht mal mehr in die Nähe einer Straße traut.«

Frau Mooser steckte sich einen ganzen Riegel Schokolade auf einmal in den Mund.

»Was für ein beschissener Tag«, sagte sie mit vollem Mund, sodass ich sie kaum verstand. »Eine Barrikade aus Wildschweinen, und im Hotel tauchten überall Leute auf, die eigentlich gar nicht mehr hätten da sein dürfen. Wir wollten viel früher zugreifen, aber dann kamen zwei Frauen auf den Flur, gerade als dieser Kerl in Ihr Zimmer ging. Wir konnten nicht mehr eingreifen, ohne Gefahr zu laufen, dass es dort zu einer Schießerei gekommen wäre. Morgen reiße ich jedem Einzelnen den Kopf ab, der das mit versaut hat.«

»Wie geht es Leon?«

»Er wird operiert. Die Ärztin ruft an, wenn es Neuigkeiten gibt.«

Ich musste es ihr sagen. Für mich war sowieso alles gelaufen. Aber noch war Frau Köllns Datei nicht verloren.

»Ich habe Leon den USB-Stick von Frau Kölln gegeben. Und er hat ihn an Ranietzky weitergegeben. Aber ich glaube, Leon hat vorher die Datei gelöscht, in der alles über Frau Köllns Medikament steht, und durch irgendetwas Belangloses ersetzt. Er wollte mir noch etwas sagen, bevor Sie mich von ihm weggezogen haben. Vielleicht ging es um die Datei. Vielleicht hat er sich eine Kopie gemacht. Ich sollte bei ihm sein, wenn er zu sich kommt.«

»Soso.« Frau Mooser lehnte sich zurück. »Sie haben ihm also den USB-Stick gegeben. Wo haben Sie den denn gefunden? Doch nicht etwa in Frau Köllns Handtasche, von der Sie mir vor einigen Tagen erzählt haben, Sie hätten sie nicht?«

Sie wussten sowieso schon alles. Es machte keinen Sinn mehr, noch zu lügen.

»Es tut mir leid«, sagte ich. »Ich habe Sie angelogen.«

Die Kommissarin tupfte mit dem Finger ein paar Schokoladenkrümel vom Tisch.

»In meinem Alter hört man nicht mehr so gut. Leider habe ich Sie nicht verstanden. Könnten Sie das noch einmal laut und deutlich wiederholen?«

Natürlich hatte sie mich verstanden. Langsam kroch die Wut in mir hoch.

»Da liegt ein Mann im Krankenhaus, der vielleicht etwas weiß, das für die ganze Menschheit wichtig ist, und Sie lassen mich nicht zu ihm. Obwohl ich wahrscheinlich die Einzige bin, der er etwas darüber sagen würde. Ist Ihnen eigentlich scheißegal, was mit dieser Datei passiert ist?«

»Nein«, entgegnete Frau Mooser. »Das ist mir nicht egal. Aber Sie können im Moment sowieso nicht mit ihm sprechen. Außerdem weiß ich, dass auf diesem Stick außer dem Vortrag über das Schwarze Salz nichts Relevantes war.«

»Sie haben doch gesagt, Sie haben nicht mit Leon gesprochen.«

»Habe ich auch nicht. Er ist auf dem Weg zum Krankenhaus nicht zu sich gekommen. Wir hatten den Stick, bevor er ihn hatte.«

»Aber wie können Sie den denn schon vorher gehabt haben?« Jetzt verstand ich überhaupt nichts mehr.

Frau Mooser ging zur Fensterbank. Sie nahm die rosafarbene Gießkanne und goss so viel Wasser über den Kaktus, dass der kleine Kerl glauben musste, der Monsun wäre über ihn hereingebrochen.

»Wie geht es eigentlich der Palme auf Ihrer Dachterrasse?«, fragte sie und wischte das übergelaufene Wasser weg. »Hat die frische Erde etwas genutzt?«

Meine Umtopfaktion war also aufgefallen. Sie hatten mein Handtaschenversteck entdeckt!

»Heißt das, Sie haben von Anfang an gewusst, dass ich Frau Köllns Handtasche hatte?«

»Der Kollege, der auf der Terrasse war, hat sich gewundert, warum überall Erdkrumen herumlagen. Den USB-Stick haben wir allerdings auf dem Regalbrett in Ihrer Dachstube gefunden. Das konnte nicht Ihrer sein, denn es war eine Datei darauf, in der es um die ›Herstellung von S_14‹ gehen sollte. In der allerdings nichts stand außer ein paar Formeln, die man auch in einem Schulbuch finden kann. Wir haben uns trotzdem erlaubt, eine Kopie anzufertigen, bevor wir den Stick wieder zurückgelegt haben.«

»Das heißt, es gab nie eine andere Datei über dieses Medikament?«

»Richtig. Frau Kölln wollte anscheinend ganz auf Nummer sicher gehen. Und hat sich wahrscheinlich einen Scherz erlaubt, falls man auf die Idee kommen sollte, sie zu bestehlen. Der einzige Ort, an dem sie etwas über die Zusammensetzung ihres Medikaments abgespeichert hatte, war wohl ihr Kopf.«

»Und die Tasche haben Sie ausgegraben und danach wieder unter der Palme versteckt?«

»Die Mörder von Frau Kölln hätten sicher nicht versucht, an die Tasche heranzukommen, wenn wir sie gehabt hätten.«

»Dann war ich so etwas wie Ihr Köder?«

»Nein, Frau Köllns Tasche war der Köder, nicht Sie. Aber Sie wollten mit mir ja nicht über die Tasche reden. Selbst dann nicht, als ich extra noch einmal zu Ihnen in die Pension gekommen bin. Ich habe Ihnen gesagt, dass Rotkäppchen Schwierigkeiten bekommen wird, wenn es mit dem Steak im Körbchen durch den Wald rennt. Ich habe Sie gewarnt. Deutlicher ging es kaum noch. Sie waren diejenige, die nicht mit uns kooperieren wollte.«

»Sie haben mich nach der Vernehmung gehen lassen, obwohl Sie wussten, dass die auf mich warten? Sie haben mich die ganze Zeit da rumlaufen lassen, bis Sie alle zusammen hatten? Und abgehört haben Sie mich auch. Haben Sie die Pension verwanzt? Das Hotelzimmer?«

Frau Mooser setzte sich wieder zu mir.

»Wollen Sie sich beschweren? Nur zu. Aber die Probleme, die ich vielleicht bekommen werde, sind nichts gegen die, die Sie am Hals haben. Wissen Sie eigentlich, wie viele Straftaten Sie im Laufe der letzten Tage begangen haben? Der Diebstahl von tausend Euro ist da wirklich Ihr kleinstes Problem.«

»Ohne Ihren falschen Stadtführer wäre ich zum Bahnhof gefahren und hätte die Tasche für Sie in einem Schließfach deponiert.«

»In einem Schließfach deponiert? Wie überaus freundlich, wo doch am Bahnhof die Männer herumstehen, die außer Ihnen niemand sehen kann. Oder, lassen Sie mich raten: War das vielleicht auch eine Ihrer Lügen? Eine bewusste Irreführung der Polizei in einem Mordfall?«

Ich sollte den Mund halten. Es wurde nur schlimmer, je mehr ich sagte.

»Ich mache Ihnen ein Angebot«, sagte Frau Mooser und lehnte sich zurück. »Weil von unserer Seite auch nicht alles ganz perfekt gelaufen ist. Glauben Sie mir, es ist das beste Angebot, das Sie in dieser Sache bekommen werden.«

»Und das heißt?«

»Nun, sagen wir es so: Wir schreiben die Geschichte ein wenig um. Zumindest, was Ihre Kooperationsbereitschaft angeht.«

Das Telefon auf dem Schreibtisch klingelte. Frau Mooser hob ab.

»Ja. Ja, ich verstehe … Ja, bedauerlich. Ich danke Ihnen.«

Ich wusste es, noch bevor sie etwas sagte. Der Anruf war aus der Klinik gekommen.

24

Die Palme hatte ein neues Blatt hervorgebracht. Noch sah es aus wie eine kleine Speerspitze, aber es wuchs jeden Tag mindestens einen halben Zentimeter. Um mich herum standen Asternbüsche in Rosa und Weiß und auf der Brüstung eine kleine Armee von Alpenveilchen. Alles Hugos Werk. Rosels Dachterrasse war in den letzten Wochen zu meinem Lieblingsplatz geworden. Und obwohl der Herbst die Luft manchmal schon frisch werden ließ, hatte ich doch noch viele Tage hier oben verbringen können.

Ich lag in dem neuen Liegestuhl, den Hugo für mich gekauft hatte, schaute in den Himmel und musste wieder einmal an Leon denken. Und daran, ob es einen Himmel gab, in dem er jetzt war. Seinen Himmel.

Inzwischen war ich überzeugt davon, dass er niemals abgedrückt hätte. Die Tatsache, dass er mir vor den Augen der Polizei die Waffe an den Kopf halten konnte, war seine Eintrittskarte in den Himmel gewesen. Manchmal kannte man die Wahrheit eben nicht. Dann durfte man denken, was man wollte. Das war dann auch keine Lüge, sondern nur eine aller möglichen Wahrheiten.

In der ersten Zeit nach Leons Tod hatte ich oft geträumt, ich säße wieder neben ihm auf der Lichtung, nachdem die Kugel ihn getroffen hatte. Die Polizisten standen um uns herum, regungslos, als wären sie zu Stein geworden. Leon begann den Satz immer wieder: *Mila …* Und verstummte jedes Mal aufs Neue. Bis er irgendwann einmal, in einer Nacht, in der der Mond besonders hell in mein Zimmer schien, sagte: *Mila, hau endlich ab. In meinem Himmel gibt es keinen Ahornsirup.* Danach hatten die Träume aufgehört.

Ansonsten hatte ich einen weitreichenden Entschluss gefasst: mit dem Lügen aufzuhören. Nicht mit dem normalen Lügen. Ich log natürlich immer noch, zum Beispiel wenn Hugo fragte, wie ich sein neues Hemd fand, in dem er aussah wie ein Streifenhörnchen, und ich ihm versicherte, dass es eine gute Wahl gewesen sei. Ich hatte mit der Sorte Lügen aufgehört, mit der es am schwersten ist aufzuhören: die, bei denen man sich selbst belügt. Zum Beispiel, dass Jens und ich uns getrennt hatten, weil Sarah eine Schlampe war, die mir den Mann weggenommen hatte. Sarah war keine Schlampe, Sarah war eigentlich ganz nett. Aber Jens und ich, wir passten zueinander wie Hering und Marmelade. Mein Leben war nicht besser geworden, weil ich versuchte, mich nicht mehr selbst zu belügen. Aber einfacher. So, als hätte man im Bad den Dampf vom Spiegel gewischt.

Es klapperte auf der Leiter. Hugo balancierte ein Tablett durch die Luke. Frau Moosers Angebot war wirklich das Beste gewesen, was mir passieren konnte. Seitdem Hugo wusste, dass ich im Auftrag der Kripo den Lockvogel gespielt hatte, damit sie Frau Köllns Mörder fassen konnte, war ich für ihn eine Art Heldin. Und er behandelte mich auch so. Nur wenn ich mal aus Versehen sein Handtuch benutzte, bekamen wir noch Streit.

»Kaffee, Post und die Zeitung.« Hugo stellte das Tablett auf die Holzkiste und setzte sich zu mir. »Deine Tante hat eine Karte geschickt.«

Es war eine der üblichen Urlaubskarten. Ein imposantes Schloss an einem See, fotografiert bei schönstem Sommerwetter. Ich las sie Hugo vor.

Hallo Mila, schöne Grüße von meinem Besuch aus Rheinsberg. Ich bin gut angekommen. Rosel und Karl-Heinz haben mich am Bahnhof abgeholt. Karl-Heinz ist ein sehr netter Mann. Morgen machen wir eine Bootstour, ich werde Leonardo und Kate von dir grüßen. Wir wünschen euch alles Gute für die Eröffnung! Liebe Grüße, deine Flo.

»Wer sind denn Kate und Leonardo?«, fragte Hugo irritiert.

»Die von der ›Titanic‹.«

»Die Schauspieler? Sie meint Leonardo DiCaprio und Kate Winslet? Mit denen machen sie eine Bootstour?«

»Rosel und ihr Karl-Heinz wahrscheinlich nicht, Tante Flo schon.«

Hugo sah mich fragend an.

»Das muss man nicht verstehen«, beruhigte ich ihn. »In ihrem Kopf geht manchmal etwas durcheinander.«

Hugo nahm mir die Karte aus der Hand und studierte sie sorgfältig.

»›Ein sehr netter Mann.‹ Hoffentlich ist dieser Karl-Heinz nicht doch ein Heiratsschwindler.«

»Nur weil er ein paar Jahre jünger als Rosel ist, muss er doch kein Heiratsschwindler sein.«

Rosel hatte sich noch im Krankenhaus verliebt. In Karl-Heinz, den sie bei der Aufnahme getroffen und der ebenfalls eine neue Hüfte bekommen hatte, eine Zweitwohnung auf Teneriffa besaß und im skandalös jugendlichen Alter von vierundsiebzig war, was Hugo zutiefst misstrauisch machte. Nach der Reha in Rheinsberg wollte Rosel mit ihrem Karl-Heinz nach Teneriffa fliegen und vorerst dort bleiben. Deshalb hatte sie Hugo und mir vorgeschlagen, gemeinsam die Pension wiederzueröffnen. Vielleicht, weil sie und Tante Flo immer noch hofften, aus uns würde ein Paar, wenn wir uns erst einmal aneinander gewöhnt hatten.

»Es ist noch eine Anmeldung über die Internetseite gekommen«, sagte Hugo. »Wir müssen endlich die Einkaufsliste fertig machen. In der nächsten Woche sind wir schon fast voll. Das Schild ist auch fertig, das bringe ich heute Nachmittag noch an.«

Wir hatten uns für »Chez Rosel« entschieden, in Schreibschrift auf weißer Emaille. Ein schönes Schild, das nach Romantik und Kitsch aussah und zu allen Vorurteilen über Heidelberg passte. Tante Flo würde es mögen.

»Frau Mooser hat mich angerufen«, sagte ich. »Sie hat mir erzählt, dass die alte Frau, die das Schwarze Salz gemacht hat, vor einigen Tagen verstorben ist. Anisja Iwanowa.«

Ich wusste es schon seit gestern Abend, aber ich hatte Hugo noch nichts davon gesagt. Ich redete nicht besonders gern über die Geschichte.

»Oh je.« Er hielt mir einen Becher mit Kaffee hin. »Hat diese alte Frau noch irgendetwas gesagt?«

»Nein. Kein Wort. Seit dem Schlaganfall hat sie überhaupt nicht mehr gesprochen.«

»Und man hat nichts mehr von ihrem Salz gefunden?«

»Kein einziges Körnchen. Sie hatte einen ganzen Sack davon aus Dankbarkeit über die Rettung ihres Enkels in die Psychiatrie gebracht. Dort, wo ihr Bruder untergebracht war. Die haben damit getan, was man mit Salz eben tut. Es in der Küche zum Kochen gebraucht. Bis alles weg war.«

»Das war es dann wohl mit diesem Medikament.« Hugo schenkte mir ein und versenkte gleich noch ein Stück Zucker in meinem Kaffee.

»Sieht ganz so aus.«

»Und der Russe aus Mannheim, dessen Adresse diese Wissenschaftlerin in ihrer Tasche hatte? Der kannte die alte Frau doch gut, oder?«

»Frau Mooser sagt, der wusste von nichts. Warum seine Adresse in Frau Köllns Tasche war, wird wohl genauso ein Geheimnis bleiben wie die Zusammensetzung von Frau Köllns Medikament.«

»Jetzt hat niemand etwas von der Entdeckung.« Hugo wischte mit einer Serviette einen Tropfen weg, der an der Thermoskanne hinuntergelaufen war. »Es ist doch immer das gleiche. Die Völlerei, das ist der Untergang.«

»Völlerei? Wieso Völlerei?«

»Völlerei. Eine der sieben Todsünden. Maßlosigkeit. Gier. Nenn es wie du willst. Die Leute, die nie genug haben können.« Hugo zückte seine Liste. »Also, was brauchen wir? Klopapier. Desinfektionsspray. Kaffee. Fällt dir noch was ein?«

Ein Falke kreiste über uns und ließ mich hochschauen; unser Nachbar aus dem Turm der Heiliggeistkirche. Der Himmel war heute so blau, wie er an einem schönen Herbsttag nur blau sein konnte. Vielleicht hatten die vielen Tage hier oben das Grau der letzten Monate endlich aus meinem Kopf vertrieben. Ich brauchte kein Café mehr in Übersee, keine Waffeln mit Ahornsirup in Halifax. Ich konnte überall neu anfangen, weil ich mein altes Leben endlich losgelassen hatte. Und eine Pension mit Dachterrasse in der Heidelberger Altstadt war sicher nicht die schlechteste Voraussetzung für einen Neubeginn. Das war eher so, als hätte mir eins von Reschkes Hühnern ein goldenes Ei vor die Tür gelegt.

»An was denkst du?«, fragte Hugo.

»An Eier und Ahornsirup.«

Hugo schrieb es auf seine Liste. »Sonst noch was fürs Frühstück?«

… am Abend des selben Tages in Mannheim

Alexander Semjonow hängte seine Jacke auf. Er würde sich etwas zu essen machen und ein Bier trinken, bevor er unter der Dusche den Schweiß des Tages, den Geruch der Chemiefabrik und den Rest seines Ärgers abwusch.

Er hatte die Lästereien der Kollegen überhören wollen, doch Ohren kann man nicht verschließen. Es waren die üblichen Sprüche über die Scheiß-Russen gewesen. Sie machten ihn immer noch wütend, obwohl er schon seit so vielen Jahren hier war. Aber Heimat verging nicht.

Ralf war am Wochenende in Baden-Baden gewesen. Ralf und Faruk, die hatten immer die größte Klappe von allen. Ralf hasste ihn, weil Ralf alle Russen hasste, nachdem seine Freundin ihn wegen eines Russen verlassen hatte. Seitdem hackte er auf ihm herum, oder auf allen Russen.

In Baden-Baden, hatte Ralf erzählt, da würde man nur noch Russisch hören. Die Russen hätten Baden-Baden genauso in ihren Krallen wie die Krim. Nur wären sie da nicht einmarschiert, das hätten sie sich einfach gekauft. Die Scheiß-Russen, die sollten lieber zu Hause bleiben und das machen, was sie am besten konnten: sich zu Tode saufen.

Die Kollegen hatten gelacht, er hatte geschwiegen, weil er wusste, wie das endete. Mit einer Schlägerei und einer Abmahnung.

In der Küche hatte jemand aufgeräumt. Dafür war das Brot alle. Alexander Semjonow holte die Eier aus dem Kühlschrank und stellte sie auf den Küchentisch. Erst da sah er das kleine Paket. Es war an einer Seite eingerissen, die Adresse kaum noch zu lesen. Aber der Name darauf war eindeutig seiner. Wer sollte ihm etwas schicken?

Als er es öffnete und die Schrift auf dem Brief erkannte, der darin lag, lief ihm ein Schauer über den Rücken. Er war von der toten Anisja. Ein Paket aus dem Jenseits. Der Brief trug ein Datum, das schon seit Monaten Vergangenheit war. Meistens ging es glatt mit der Post, manchmal blieb etwas hängen, tauchte nach ein paar Wochen auf, wenn niemand damit rechnete. Oder gar nicht mehr. Anisja musste es abgeschickt haben, bevor der Schlaganfall sie erwischt hatte.

In dem Paket war eine prall gefüllte braune Tüte, oben sorgfältig verklebt und so groß, dass ein Pfund Zucker hineingepasst hätte. Aber als er den Finger in die grau-schwarzen Kristalle steckte und ableckte, verzog er das Gesicht. Er wusste sofort, was es war: Schwarzes Salz.

Anisjas Handschrift war klein und zittrig. Vielleicht hatte ihr Körper damals schon gespürt, dass der Tod vor der Tür stand.

Lieber Sascha,
ich habe einer Frau deine Telefonnummer gegeben. Sie heißt wie eine dieser großen Städte in Deutschland und wird sich bei dir melden. Das Päckchen Salz ist für sie. Sie füttert ihre Mäuse damit. Komische Menschen gibt es da bei euch.
Ich habe ihr gesagt, ich schicke mein Salz nicht an irgendeine Adresse, wenn, dann nur an dich, und sie muss es bei dir abholen. Vor allem aber habe ich sie zu dir geschickt, weil sie mir schon einmal viel Geld dafür gegeben hat und sie dir bestimmt auch etwas dafür geben wird. Ich hoffe, es reicht, damit du bald nach Kostroma kommen kannst. Der Wind stiehlt mir meine Kräfte, und ich würde dich so gern noch einmal sehen. Wolodja fragt oft nach dir. Wir vermissen dich so sehr.
Deine Anisja

Alexander Semjonow ließ sich auf den Küchenstuhl fallen, und seine Seele wurde vor Traurigkeit so dunkel wie das Salz im Packpapier. Sollte er diese Kommissarin anrufen? Als die Polizei plötzlich da war, war er so aufgeregt gewesen, dass er kaum zugehört hatte. Aber nach dem Salz hatten sie gefragt, das wusste er noch. Und nach Anisja, genau wie dieses seltsame Paar, das ihm am Bahnhof hinterhergerannt war. Die Frau, über die seine Tante schrieb, das musste die sein, von der ihm die Kommissarin erzählt hatte. Eine Tote mit seiner Adresse in der Tasche. Das war alles sehr seltsam. Da hielt man sich besser fern, er brauchte keinen unnötigen Ärger.

Alexander Semjonow schlug die Eier in die Pfanne, und schon bald zog ein tröstlicher Geruch durch die Küche. Er nahm eine kleine Prise des dunklen Salzes und ließ es über die Eier rieseln.

Warum sollte er denen auch helfen? Hier war er doch nur der Scheiß-Russe. Er würde das Salz behalten, eine schöne Dose dafür kaufen und ihm in der Küche einen Ehrenplatz geben. An Feiertagen würde er das Essen damit würzen. Es würde ihm helfen, die Erinnerung an Kostroma lebendig zu halten. An Anisja, auf deren Schoß er als kleiner Junge gesessen hatte, wenn sie ihm Geschichten von der Baba Jaga erzählte. Eine Erinnerung, viel zu schön, um sie zu vergessen.

Kleine Gebrauchsanweisung für Heidelberg

Für die Gäste der Pension »Chez Rosel« und alle anderen Neuankömmlinge in Heidelberg:

- Heben Sie nichts auf, was Ihnen vor die Füße fällt, vor allem keine Handtaschen. Wenn Sie es doch tun, kaufen Sie sich sofort eine schusssichere Weste und verlassen Sie Ihre Unterkunft nur noch mit Polizeischutz.
- Bleiben Sie gelassen, wenn Ihnen dreibeinige Pferde und Papageienschwärme begegnen. Der Heidelberger ist es auch.
- Essen Sie wenigstens einmal Saumagen – wer über fremdes Essen meckert, sollte wissen, wovon er redet. Vielleicht meckern Sie nachher auch nicht mehr. Reden Sie aber auf keinen Fall über Saumagenrezepte, wenn Sie keine Ahnung davon haben. Es könnte damit enden, dass Sie irgendwann mit einer Pistole am Kopf im Wald stehen.
- Laufen Sie einmal vom Bahnhof aus zu Fuß bis in die Altstadt, am besten mit Gepäck, das erspart Ihnen einen Monat Mitgliedsbeitrag im Fitnessstudio.
- Wenn Sie von schönen muskulösen Männern träumen wollen, besuchen Sie Herkules auf dem Marktplatz.
- Wenn man Ihnen eine Seele verkaufen will, zögern Sie nicht. So günstig wie hier ist der Ablasshandel nirgends.
- Machen Sie auf jeden Fall eine Stadtführung – es bestehen gute Chancen, dass Sie dabei die Liebe Ihres Lebens kennenlernen. Wenn nicht, wissen Sie hinterher wenigstens mehr über Heidelberg ☺.

Einen schönen Aufenthalt wünscht Ihnen

Ihre Mila Böckle

Dank

Bei der Entstehung dieses Buches gab es eine Reihe von Menschen, die mir hilfreich zur Seite gestanden haben. Ihnen möchte ich an dieser Stelle ganz herzlich danken:

Dem Team des Emons Verlages für die konstruktive und geduldige Zusammenarbeit, besonders Christel Steinmetz, die immer ein offenes Ohr für meine Anliegen hatte, und Marion Heister für das abschließende, gewohnt sorgfältige Lektorat.

Vita Funke für das erste Lektorat des Textes, ihre Gründlichkeit bei der Suche nach Schwachstellen und ihre Sympathie für eine Hauptfigur, die manchmal ein wenig vom rechten Weg abkommt.

Joachim, meinem Mann und wohlwollendem Erstleser, für seine liebevolle Unterstützung.

Marlene Bach

Marlene Bach
KURPFÄLZER INTRIGE
Broschur, 240 Seiten
ISBN 978-3-89705-520-9

»Der zweite Krimi von Marlene Bach überzeugt vollauf und ist humorvolles Lesevergnügen.« Rhein-Neckar-Zeitung

»Eine mit viel Lokalkolorit erzählte spannende Geschichte.«
Fränkische Nachrichten

Marlene Bach
AB IN DIE HÖLLE
Broschur, 272 Seiten
ISBN 978-3-89705-609-1

»Als promovierte Psychologin richtet Marlene Bach ihren geschulten Blick nicht nur auf die Handlung, sondern auch auf die großen und kleinen Schwächen ihrer Protagonisten. Das geschieht mit viel Humor, sodass der Leser trotz der düsteren Handlung bei der Lektüre mitunter auch schmunzeln darf.« Rhein-Neckar-Zeitung

»Verzwickt, verteufelt und verführerisch. Sehr empfehlenswert!«
www.deutsche-krimi-autoren.de

www.emons-verlag.de